JN069653

極限状況を刻む俳句

ソ連抑留者・満州引揚げ者の証言に学ぶ

大関博美
Ozeki Hiromi

コールサック社

目次

第二章　ソ連（シベリア）抑留者の体験談

第三章　ソ連（シベリア）抑留俳句を読む

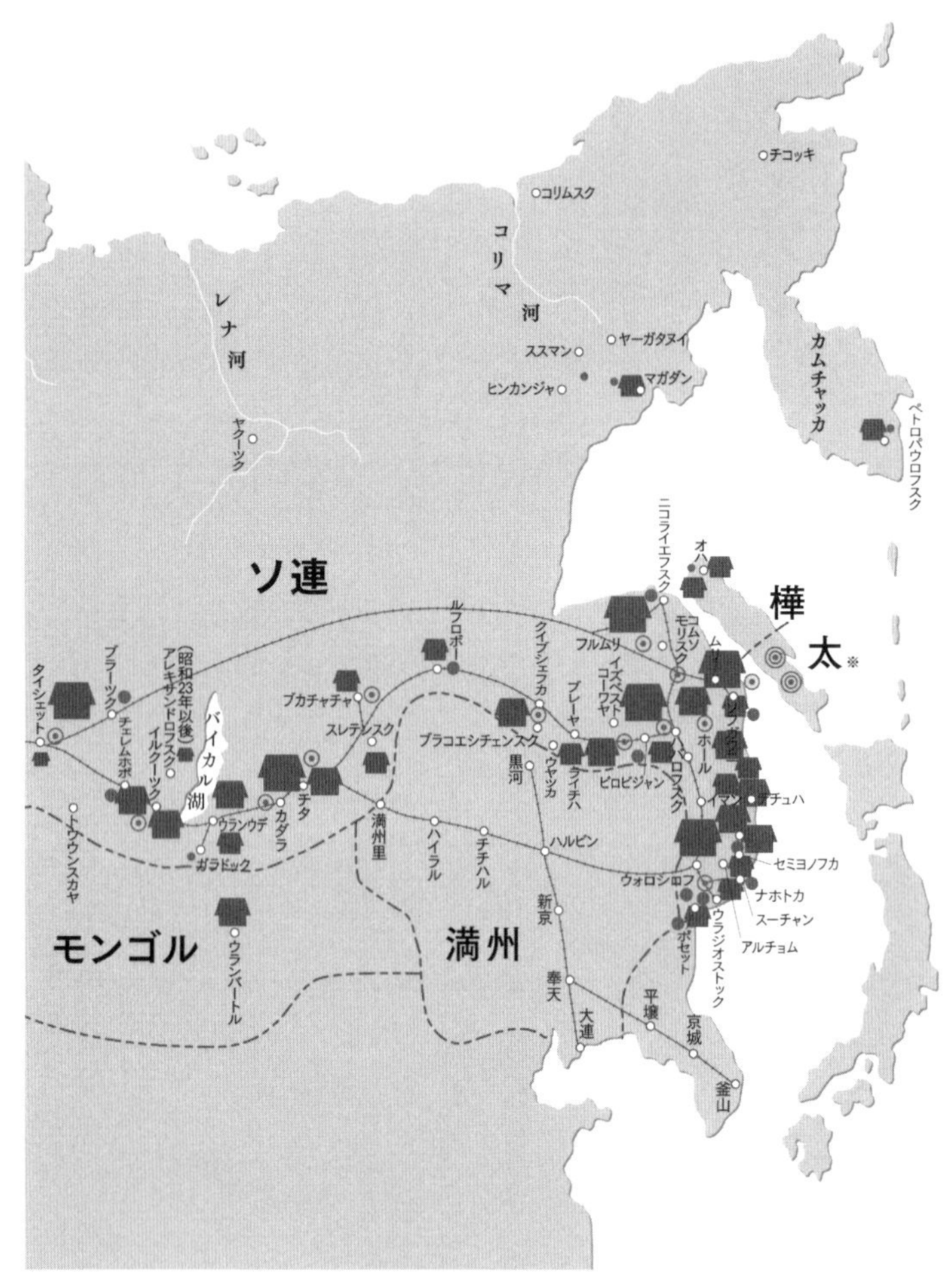

※南樺太、千島における死亡者数は、戦闘による死亡者を含む。南樺太における収容所の地名は不明。収容所分布概見図は1946年頃の状況を示したものである。

出典：平和祈念展示資料館（厚生省資料をもとに作成）

ソ連・モンゴル領内日本人収容所分布・各地点死亡者発生状況概見図

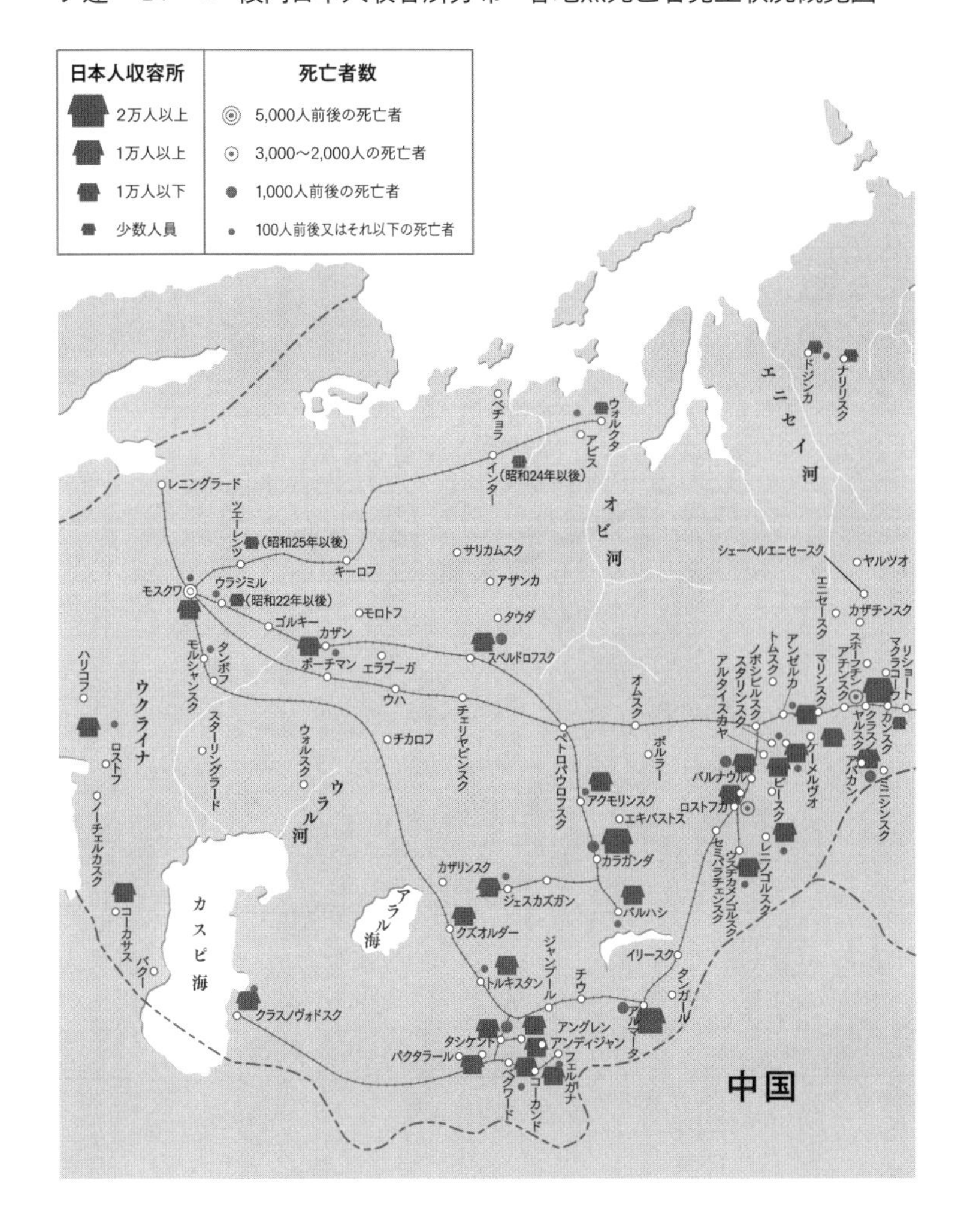

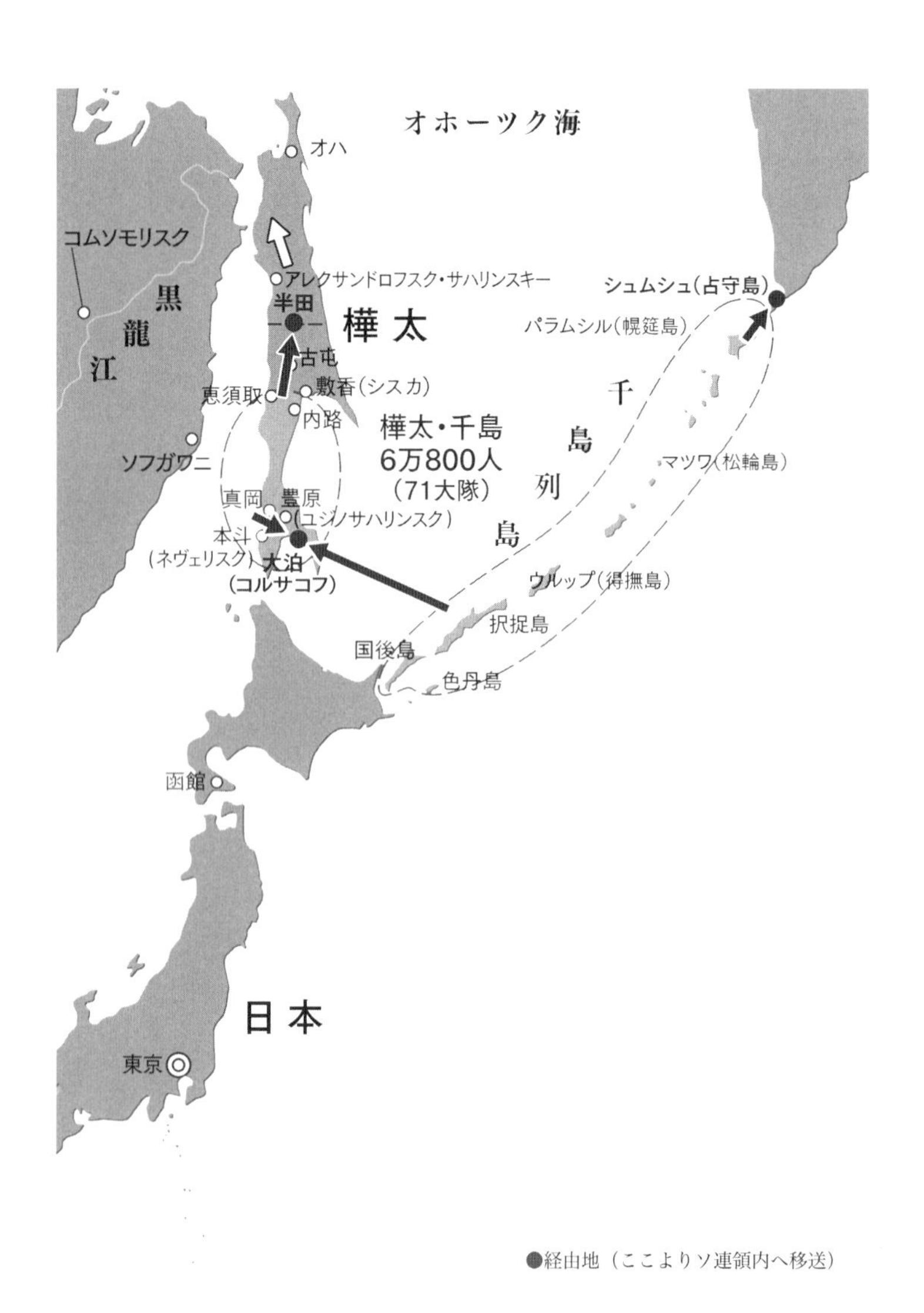

出典：平和祈念展示資料館（厚生省資料をもとに作成）

戦後ソ連に抑留された軍人・軍属等の移送状況

極限状況を刻む俳句

ソ連抑留者・満州引揚げ者の証言に学ぶ

大関 博美

序章　父の語り得ぬソ連（シベリア）抑留体験

私は千葉県房総半島の中央部にある袖ケ浦市川原井の開墾の畑作地域に育った。冬場に雪が一、三度降るもののすぐに融けてしまう温暖な気候だった。父母は畑仕事や酪農に休む暇なく働く日々で、幼い私は、邪魔にならぬように留守番をして過ごすことが多かった。さしたる遊びも無く、テレビに飽きると家の中を探索した。ある時、神棚の脇の方に父の物らしい不思議な帽子を見つけて遊んでいたら、母に「それはおとうさんの大切にしている帽子だから、そっとしておきなさいね」と遊ぶことを禁じられたことが心に刻まれた。

シベリアの父を語らぬ防寒帽　博美

それから私の記憶の中にずっとある帽子。寒い地域で使われるものだとは、幼な過ぎて想像できなかった。

月日は経ち、進路に迷う高校三年の頃、得意教科を考慮して、専門学校を受験したい、受験地は北海道と両親に相談した。特に反対されないだろうと思っていたが、父からなぜか猛反対され、受験前の貴重な一カ月間、父と仲たがいしてしまった。ある日、父に頼まれたのか、見かねてのことか、母がしみじみと「おとうさんは、兵隊の時にシベリアに長く居てね、足の指を凍傷でなくし、入院生活もしたことがあるから、北海道に行って欲しくないようだよ」と話してくれた。父の胸の内はわかったものの、他に進路のあてもなく、私は事務員には向いていなさそうなこと、どちらかというと人との関わりの中で仕事のできる援助職や学校の養護の先生になりたいこと、国公立の学校なら学費も免除されることを母に伝えた。数日して、母が「おとうさんね、『なんだ、赤チン先生になりたかったのか』と言っていたよ。受験はいいけど、県内ね」と話は落ち着いた。

当時、中学校のころから文通していた先輩の影響を受けて不安定な私を見兼ね、父は、「社会主義の国に憧れているようだが、自由にものが言えて暮らせる国のほうが良いと思うよ。若かった兵士の頃、日本が戦争に負け社会主義の国に抑留されて暮らしたことがあるが、一所懸命に働いても搾取されたし、その国の人たちも幸せで無いように見えたよ」と話してくれた。その時の父の「抑留」という言葉に重たい響きを感じて、それ以上の質問は胸にしまっておいた。

一九八四（昭和五十九）年に私が結婚した時、父は同年代の夫の父と酒を酌み交わすことができるようになったことを喜び、兵隊だった頃の話をしていた。シベリアは食べるものが無く、畑仕事の合間に見つけた凍ったジャガイモをこっそり持ち帰り食べたこと、馬糞の中の未消化のコウリャンを拾って食べた話など、給仕の合間に私も聞いた。父は同世代の義父にはシベリアでの体験の一部を伝えたが、父の胸の中には私たちの想像もできないほどの過酷な体験が隠されていることが想像できた。

抑留兵の子である私　鳳仙花　博美

父は一九二五（大正十四）年七月十日生まれ。存命ならば令和五年で九十八歳となる。父は昭和六十年十一月二十五日、六十二歳の時に、突然、心臓の大動脈瘤破裂のため他界した。それまで戦争やソ連抑留のことについて私たち子どもに語ることはなく、冗談が好きでいつもニコニコ笑っていた。私は、父が召集され戦争に行ったことや日本の敗戦直後ソ連に抑留されたことについて、知ることもなく育ってきた。終戦後三年半を経て帰還した父は、栄養失調で顔がパンパンに浮腫（むく）んでおり、父の死に顔はその時の顔にそっくりだと、葬儀に来た父方の伯母が話していた。

父の新盆が済んだ頃、母が呟いた。「私ね、生きている間に、シベリア鉄道に乗って、おとうさんが若い頃を過ごしたソ連を見てみたいの」と。普段自分の思いを語らない母が、父の若い頃の思いを知りたいと思っていた、その言葉は心に染みた。母の夢を叶えてシベリア鉄道で旅をするのは難しいけれど、いつかは父のことを知る努力をし、母と、父の話をしてみたいと思った。

子育てのトンネルをくぐり抜けて、ようやく父の語らなかった若き日の戦争や抑留体験を知る旅を始めたのは、約八年前になる。はじめにソ連（シベリア）抑留体験者の話を伺いに、新宿住友ビルにある平和祈念展示資料館を訪ねた。そこで、厚生労働省社会援護局が保管するロシア連邦政府からの提供資料により、ソ連での父の足跡がわかると知り、早速申請をした。

父は一九四四（昭和十九）年、十九歳で召集され、歩兵として北鮮軍に配属。しかし、一年足らずで終戦となり、現在の中国吉林省長春市公主嶺（こうしゅれい）で捕らえられて捕虜となったとある。資料の中にある身上申告書（舞鶴引揚援護）によれば、一九四五（昭和二十）年八月二十日に武装解除を受けている。九月十七日公主嶺第九大隊に編入され、黒河（アムール河）を渡り、ソ連に入る。資料からは、現在のトルクメニスタン・クラスノヴォック第四十四収容所にてケンチク作業とある。昭和二十三年七月二十五日にカガン病院へ転出。同年、九月三十日、キルギスの第三八六収容所から、ナホトカ地区第三八〇収容所へ転出、ナホトカ港を出発し同十月三日、舞鶴に帰還している。ロシア連邦政府からの資料は、満州で武装解除されてから後の抑留生活の足取りを教えてくれた。

三尺寝父の背の傷ただ黙す　博美

父は農作業後の牛の世話を終え、夕食を済ませた後、いつも十一時ごろまで仕事をしていた。疲れも手伝うのか、夏の盛りにはよく上半身裸で昼寝をしていた。そんな時、父の背中に大きな傷跡があることに気付いた。この傷がどうしてできたものか、父は話さなかったし、聞いては悪いような気がして確かめてみなかった。傷跡はただ黙っているだけである。

父のソ連（シベリア）抑留体験を知ることに私を向かわせるのは、父が自分の体験を語らずに六十二歳で早世したからばかりではない。思春期によくあるすれ違いを解決せずに、死に別れたということも理由である。

若き日の父の戦争と抑留を学ぶ旅は、体験者とそのご遺族の皆様と私を結び付けてくれた。本書の資料収集に際しては、左記の皆様に体験談や句集の引用やインタビューのご了承をいただき心より感謝申し上げる。

山田治男（やまだはるお）氏のご遺族、中島裕（なかじまゆたか）氏のご遺族、小田保（おだたもつ）氏のご遺族、高木一郎（たかぎいちろう）氏のご遺族、長谷川宇一（はせがわういち）氏のご遺族の長谷川二郎（じろう）氏、朔北会会長草地貞吾（くさちていご）氏のご遺族の草地三重子氏、またインタビューに応じてくださった百瀬石涛子（ももせせきとうし）氏、井筒紀久枝（いづつきくえ）氏のご遺族の新谷亜紀（しんたにあき）氏などの皆様には快くご支援をいただいた。その中でも『遠きふるさと』の著者天川悦子氏からは、「世代の違う貴女が、私たちの体験した戦争をどのように思うのか、楽しみ。思い切りやってみなさい」との有り難い言葉をいただいた。こうして出会った皆様から語り継ぐバトンを渡されたと感じて、僭越なことだが、抑留者の父を持った子どもの使命として、父を含めた抑留者たちの語り得ぬ言葉を掘り起こし、少しでもソ連（シベリア）抑留者たちの実相とその思いを後世に伝えていきたいと願い、本書をまとめさせていただいた。

第一章　日清・日露戦争からアジア・太平洋戦争の歴史を踏まえて

～ソ連（シベリア）抑留・満州引揚げの背景として

一　はじめに

一九四五（昭和二十）年八月十五日、戦争が終結したにもかかわらず、約五七万五〇〇〇人がソ連各地に抑留され、劣悪な環境の中で、強制労働に従事させられ、寒さや食糧不足、感染症のために、約五万五〇〇〇人が命を落としたという（厚生労働省発表）。生還した約五二万人の中に父がいたという事実を知った時に、私はとても衝撃を受けた。もし仮に父が生還できなかった約五万五〇〇〇人に入っていたら、私はこの世に存在していなかっただろう。過酷な抑留から生還した人びとには、父と同様に一人ひとりの人生があり、その体験や帰還後の戦後社会をどのような思いで生きたのかを知りたいと願うようになった。

五二万人の人は、抑留年数の差はあるものの帰還できたのであるが、体験を語ることにより生き地獄の記憶が再現されることから、また、帰還後の生活再建に向け一所懸命に働かなければならなかったため、GHQの朝鮮戦争後の共産主義を退けようとする考えのレッド・パージ（赤狩り）から家族や生活を守るために、多くの人は口を閉ざした。みな違う抑留体験があり、戦後の生き方も様々である。これといった表現手段を持たない私の父は、農業や酪農に追われ夜業に励む毎日であり、疲れて日本酒一合を飲み、辛さは冗談で紛らしていたのかも知れない。

沈黙を守った人も多い中で時を経て、「語らずに死ねるか」の思いで、戦争や抑留、引揚げの語り部をされている方もある。私は父の体験を知りたいと考え、「平和祈念展示資料館」や「戦争体験放映保存の会」で体験談を拝聴し、並行してソ連（シベリア）抑留や引揚げ体験の俳句作品を拝読した。

ソ連（シベリア）抑留では、日本語の文書や手帳、メモなどはソ連兵に取り上げられ、見つかるとシベリアの奥地に送られる、仲間からの吊るし上げにあう。日本新聞の余白などどんな小さなメモでも、帰還船に乗る前に、見つからないように焼き捨てられたりする例もあり、記憶に隠して持ち帰った俳句を、帰還後に句集として発表された作品は少なくない。抑留体験を語る資料は、太平洋戦争での他の戦線に比較して戦死者が少ないことから、多く残されているという。満州での戦死者は二四万五四〇〇人であるが、中国本土では四六万五七〇〇人、フィリピンでは五一万八〇〇〇人である。（『引揚げと援護三十年の歩み』附図「厚生労働省地域別戦没者概見図」平成二十年三月三十一日現在）

抑留体験を伝える作品の例として、絵画では香月泰男氏、山下静夫氏のペン画文集『シベリア抑留1450日』、短歌では舞鶴引揚げ記念館収蔵の瀬野修氏の『白樺日記』（白樺の樹皮に煤を溶いたインクにより書かれ、シベリアで作成されている。ユネスコ世界記憶遺産登録）、詩では鳴海英吉氏の詩集『ナホトカ集結地にて』、石原吉郎氏の詩と批評文『石原吉郎詩文集』、村山常雄氏のシベリアで死んだ五万四〇〇〇人分の名簿『シベリアに逝きし人々を刻す』など、苦悩のソ連（シベリア）抑留体験を伝え継ぐ作品がそれぞれの方法により残されている。

本書では、それら多くの表現形態の作品の中から俳句を中心に取り上げたい。その理由は、私が長年俳句に親しんでいることもあるが、ソ連（シベリア）体験や満州引揚げを体験した方々の、過酷な境遇を生き延びた思いを刻んだ俳句を読むことにより、作者たちの内面世界を理解したいと思ったからである。

　なぜソ連（シベリア）抑留と共に満州引揚げを取り上げるのかについては、大日本帝国により建国された満州帝国の崩壊によって苦難の体験をしたのは関東軍の兵士ばかりではなく、当時の国策で満洲に移住し、ソ連の侵攻により取り残され難民となった人々を抜きにして語るのは不十分だからである。

　ソ連（シベリア）抑留俳句を調べ、小田保編・抑留俳句選集『シベリヤ俘虜記』（昭和六十年四月一日刊）に出会った。これらの作品は戦後四十年の節目に、ソ連（シベリア）抑留を経験した十三人の俳句作品がまとめられている。戦争・抑留生活の中で過酷な労働や環境に耐え、心に刻み持ち帰った作品群である。これらの作品や満州引揚げ俳句を拝読するうちに、日本のたどった戦争の歴史と抑留者の体験談と抑留や引揚げ俳句を関連させることで、作者たちの生きた時代背景を鮮明にしたいと考えた。

　第一章では、「十五年戦争」（一九三一年九月十八日の満州事変の発端となった柳条湖事件から、一九四五年八月十五日の太平洋戦争終結までを呼ぶ）の定義によらず、一八九四年の日清戦争から、一九四五年の満州国崩壊（アジア・太平洋戦争終結）までをたどり、満州国の成立や満蒙開拓移民政策や満州移民に焦点を当てた。第二章ではソ連（シベリア）抑留の体験談、第三章〜四章ではソ連（シベリア）抑留俳句、第五章では満洲引揚げの俳句を取り上げる。

　令和四年で戦後七十七年経ち、当時十九歳で召集された人は九十七から九十八歳となる。「語らずに死ねるか」の思いの体験談を伺う中で、平和な世界を保つことの大切さを伝えてゆかなければならないと思った。その一助として第二章からは、極限状況を生き延びた方たちの体験談や俳句作品を通して、非業の死を遂げた人々へ捧げた鎮魂や過酷な体験を詠うことで、平和の大切さを伝えようとする思いに光を当てたい。なぜならそれは、戦争の悲惨さを知らない世代ばかりとなる時代に、語り継ぐべき遺産だからである。

また、「全章のまとめとして」では、死と隣り合わせの苦境に直面し、人と人との結びつきや文字を奪われた中で残された俳句作品や随筆を通し、「極限状況の今ここを支える俳句の働き」について考えたい。

第一章二節では、シベリア抑留者の問題を冷静に捉えるために、日本の幕末の十九世紀半ばから、二十世紀半ばの敗戦までの、百年の歴史を概括したいと考え、東京大学文学部教授である加藤陽子氏が、神奈川県の私立・栄光学園高等学校・中学校の生徒に対して行った講義をまとめた『それでも日本人は「戦争」を選んだ』（朝日出版社）が、一般向けで理解しやすいこともあり、その書籍から多くを引用し、日清・日露戦争からアジア・太平洋戦争を踏まえる中心的な歴史認識のテキストとさせていただいた。さらに山室信一氏『キメラ―満洲国の肖像増補版』（中央公論新社）、麻田雅文氏『シベリア出兵―近代日本の忘れられた七年戦争』（中央公論新社）、杉山春氏『満州女塾』（新潮社）、島田俊彦氏『関東軍―在満陸軍の独走』（講談社）、栗原俊雄氏『シベリア抑留―未完の悲劇』（岩波書店）なども重要なテキストとした。

加藤陽子氏、山室信一氏、麻田雅文氏、杉山春氏、島田俊彦氏、栗原俊雄氏には、歴史的な事実の記載やその解釈から多くを学び、本書に文章を引用させていただいたことに対して、心より感謝の言葉をお伝えしたい。六名の著者たちの歴史認識の言葉によって、日本の近現代史を概括し紹介させていただいた。なお、文中の「満洲」「満州」の表記や統計的数字は、作者によって異なるので、それぞれの著書に準拠する。

二　日清戦争から日露戦争へ

一八四〇年から一八四三年のイギリスとのアヘン戦争に負けた清国の国力は衰退していた。一方、日本は幕末から明治維新を経て、これまでの中国文明に加えて長崎や横浜などの居留地から一部の西洋文明を取り入れるばかりではなく、開国により科学技術・政治制度・軍事制度を整え、西洋列強に肩を並べようとした時期である。新しい政治制度の確立や軍事面での列強に対する安全保障は大きな課題であった。日本は既に開国しており、清国の従属国として鎖国していた韓国との国交樹立を望んでいた。一八七五年九月、朝鮮半島で日本の軍艦が攻撃されたことをきっかけに、「日朝修好条規」を結んだ。日本が清国の宗主権を無視して朝鮮との国交を樹立させてから朝鮮に対する主導権をめぐり、日本と清国は争っていた。一八八五（明治十八）年、日本と清国の間に「天津条約」を結び、両国の朝鮮からの撤兵、将来派兵する時は、事前に通知をし合い、平定後は即時撤兵するなどの約束を、伊藤博文と李鴻章[*1]が交わした。

朝鮮では、一八九四年頃から国内で朝鮮政府に抵抗する農民の反乱が起きる。全羅道古阜に農民蜂起が起こると、東学の教団組織を通して朝鮮南部一帯に拡大。朝鮮政府は鎮圧のため清国に出兵を求め、日本も対抗して出兵したことが（東学党の反乱）、日清戦争（一八九四〜一八九五年）の引き金になった。加藤氏は陸奥宗光が、清国に朝鮮政府の改革を要求しようと提案したと説明している。

《この年の六月に反乱はピークに達しましたので、朝鮮政府は清国に出兵を要請しました。／清国はこの頃、力に訴えてでも朝鮮を守ろうとしていました。「属邦を保護するため」として、李鴻章は巡洋艦二隻を派遣し、陸兵も二千余名、すばやく朝鮮に送ります。そして、六月六日、清国は日本に向かって、では今から朝鮮に出兵しますね、と断りを入れました。これは、当時、日本と中国の間に、朝鮮に関する取り決めがあったためです。／（略）伊藤博文と李鴻章が一八八五（明治十八）年に結んだ天津条約、つまり朝鮮になにか問題が起きて出兵するときには、事前に知らせますよ、といったルールです。／（略）そして日本側も六月七日、中国に出兵する旨を連絡します。／しかし六月十一日、外国の干渉を嫌う朝鮮政府が農民軍側の要求をほぼ受け入れたことで、反乱は急速に鎮まり、清国軍はなにもしないで撤収しようかという雰囲気に包まれました。ところが、この前日、朝鮮政府も、出兵した清国側も驚くことが起きていました。六月十日、日本側がソウルに、数は少ないとはいえ、海軍陸戦隊四三〇名を入城させるという、信じられない早業を見せたのです。続く六月十六日には、日本側は陸兵四千名、仁川に上陸させています。／（略）しかし、朝鮮の農民たちの反乱は鎮まってしまった。日本軍と清国軍が朝鮮で対峙（たいじ）してしまうことになります。／（略）陸奥宗光は日本と清国が一緒に朝鮮政府に改革を要求しましょう、と提案します。／（略）朝鮮政府の内政改革を進めるか進めないかについての日本側の主張はかなり強引なものでしたが、最終的には、朝鮮が「自主の邦」かそうでないかを清国が決める立場にある状態そのものを武力で壊してしまおう、と日本は決意します。》

——『それでも日本人は「戦争」を選んだ』

日本政府が清国と朝鮮との歴史的関係を「武力で壊してしまおう」と決意したことに対して、多くの日本人は「戦争」を選んでいく政府を支持していたようである。清国（中国）は東アジア進出を図ろうとしていたロシアが干渉してくることを考えに入れており、イギリスは日本を支援することで、ロシアの東アジアでの勢力拡大を抑えようとした。帝国主義の代理戦争という形で、日清戦争は起こった。

《そして日清戦争は起こります。これは陸奥だけが頑張ったからではありません。この点について、国際環境から確認しておきましょう。ロシアが干渉してくるのを日本が怖れるのだろうというのは、清国としては織り込み済みでした。日清戦争というものは帝国主義戦争の代理戦争というところでは、不可避だったと思います。／（略）イギリスはロシアと話をつけながらも、なにもできない清国の態度を弱いものと見なしはじめ、ならば日本を支持することでロシアの南下に対抗しようと、態度を改めます。／そこでイギリスは日本に対して、関税自主権や、治外法権を改訂する話に応じることにしたのです。／（略）イギリスは日本が戦争をするなら見届けますとの立場をとる。そしてロシアの代理が清国ということになる。》

――『それでも日本人は「戦争」を選んだ』

加藤氏は《「日清戦争」というものは帝国主義戦争の代理戦争というところでは、不可避だった》と、「日清戦争」がイギリスとロシアという帝国主義国家の代理戦争になっていたと世界史的な解釈をする。

日清戦争に入る前に、イギリスは領事裁判権[*2]と関税率の引き上げ、相互平等の最恵国待遇をする日英通商航海条約を日本と結ぶ。これにより日本にとっての不平等条約の一つの項目が解消され、日本は帝国主義国家の仲間入りをする。

一方、日本を支持することで、ロシアの南下に抗しようとした、イギリスの思惑により、日本は欧米列強の帝国主義の一翼を担うことになった。日清戦争に勝利し、下関条約（日清講和条約）が一八九五年四月に調印される。条約の第一条には「清国は朝鮮を完全無欠なる独立自主の國たることを確認す」と書かれていると加藤氏は強調している。この第一条により、清国の朝鮮に対する冊封支配は解消されたことになり、日本は朝鮮に対する影響力を強め、イギリスもまた朝鮮に対する利権を強めて行ったことがうかがえる。

《日清講和条約は（略）一八九五年四月に調印されますね。条約の第一条に書かれた言葉は「清国は朝鮮国の完全無欠なる独立自主の国たることを確認す」だったわけです。／（略）清国に代わり、朝鮮に影響力を持とうとする日本が、清国にこのような誓いをさせる。／（略）朝鮮に対する条約と開港場の設置などは、すべて列強にとって均等な条件で提供されることを日本が保障することになるわけです。／（略）下関条約では、すでに貿易港として開港されていた場所以外にも、湖北省の沙市、四川省の重慶府、江蘇省の蘇州府、浙江省の杭州府を開くことを認めさせました。日本に対する条件は、諸外国にも対等に適用されましたので、諸外国にとって、日本の勝利は、貿易上の利益にかなったことになります。／（略）日本では、日清戦争という戦いを経て、さまざまなことが変わりました。／（略）一八九四年七月の日英通商航海条約では、領事裁判権が廃止され、関税自主権の原則回復がなされました。また清国からの賠償金二億両（遼東半島還付金も含めれば約三・六億円）／（略）日清戦争時点の日本の国家予算が約一億でしたから、國家予算の三倍もの賠償金が手に入ったのです。》

——『それでも日本人は「戦争」を選んだ』

日本は、清国の冊封制度から朝鮮の独立を図り、清国からの賠償金によってロシアを仮想敵国として軍備拡大を図るなどした。ところが、一八九五（明治二十八）年四月二十三日、ロシア、ドイツ、フランスによる三国干渉で、日本は下関条約で獲得した遼東半島と大連、旅順を清国（中国）に返してしまう。そして、ロシアと清国（中国）は、一八九六年六月、「露清防敵相互援助条約」を結ぶ。そのロシアと清国（中国）が結んだ「露清防敵相互援助条約」はどのような内容だったのか、加藤氏の解説により確認しておきたい。加藤氏の解説を確認すると、日本が清国（中国）あるいはロシアを攻撃した時には、ロシアと清国（中国）は協力して日本と戦いましょうという内容の密約であったと言っている。

《一八九六年六月、中国とロシアは「露清防敵相互援助条約」という秘密条約を結びます。内容は、日本が中国、あるいはロシア領を攻撃した際には、ロシアと中国が一致して日本にあたるという、れっきとした対日攻守同盟でした。これは、世の中に公にされない密約でした。／この条約では、さらに、中国とロシアの間で、黒龍江・吉林両省を通ってウラジオストックに通ずる中東鉄道の（略）敷設権をロシアとフランスの銀行に与える条約も締結されました。（略）そして九八年には、中国に起った排外主義運動の責任と、中国が下関条約によって日本に支払った賠償金援助の担保として、ロシアは／（略）なんと、旅順・大連の二十五年の租借権と、満洲を西から東へ横断する中東鉄道から途中で分岐して、遼東半島の南端、旅順・大連へといたる中東鉄道南枝線の敷設権まで、中国から獲得してしまうわけです。》

――『それでも日本人は「戦争」を選んだ』

日本に清国が支払った賠償金をロシアは肩代わりしていた。その代償としての「露清防敵相互援助条約」とは、日清戦争で日本が得た、旅順・大連の二十五年の租借権と、満洲を西から東へ横断する中東鉄道から途中で分岐して、遼東半島の南端、旅順・大連へといたる中東鉄道南枝線の敷設権までを、ロシアが中国から獲得してしまうという内容だった。つまり極東の海にロシアが海軍を自由に動かせるようになったことは、日本の安全保障上の恐るべき脅威となったのである。

ロシアが対満州政策を進める一方で、一九〇〇（明治三十三）年、清国に「扶清滅洋（ふしんべつよう）」をスローガンにした排外的団体である「義和団（ぎわだん）」による農民闘争がおこる。「扶清滅洋」とは、「清を扶けて、外国（洋）を滅ぼす」という意味である。義和団による農民闘争に乗じ清国政府は列国に宣戦布告をしたことが、ロシアの清国への南下を進めるきっかけとなり、日露戦争に繋がって行くのである。

《外国勢力の象徴として義和団の暴力の対象となったのが、各国から派遣されていた宣教師でありまして、宣教師の首を斬ってしまう残酷な事件も起こった。また、北京にあった各国の公使館を包囲してしまう。これが義和団の乱で、これに乗じて、なんと清国政府は、列国に宣戦布告してしまうわけです。（略）ロシアは、この事変をチャンスと見ました。北満州に広がるロシアの権益を義和団から守るのだと称して、黒竜江沿岸地域の一時的占領に着手します。／ロシアは（略）一九〇二年までには段階的に撤兵しますよという条約を、中国側と結びました。／（略）しかも、一九〇二年に満州から撤兵しますよといったのにロシアは、撤兵しない。中国と約束したはずの撤兵期限をなかなか守らないという事態を見て、イギリスは日本に同盟を提案するのです。こうして、〇二年一月、日英同盟協約[*3]が調印されます。》

——『それでも日本人は「戦争」を選んだ』

イギリスと日本は互いに協力するところを見せ、ロシアへ圧力をかけ撤兵を促すが、なかなか満州から撤兵しないロシアに対して、桂首相や元老のほとんどは、戦争の前にまず外交交渉だと日露交渉が続けられた。しかしロシアとの交渉は、不調に終わった。加藤氏は交渉の不調について、ロシア側の資料と日本側の資料から分析し、日本が朝鮮半島の安全保障の観点からロシアと戦ったことが、明らかであると述べている。一九〇三（明治三十六）年八月から開戦一カ月前まで行った日露交渉であるが、ロシア側の主張は、日本の安全保障を脅かす内容だったのである。

《日本がロシアから言質（げんち）をとりたかったのは、明らかに韓国における日本の優越権でした。／（略）ロシアは、韓国については日本が勢力圏に入れてしまうのを認めなさい、と日本は主張していました。そのかわり、確かにロシアの満州占領はまずいけれども、／（略）満州における鉄道の沿線はロシアが勢力圏としていい、中東鉄道とその南枝線などはロシアが「特殊なる利益」を持っていますと日本側は認めます、との主張です。／これに対してロシア側がなんと答えていたかを見ると、／（略）「まあ、ある条件を日本が認めるなら、韓国における日本の優勢なる利益を認めてあげてもいいよ」／（略）つまり朝鮮半島、韓半島の南側と日本の間に広がる朝鮮海峡をロシアが自由航行する権利を認めるなら、まあ日本の「優勢なる権利」を認めてもいい、と。さらに北緯三九度以北の韓国を中立化して、日本が韓国領土の軍略的使用をしないならいいですよ、こういいます。／この韓国に関するロシア側の提議は、日本側にとって絶対に認められなかった要求でしたでしょう。／（略）朝鮮海峡をロシア艦隊が自由に航行

できるというのでは、まさにシュタイン先生[*4]の警告のとおりになってしまいます。》
——『それでも日本人は「戦争」を選んだ』

日露交渉で日本とロシアの主張は大きくすれ違った。日本は、満州における鉄道の沿線は、ロシアが勢力圏としていい、中東鉄道とその南枝線などはロシアが「特殊なる利益」を持っていますと日本は認めますとして、一方で、韓国での日本の「優越権」を主張しますが、ロシアは朝鮮海峡でのロシアの自由な航行と北緯三九度以上の韓国の中立化と日本軍が軍略的使用をしないよう要求する。これは、日本の安全保障上の大問題となった。ロシアが満洲からの撤兵期限を守らないことから、日本は、一九〇四年二月八日旅順のロシア艦隊を攻撃した。十日、両国は宣戦布告した。この戦争についても、加藤氏は、日露戦争がドイツ・フランスとイギリス・アメリカの帝国主義時代の代理戦争であったことを左記のように解釈している。

《日清戦争は帝国主義時代の代理戦争でしたが、日露戦争もやはり代理戦争です。／ロシアに財政援助を与えるのがドイツ・フランス、日本に財政援助を与えるのがイギリス・アメリカです。／まだ開戦の決意はしていない頃ですが、軍部が陸海軍の共同演習をやりはじめた一九〇三年十月八日、アメリカと日本は同時にあることをやりました。日本と清国の通商条約、そしてアメリカと清国の通商条約を同時に、日本とアメリカが申し合わせて改訂を発表したのです。／（略）つまり日本と清国は通商条約を結んで、清国はこれまで以上に都市を外国に開きましょうと決めた。そして、アメリカは通商条約の改訂によって、清国に対していくつかの都市を開くように要求しますよと示した。／こういう条約をつくることで、日本とアメリカは、戦争の後になにが起こるかを世界の人に知らせるプロパガンダをしたんですね。》

――『それでも日本人は「戦争」を選んだ』

三　日露戦争

一九〇四（明治三十七）年、ロシアを相手に戦争をした日本は、ロシア革命の勃発により、ぎりぎりのところで勝利することができた。八月十日、アメリカの仲介で、ポーツマスにて講和会議が開かれた。会議は難行したが、両国の満州撤退、南樺太（南サハリン）の日本への割譲、関東州租借地及び東支鉄道南満州支線の譲渡、賠償金なしということで妥協がなされた。九月五日調印されたポーツマス条約は、その第一条で、日本が戦争中軍事占領した韓半島（朝鮮半島）での優越権を認めた。ロシアが黒龍江・吉林省・遼寧省の三省を占領していたことで排除されてきた国々が、平等に満州に入れるようになった。つまり、アメリカ・イギリス・ドイツやフランスにも中国北東部が開かれた、これが日露戦争でした。その結果として加藤氏は次のように、日本が大陸に直接的関わることになったと指摘する。

《日露戦争によって不平等条約の改正などが達成されるわけですが、戦争の結果としていちばん大きいのは、戦争の五年後の一九一〇（明治四十三）年、日本が韓国を併合し、植民地としてしまったことです。このことは、島国であった日本が、中国やロシアと直接接する韓半島（朝鮮半島）を国土に編入し、ユーラシア大陸に地続きの土地をもってしまったことを意味します。》

――『それでも日本人は「戦争」を選んだ』

四　日露戦争から満州事変へ

日本は八万四〇〇〇人という死者を出した末に勝利した日露戦争の結果、朝鮮を日本に編入し、日本の安全保障を確保した。しかし、日本が日露講和条約締結後も満洲の占領地に軍政を布き、軍事目的優先の施策を採ることで、清朝の東三省当局[*5]やアメリカ・イギリスとの衝突や反日国権回復運動を呼び、後の満州事変へとつながっていく、外交的な失政の過程を山室信一氏は次のように書き記している。

《日露戦争の戦勝の結果、日本は一九〇五年の日露講和条約（ポーツマス条約）および「満洲に関する日清条約」によって、ロシアから旅順・大連などの関東州の租借権と南満洲鉄道の経営権・付属地租借権などを受けつぎ、満洲統治の基礎を築くことになりました。／（略）日本は日露開戦とともに、清朝に対して戦争終結後は満洲を還付すると約束し、欧米に対しても通商の自由のために満洲を開放するとして支援を求めていました。しかしながら、日露講和条約締結後も児玉源太郎（こだまげんたろう）参謀総長らが満洲の占領地に軍政を布き、／（略）軍事目的優先の施策を採ったことは、清朝の東三省当局やアメリカ・イギリスとの衝突を呼ぶことになりました。／（略）このため伊藤は「児玉参謀長らは満洲における日本の位置を、根本的に誤解して居らるるようである。満洲における日本の権利は、講和条約によって露国から譲り受けたもの以外は何物も無いのである。……満洲は我国の属地ではない。純然たる清国領土の一部である」と説き、西園寺首相もこの趣旨に沿って対処することになりました。／一九〇七年七月の第一次日露協約の秘密協定において、朝鮮と外蒙古をそれぞれ日本とロシアの特殊権益圏として相互に認めたうえで、南満洲を日本の、北満洲をロシアの利益範囲と定めました。次いで一九一〇年の第二次日露協約では、アメリカの満洲進出を阻止するために鉄道権益確保をいっそう強化することとし、両国による満洲の現状維持を図っていきます。／こうした日ロによる満洲の排他的支配に向けた動きは、日英同盟を結んでロシアの南下を防ごうとしたイギリスや、日露戦争で日本を支援して戦後の満洲への経済進出を企図していたアメリカなどの反撥を生むことになります。／（略）さらに、一九一一年の辛亥革命*6によって成立した中華民国においては、清朝が結んだ条約によって国権が侵害されることに反撥が出てきます。満洲でもロシアの租借権を継承した旅順・大連の租借期限が切れるにあたって日本が一九一五年、二一箇条要求[*7]によって租借期限九九年を押しつけたことは国恥とみなされて反日国権回収運動を呼び起こし、日中関係は厳しい対立関係に入りました。こうした排日運動への関東軍の対応が満州事変へとつながっていきました。》

――『キメラ―満洲国の肖像　増補版』

五　第一次世界大戦へ

一九一四（大正三）年、オーストリアの皇太子が、親露的なセルビア人に殺害されたことをきっかけに、オーストリアはセルビアに宣戦布告。八月四日にロシアと同盟国にあったイギリスがドイツに宣戦布告、八月十二日には、ドイツがロシアに宣戦布告し、世界を巻き込む第一次世界大戦が始まる。日本は、八月二十三日にドイツに宣戦布告した。どのような戦略的理由で、日本はドイツに宣戦布告したのだろうか。加藤氏は、日本が西大西洋の重要性に気づいていたと示唆している。

《日本は、八月二十三日、ドイツに宣戦布告しましたが、参戦の仕方はなかなか強引でした。／（略）それではこのとき、島国である日本がドイツに対して参戦して得ようとした安全保障上の利益はなんだったのでしょうか。／（略）さて、日米関係がぎくしゃくしているとき、西大西洋の島々を持っているのがドイツであることの重要性に日本は気づいていたことでしょう。たとえばマリアナ・パラオ・カロリン・マーシャルなどのミクロネシアは、アメリカが太平洋を横断してくる際のルート上にあたる島々です。（略）日本はイギリスと日英同盟協約を結んでいるから、それを理由に参戦しようとしますが、イギリスは警戒的でした。／（略）日本海軍は、一九一四（大正三）年九月から十月の、非常に短時間の戦闘でドイツ領の島々を占領してしまいます。／（略）そして一九年のパリ講和会議で、委任統治して経営しなさいと南洋諸島を預けられるのです。》

——『それでも日本人は「戦争」を選んだ』

第一次世界大戦の戦後処理のため、一九一九（大正八）年に、開かれたパリ講和会議で、日本は南洋諸島の委任統治するよう預けられたほかに、ドイツ領であった山東半島の青島租借地と膠済鉄道を獲得する。そのことにより、中国を海と陸から攻めることができるようになったと加藤氏は、日本が帝国主義国家として漁夫の利を得て一線を越えていくことを暗示している。

《陸軍は、ドイツ領である青島を攻略します。このとき日本側は、ドイツが敷設した膠済線（青島—済南）という鉄道を占領する。これは膠州湾に臨む重要都市・青島から済南まで、山東省を東西に走る鉄道でした。ドイツが十九世紀末に着工し、一九〇四年に全線を開通させた鉄道です。日本は、この青島と膠済鉄道をとっちゃったわけです。／（略）どのような安全保障上の理由でこの鉄道を欲したのか。——……／日本は中国になにかあった場合、山東半島の南側の付け根にある膠州湾や青島などに上陸して、そのあとは鉄道で西に進んで、軍隊をバーッと済南まで運んでしまえば、中国の鉄道で天津、北京というルートで北京まですぐに北上できる。／中国の心臓部を走る最もいい鉄道はイギリスが持っていました。イギリス以外は握ったことのないとても重要な地点を、第一次世界大戦で、日本はドイツ領だからという理由でサッととるのです。海陸両方から北京を攻められる条件に恵まれている国というのは、いままでなかった。》

――『それでも日本人は「戦争」を選んだ』

第一次世界大戦で日本は、ドイツの支配する山東半島青島租借地と膠済線を手中に収めるが、日本軍の戦死傷者は、一二五〇人であった。一方、世界全体で戦死者は約一千万人、戦傷者が二千万人あった。あまりに多くの犠牲を払った戦争は、世界の政治に大きな変革をもたらした。そして、ヨーロッパで長い歴史を持つ、ロシアのロマノフ朝、ドイツのホーエンツォレルン朝、オーストリアの三つの王朝が崩壊してしまったという。加藤氏は第一次大戦の悲劇を踏まえて設立された国際連盟によって、帝国主義時代への反省から植民地獲得などが世界的に認められない時代が来ていたことを次のように語っている。

《一つ目がロシア。連合国の一員であったロシアでは、長引く戦争の混乱から国内に革命が起きてロマノフ朝が崩壊します。ここにいう革命とは、一九一七年（ロシア暦では十月）、レーニンとトロツキーに率いられたボリシェビキ（多数派を意味するロシア語です）によって起こされたロシア革命のことです。二つ目がドイツ。同盟国側の中心であったドイツでは、一八年十一月、国内で労働者による武装蜂起が起き（略）ホーエンツォレルン朝が崩壊します。三つ目がオーストリア。ドイツと同じく同盟国であったオーストリアも敗戦によってハプスブルク帝国がなくなります。帝政崩壊後の一九年、ドイツではワイマール共和国が生まれ、ロシアでは内戦ののち、二二年、ソ連（ソビエト社会主義共和国連邦）となります。／あまりに犠牲の多かった戦争だったので、戦争が二度と起こらないような国際協調の仕組みをつくろうということで、一九二〇年、国際連盟が設立されました。／戦争の影響の二つ目は、帝国主義時代にはあたりまえだった植民地というものに対して批判的な考え方が生まれたことです。／（略）これまでは国家の名前で堂々となされてきた植民地獲得や保護国化がそのままでは世界から承認されないようになったのです。》

――『それでも日本人は「戦争」を選んだ』

六　ソ連（シベリア）への出兵――七年戦争への道

およそ三〇〇年にわたりロシアを支配したロマノフ王朝は、ロシア革命により、第一次大戦中に崩壊した。ロシアの臨時政府は連合国の支援を受けて、第一次大戦を戦ったが、十月革命でレーニンの率いるボリシェヴィキに倒れる。革命で混乱するロシアに対してドイツが侵攻し、ロシア軍はますます疲弊し、ついにドイツと講和条約を結ぶ。このことは、後に日本のロシアに対する干渉戦争につながって行くのである。ロシアはウクライナの独立承認や巨額の賠償金支払いの講和条約を受け入れ、第一次世界大戦から離脱した。この講和条約は、ブレスト・リトフスク条約と呼ばれる。ドイツとロシア政府の講和は、英仏に衝撃を与えた。同盟国だったロシアに、英仏が送った軍事物資が、敵国ドイツに渡るのを恐れた英仏は、物資の差し押さえのために出兵を計画する。そこで白羽の矢が立ったのが、アメリカと日本であった。いわゆる「火中の栗を拾う」役である。このことについて、日本とアメリカはどのような決断をしたのであろうか。英仏による要請は、日米両国に大きな議論を呼び起こしたという。麻田雅文氏は当時の日米の立場を明らかにしようとする。

《ウィルソンは、外交的な「孤立主義」を掲げた歴代の大統領とは違い、「民主主義の輸出」に価値を置く。その裏返しとして、「民主的ではない」国への内政干渉を辞さなかった。／一九一八年一月に発表した「一四カ条の平和原則」[*8]で「すべてのロシア領土からの撤退」を、彼自身が世界に呼びかけてもいた。／そこで一九一八年三月七日には、駐日アメリカ大使館を通じて、いまロシアに干渉するのは得策か疑わしい、というアメリカ政府の覚書が日本に送られた。／当時の日本にとって、ロシア革命は対岸の火事ではない。日露戦争後に植民地としていた南サハリンや朝鮮半島とは、陸続きで起きた革命であった。また南満洲を勢力圏とする日本にとって、ロシアの勢力圏である北満洲も隣接する地域だった。それだけにロシア革命にどのような方針で臨むのかは、当時の為政者にとって、切実な安全保障問題だった。／なかでも

元老の筆頭と目され、明治憲法下で天皇の最高諮問機関であった枢密院議長の、山県有朋陸軍元帥の意見が出兵を左右する。》

——『シベリヤ出兵—近代日本の忘れられた七年戦争』

ロシアの十月革命後、チェコ軍団はウラジオストクからヨーロッパ戦線に向かいシベリア鉄道を東進中、バイカル湖の西にいた部隊の連絡が途切れたことで、連合国に「チェコ軍団危機」の噂が流れる。これを口実に、英仏伊の連合国は、救援のための出兵を日本に強く求めた。派兵か自重か、政府内も大きく揺れたことについては、麻田氏の『シベリア出兵—近代日本の忘れられた七年戦争』に詳しく紹介されているが、山縣の意向を受けて三月十九日のアメリカ政府への返答は、出兵は連合国の「全体の協調」を待つ、という穏便な返事になったという。政府内と同じく、国内世論もまた、出兵を巡って賛否両論で割れた。一九一八年四月には、出兵七博士と言われる有識者の寄稿する、出兵促進のパンフレット『出兵論』が緊急出版されている。その論拠は、ソ連との戦いで勝利したドイツがアジアに攻めてくるという「独墺東漸論」である。シベリア（ウラジオストク）への出兵をめぐって、日本では政府もその決断に慎重だったと同時に、一貫して反対した言論人もいる。しかし麻田氏は、最終的に日米仏英がシベリア出兵に向かうことを次のように書き記す。

《前章までで見てきた英仏の呼びかけや、陸海軍の現地工作だけでは、日本は「居留民保護」を超えた正式な出兵に踏み切れなかった。寺内内閣では、出兵は必要だとしても、大きなリスクを背負うことになる単独での派兵は論外であり、アメリカも出兵に応じるか否かが重要だ、という合意が形成されていた。／そのアメリカを出兵に踏み切らせたのは、チェコスロヴァキア軍団（以下、チェコ軍団）であり、アメリカの誘いに応じる形で、日本も出兵の口実を得ることになる。／（略）七月十六日の外交調査会でも、アメリカの提案に応じて出兵を求める後藤外相に、牧野と原が反対する。／八月一日、ついに外交調査会は、一万二〇〇〇名の範囲で日本軍をウラジオストクへ派遣し、状況に応じてさらに増加することを決定した。／八月二日の閣議は、ウラジオストクに一個師団、次にシベリアに一個師団を派兵することを最終的に決定した。／出兵が正式に決定した、八月二日、日本はシベリア出兵を内外に宣言した。／日本に遅れじと、八月三日午後にはアメリカも出兵宣言を発して、日米両国のシベリア出兵が始まる。時を同じくして、イギリスやフランスなど各国も出兵を開始した。連合国が競い合うなかで、シベリア出兵は拡大していく》。

――『シベリア出兵―近代日本の忘れられた七年戦争』

麻田氏は、「はじめに」の中で、シベリア出兵について、「ロシア革命の混乱に乗じ、一九一八（大正七）年に日本海に面したロシアの港町、ウラジオストクに日本を含む各国の軍隊が上陸して始まった。ウラジオストクからは、日本軍は二二年に撤兵する」と記す。だが麻田氏は、「二五年にサハリン（樺太）の北部から日本軍が撤兵するまで、足かけ七年に及んだ長期戦と定義する」として、七年間に及ぶシベリア出兵について、以下のようにまとめている。

《多大な人命と財貨を費やしながら、得るものの少なかったシベリア出兵。ではなぜ、この戦争は七年も続く長期戦になってしまったのだろうか。／もともとシベリア出兵は、イギリスやフランスが第一次世界大戦で勝利するために思いついた、大戦下の補助的な作戦に過ぎなかった。だがその後、日本など各国を巻き込んだことで二転三転してゆく。結局、日本は出兵した国々でも最長の期間シベリアに居座り、最多数の兵士を送り込むことになった。出兵を始めたのは寺内正毅内閣だが、開始早々に、出兵に反対する原敬が首相に就任した。だが首相となった原にも、完全な撤兵を成し遂げられなかった。》――『シベリア出兵―近代日本の忘れられた七年戦争』

麻田氏は、「終章　なぜ出兵は七年も続いたのか」で、シベリア撤兵の遅れた理由を「統帥権の独立」「親日政権の樹立の失敗」「死者への債務」の三点をあげて論じている。出兵に積極的だった内閣のみならず、政界・財界、出兵には消極的であったが、尼港(にこう)事件[*9]をとりあげ国民感情に火をつけた報道。一方、最後まで出兵に反対した言論人もあり、勧善懲悪な評価はくだせないとシベリア出兵をまとめている。

《出兵された地域がすべて、日本の植民地や権益をもつ地域に隣接していたのは示唆的である。一九一七年のロシア革命は、ロシアにとどまる話ではなく、ユーラシア大陸における国際秩序の大規模な再編であった。その渦中で日本は、大陸における既得権益の維持と拡大を図ろうとした結果、出兵地域は拡大していったと考えられる。／出兵の大義名分が二転三転したのも、拡大・縮小する戦線に、何とか辻褄(つじつま)を合わせようとしたためだ。そもそもチェコ軍団の救出という利他的なものだった大義名分は、満蒙権益の擁護など、次第に日本の利己的なものに堕ちていった。／もっとも、出兵が長引いた責任は、指導者たちだけに帰せられるべきではない。原敬から加藤友三郎の内閣までを支えた政友会、そして出兵に乗じてシベリア進出を企てた財界にも、責任の一端がある。出兵に反対した新聞や雑誌も、尼港事件は格好の「ネタ」として、国民に火をつけた。／ただし、石橋湛山、中野正剛、与謝野晶子に代表されるように、一貫して撤兵を主張し続けた言論人も無視するべきではない。当時の日本人すべてを断罪するような勧善懲悪の史観では、歴史の一面を照らすだけである。》

――『シベリア出兵―近代日本の忘れられた七年戦争』

尼港事件を振り返り、日本がシベリア出兵によって得たものは、アメリカや列強の誤解、ロシア人の反感ばかりであったと、国内での批判が高まった。また、一方で、北サハリンの占領の道を開くことになる。一九二〇年七月三日、日本はロシア領の北サハリンを、ロシアに責任ある政権が樹立し、尼港事件が解決されるまでの担保として、「保障占領」することを宣言した。「シベリア出兵」は、ソ連の一番苦しい時期に、七年に及ぶ干渉戦争をした日本に対し、ソ連の大きな恨みを残した。

また、第一次世界大戦では、多くの戦死傷者を出し、経済的犠牲を払い、生活苦を生んだことから、二度とこのような戦争を起こさないようにしようと、アメリカ大統領ウィルソンは、国際連盟の設立を含む平和構想の十四条を提唱した。山室氏は次のように、ウィルソンが十四カ条の中で提唱した民族自決の原理が、満洲における抗日運動や国権回復運動を後押ししたと語っている。

《総力戦への戦争形態の激変という事態とともに、第一次世界大戦後の国際秩序構成原理の変化という問題を無視しては、二〇世紀の世界史の流れを見失うことになると思います。それは、満洲においてもまた決定的に重要な意味をもちました。すなわちアメリカ大統領W・ウィルソンが提唱した民族平等・民族自決の原理が、満洲における抗日運動や国権回復運動の思想的駆動力となりました。そして、ウィルソンが提唱した民族自決思想によって喚起された一九一九年の五・四運動[*10]以後の中国のナショナリズム思想、なかでも国民党の三民主義[*11]に対抗するものとして案出されたのが、（略）民族協和という思想でもあったわけです。／また朝鮮での三・一独立運動[*12]以降の民族自決思想の高まりに対して、その反日独立運動の策源地であった満洲との国境地帯を制圧しなければ朝鮮統治が脅かされるという危機感があったからこそ、満洲事変勃発とともに朝鮮軍が独断で国境を越えて出兵することになりました。／さらに、第一次世界大戦のなかで生まれたソヴィエト政権と共産主義思想が朝鮮さらに日本へ流入してくることへの防波堤として、つまり赤化防止の前線基地という役割を与えられたのが満洲であったことも重要な意義を持っています。／こうして第一次世界大戦が生み出し、二〇世紀の世界史を動かすこととなった二つの枢要な思想ないしイデオロギーであった、民族自決思想と共産主義とに最も尖鋭に対応したことの結果として満洲国が造られざるをえなかったという意味でも、満洲において第一次世界大戦が与えたインパクトは甚大なものだったといえるでしょう。》

——『キメラ―満洲国の肖像増補版』

七　満州事変から満州建国まで

朝鮮半島とその地続きにある満蒙の大地は、日本が日清戦争・日露戦争の二つの戦争で辛くも勝利し、「十万の英霊と二十億の国帑（国庫金）」[*13]によって購われたかけがえのない大地と目され、その開発と経営は明治大帝の御遺業を継ぐ国民的使命とみなされていたのである。そこには、朝鮮、ロシア、蒙古のほか多くの少数民族が交錯し、政治、文化、イデオロギーなどの諸側面において対立軸を構成し、アメリカやイギリスの思惑が絡んで諸民族の闘争場とみなされ、（略）極東の弾薬庫などと呼ばれていたと山室氏は述べている（『キメラ―満洲国の肖像　増補版』参照）。満州事変について取り上げる前に、一九二〇年代の中国東三省をめぐる情勢について触れておくことにする。「極東の弾薬庫」「紛争のゆりかご」と呼ばれる満蒙において、日本と清国（中国）は激しく対立した。

《アメリカの中国学者オーエン・ラティモアによって「紛争のゆりかご（略）と名づけられた満蒙において一九二〇年代、最も尖鋭な対立の局面を形成したのが、言うまでもなく、日本と中国であった。なぜなら、日本が満蒙に対して採った政策は、満蒙を特殊地域として中国本部から分離し、そこに日本の排他的権益を認めさせようとするものであった。それに対し、五・四運動以後急速に擡頭してきた中国民族運動がめざしたものは内における国家統合、外に対する国権回復を一体とするものであり、日本の分離工作は（略）中国の国権回復の要求と、それぞれ真向から衝突するものだったからである。／（略）満蒙、とりわけ焦点となる東三省をめぐる中国の国民運動としての排日運動は、一九二三年の旅大（旅順・大連）回収運動、二四年の関東州裁判権と満鉄付属地教育権の回収運動を経て（略）高まっていった。しかし、この運動の波が東三省内におよんで大きく逆巻きはじめたのは、やはり張作霖[*14]爆殺後のことである。／その国権回復運動において焦点となったのが、対華二十一箇条要求に基づいて一九一五年五月締結された「南満洲および東部内蒙古に関する条約」であった。／この条約に対しては不当な圧力よって強制された条約として中国では締結時から無効、取消しの世論が絶えることはなかった。／一九二七年国民革命軍の北伐の進行に対処すべく開かれた東方会議において田中義一首相が示した「対支政策綱領」では、（略）日本軍つまり関東軍が中国の領土的主権を排しても満蒙防衛の衝に当ることが宣言されたのである。／（略）武力の発動はすべての人に安住の地を与えるためである、という論理の構成のしかたにおいて、石原莞爾を経て満洲国建国に通底していく発想がここにすでに見出せるのである。／（略）関東軍は一九二七年の「対支政策綱領」に先立って「対満蒙政策に関する意見」（略）をまとめていたが、そこでも日本の認める適任者をもって東三省長官とし、「日支共存共栄を趣旨」として日本の権益を拡張していくことをめざし、張作霖がこれを承諾しない場合においては、他の適任者と代えることまで決定していた。》

——『キメラ—満洲国の肖像増補版』

石原莞爾は、陸軍士官学校（二十一期）・陸軍大学卒、総大学教官を経て、一九二八（昭和三）年

関東軍参謀、満州事変・満州国プランナーでもあったという。石原は将来において来る大戦争に備えて、満州を領有し総督府を置き、戦略形態を整える必要があると考えていた（島田俊彦著『関東軍―在満陸軍の独走』参照）。石原の満洲領有計画について、山室信一氏は次の引用のように記している。

《わが国情はほとんど行きづまり、人口・糧食の重要諸問題、みな解決の途なきがごとし。唯一の途は満蒙開発の断行にあるは世論の認むるところ」（「国防」）と述べている点に明らかである。満蒙の開発によって当面の日本国内の窮状を打破し、さらに将来の経済的発展の基礎を固めるためにも満蒙領有が必要とされたのである。／（略）さらに世界的な経済不況が深刻な打撃を及ぼすなかで「満蒙の資源は……刻下の急を救い、大飛躍の素地を造るに十分なり」（「満蒙問題私見[*15]」一九三一年五月）と説かれているように、満蒙領有は満蒙資源開発の第一ステップであり、満蒙の資源のみが日本の全般的危機を克服していくための鍵とみなされていたのである。もちろん石原も満蒙資源が無尽蔵であり、満蒙領有によってあらゆる問題に片が付くなどと短絡的に考えてはいない。「満蒙はわが国の人口問題解決地に適せず、資源また大日本のためには十分ならざる」（「満蒙問題私見」）ことも十分承知していた。しかし、不十分ではあるにせよ、他に打開策が見いだせない以上、賭けてみるしかないという断案もあったはずである。》

――『キメラ―満洲国の肖像　増補版』

満蒙領有と朝鮮統治の重要性を主張する石原や関東軍参謀らの考えの背景には、朝鮮の民族問題にとどまらず、日本に対する抵抗運動や朝鮮人と中国人の共同による共産主義運動、治安問題があった。山室氏の詳細な報告に耳を傾けたい。

《日本軍による満蒙領有は満蒙問題を解決し中国全体の「統一と安定を促進し、東洋の平和を確保する」（石原「満蒙問題私見」）として「東洋の平和」の基礎が関東軍による満蒙領有にあるとさえ論じられたのである。／（略）正当化の論拠が多方面から提起されたにも関わらず、満蒙領有計画は満州事変の勃発後わずか四日にして独立国家案へと「後退」を余儀なくされていった。／（略）いかに論理として正当性を緻密に組み立てても、軍事占領が国際的に受け入れられる情勢にはなかったのである。》

——『キメラ―満洲国の肖像　増補版』

満蒙領有計画が満州事変後四日にして、「独立国家案」へ変化した背景の一つに、一九二〇年の国際連盟の設立により、帝国主義時代の植民地獲得や保護国化が認められなくなっていたということがある。

《第一次世界大戦後には、日本の総力戦体制と対ソ連に備える兵站（へいたん）基地・満洲という位置づけがされてくるなかで関東軍の地位も次第に高まってきます。さらに、第一次世界大戦後の民族自決思想の世界的な興隆のなかで中国においてもナショナリズムが高揚し、日貨排斥や旅順・大連の租借権否認といった国権回収運動が起こってきます。／（略）それに伴って、関東軍の軍備も増強されていくという相互作用が生じました。／これに加えて、最大の仮想敵国であったソ連が一九二八年から第一次五カ年計画を開始したことは、対ソ戦を最大の任務としていた関東軍拡充の根拠となり、五カ年計画が完了する以前に満洲を領有しない限りソ連には永久に対抗できなくなるという見解の論拠とされました。／さらに、それまで満鉄の利益を確保するために、日本は中国に対して満鉄と並行して走る鉄道（満鉄並行線）の敷設を認めませんでしたが、中国のナショナリズムに後押しされる形で中国側も満鉄線を包囲する形での鉄道を作って、満鉄の独占支配に対抗しようとする動きが出てきます。／そうしますと、経営を圧迫されることになる満鉄としても自らの利益を維持していくためにも（略）関東軍への依存の度が高まっていくことになります。／（略）関東軍がその武力を背景に関東庁や領事館を抑えて満洲における主導権を持ち始めます。／（略）また、満洲国建設方針樹立のために関東軍は満鉄に経済調査会を組織させて経済参謀本部の機能を負わせ「満洲国経済建設綱要」などを立案させています。》

――『キメラ―満洲国の肖像　増補版』

満洲を独立国とする案の策定経緯を山室信一氏の『キメラ―満洲国の肖像　増補版』「第二章　在満各民族の楽土たらしむ」から要約すると、関東軍は、在満政治家や団体の考えを取り込みながら満州国建国を実現させていく。東三省を中国本部から切り離し、王道政治を実現させ、覇道政治をとる張学良[*16]軍政権や南京政府との関係を断絶した独立国家を建設することが絶対要件となるという閉関自主を主張する、絶対保安民主義と不養兵主義（「神聖なる王道政治の前には軍隊など必要としない……吾侵されざれば人また我をおかさず」との立場に立つ国防論）の于冲漢[*17]は、独立国は軍隊を一切持たないとするものの、ソ連や関内からの攻撃に対する国防は日本に委任するという考え、満州国建国の根幹ともなるべき枢要な論点を関東軍と石原に与えたという。新たな政権に対する中国人住民の支持を得るために于冲漢を部長とする自治指導部が開設された。「満洲青年連盟[*18]」は、柳条湖事件後の一九三一（昭和六）年十月二十三日、関東軍司令官に「満蒙自由国建設要綱」を提出したとある。「満蒙自由国建設要綱」では、民族協和と満蒙独立国家建設とが一体のものとして提起され、一九三二（昭和七）年二月二十九日、リットン調査団が東京に到着した日に、奉天で「自治指導部」が「全満州建国促進運動連合大会」を開催。溥儀を元首に推戴する緊急動議を満場一致で可決したという。詳細については、『キメラ―満洲国の肖像　増補版』第二章を参照されたし。

《一九〇八年わずか三歳で即位し、辛亥革命によって中華民国成立とともに一九一二年在位三年余で退位した溥儀。／（略）溥儀にとって、「祖業回復」と「光復回栄」こそは生きるすべてであり、／（略）新国家の頭首として溥儀の登用が決定したのは、一九三一年九月二二日、関東軍が満蒙占領案から一転して独立国家構想へと移った時であり、いかにも唐突な印象を与える。／（略）この決定の背景には、すでに、それ以前からの日本陸軍および関東軍と宣統帝派との交渉が大きく作用していたことも否めないだろう。／（略）関東軍による溥儀擁立策の強行に対しては、日本のみならず満洲でも抵抗が生じていた。／溥儀に対する明白ないし暗黙の反対という以上に関東軍としてさらに憂慮すべきことがあった。それは、在満の中国人協力者のなかに、張学良の満洲復帰を望む声が依然強かっただけでなく、柴山兼四郎少佐などの中国通軍人も張学良以外では事態の収拾はできないと関東軍司令官に建議する状況にあったということである。そして当時は知られていなかったが、昭和天皇も張学良の復帰を適当と考えていたといわれる。／いずれにしろ、満洲領有論から転回した段階で早々と溥儀の起用を決定し、他に持駒を用意していなかった関東軍としては、溥儀で突破するしか途は残されていなかった。／（略）関東軍が（略）溥儀を皇帝としなかった／（略）より重要な理由としては、中華民国から分離した独立国家を形成するに当って、共和制を採る中華民国に対抗し優位性を誇示していこうとすれば、立憲共和制をぬきにしては考えられなかったということが挙げられるのではないだろうか。》

——『キメラ—満洲国の肖像増補版』

一九三一（昭和六）年九月十八日の満州事変の後、一九三二（昭和七）年、中国清朝最後の皇帝溥儀を執政に迎え満州国が建国され、同時に締結された「日満議定書」[*19]によって、満州国の国防は関東軍が担当することになった。その満州国とソ連、ソ連の同盟国であるモンゴルの間では、国境紛争が絶えなかった。ソ連との大きな軍事衝突をみずに満州国が建国されたことは、ソ連軍の軍事力や戦闘意思に対する関東軍の判断を誤らせる原因にもなり、張鼓峰（ちょうこほう）事件[*20]（一九三八年）やノモンハン・ハルハ川事件（一九三九年）などの戦闘において惨敗し、多数の死傷者を生むことにつながったと山室氏は述べている。また、満州国建国を経て日本民族を指導民族とする、「民族協和」とそれによってもたらされる「王道楽土」という言葉に象徴される経営理念が広められていった。

八　日本の国際連盟の脱退

満州事変が起きた時、国民政府主席で行政院長であった蔣介石[*21]は、中国内の共産党の紅軍と広東派とよばれる国民党の一派と戦っていた。蔣介石は国際連盟に訴えることで満州問題を国際問題とし、日本と東三省（満州）を支配していた張学良との調停をめぐる話し合いを阻止しようとした。このことについて、加藤氏は、アメリカのスタンフォード大学のフーバー研究所が公開している蔣介石の日記を紹介している。

《二国間の話し合いではなく、国際連盟による仲裁を求めた理由は二つ。①事件の解決そのものを連盟がなしうるとは思わないが、少なくとも、日本の侵略を国際世論によって牽制できる。中国に有利な国際環境をつくっておけば、のちに予想される日中交渉の時にも有利である。②連盟に訴えることで、国民の関心を連盟に向けさせることができる。国家防衛の責任を連盟に一部分担させることは、自らの政権維持にとって重要。／理由はほかにもありました。それは、蔣介石率いる国民政府は、張学良の支配する東三省に対して、国家として主権を対外的に主張できる立場、つまり、外交権という一点のみでつながっていただけだったということです。／つまり、軍事的にも行政的にも、東三省を支配していたのは張学良だった。よって、もし日本の出先軍である関東軍と東三省の実質的支配者である張学良が、停戦をめぐって話し合いを始めてしまえば、国民政府は手出しができなくなる怖れがありました。／九月二十一日、満州事変は、中国が連盟に訴えたことで、その処理が連盟に委ねられることになりました。／日本と中国が二国間で話し合うべきだとする日本側と連盟が解決すべきだという中国側の主張はなかなかまとまりません。》

──『それでも日本人は「戦争」を選んだ』

蔣介石の訴えにより、国際連盟[*22]からリットン調査団（国際連盟のリットンを団長とした調査団）が派遣され報告書がまとめられ、和解案などの調整を計ろうという動きがあった。しかし陸軍は天皇の命令で満州国内の熱河省に兵を動かしてしまう。

この作戦は、天皇自身が閣議決定を受けて承認を与えた作戦であった。このことは連盟規約第十六条（第十五条による約束を無視して、新たな戦争に訴えたる連合国は当然、他の全ての連合国に対し戦争行為をなしたるものと見なす）に抵触することになり、次のように国際連盟を脱退することになったと加藤氏は語る。

《一九三三年二月、陸軍は、満州国の南部分、万里の長城の北部分にあたる中国の熱河省に軍隊を侵攻させたのです。（略）張学良の軍隊が依然として入り込んでいて満州国に反抗する運動を起こしている、よって、満州国のために、日本側は張学良軍を追い払うのだ、ということで軍隊を動かす。／三三年二月というのは、まさに、連盟が和協案を提議して、日本側に最後の妥協を迫っているときでした。／熱河侵攻計画という、最初はたいした影響はないと考えられていた作戦が、実のところ、連盟からは、新しい戦争を起こした国と認定される危険をはらんでいた作戦で（略）除名や経済制裁を受けるよりは、先に自ら連盟を脱退してしまえ、このような考えの連鎖で、日本の態度は決定されたのです。》――『それでも日本人は「戦争」を選んだ』

九　満蒙開拓と昭和の防人

満州事変を経て、一九三一年に建国された満州。昭和恐慌*[23]にあえぐ日本の国民はその活路を求めていた。海に隔てられた異境の地満州国へ、日本の人々はどのような経緯で渡って行ったのだろうか。山室氏は次のように記している。

《農業恐慌からの娘の身売りや親子心中が社会問題となっているなかで、「満洲にいけば一〇町歩の大地主になれる」という惹句（じゃっく）を人々が信じ、移民や開拓団として入植したとしましても、あながち無理はなかったかもしれません。／（略）満洲移民にも武装移民・集団移民・分村移民などいろいろなケースがあり、入植した時期や形態によって事態は全く異なりますが、実際はそれほどの農地が与えられたわけでもありませんし、農法も気候も異なる満洲で自ら耕作をすることには限界がともないました。》

――『キメラ―満洲国の肖像　増補版』

このことを杉山春氏『満州女塾』から補足することにする。『満州女塾』は、ジャーナリストの杉山春氏が一九九〇（平成二）年から六年をかけて日中両国の「大陸の花嫁」を取材したノンフィクションである。開拓移民に嫁いだ女性たちの体験が細やかに記されている。山室氏の書籍からもそれに関係する箇所を引用する。

《第一次武装移民団の構成員は東北六県、長野、新潟、群馬、栃木各県の農民出身者の在郷軍人で、ほとんどが三〇歳以下、妻帯者はごくわずかであった。／現地には、九九戸四〇〇人あまりの中国人農民がいたが、一人わずか五円の立退料で追われた。一九世紀末から、土地を求めて万里の長城を越えて流れ込んできた中国人が、牛や馬を使い、鍬を振るってようやく拓いた土地である。ちなみに昭和七年当時、日本政府の拓務局の給仕の月給は一五円だったという。わずかな金で生活基盤のすべてを奪われた中国人は、当然のこととして激しい抵抗を始めた。一方、一攫千金を夢見て参加した者も少なくなかった移民団からは、抗日軍との交戦が多発して安全が保障されないこと、屯田兵としての身分の不安定さ、交通の不便さ、土質の悪さ、生活の困難さなどの不満が噴出する。》

——『満州女塾』

《入植地が満州国の北部や東部がほとんどであったのも、ソ連の侵攻に対処する意味合いがあったからです。満洲開拓を推進した関東軍司令部付きの陸軍大佐東宮鉄男（とうみやかねお）は、開拓移民を

「屯墾軍」と位置づけ、その入植地の選定基準を対ソ戦のための要衝の地に置いていました。一九四五年六月にはソ連の参戦が想定されていたにもかかわらず、関東軍が開拓団を退避させなかったのも、それによってソ連軍を呼び込むことになるのを警戒したからでした。その意味では一九三二年から始まった武装移民や一九三八年から敗戦まで八万七〇〇〇人に及んだ「昭和の防人」と呼ばれた満蒙開拓義勇軍（満洲国では「軍」の名称を避けて義勇「隊」と称しました）による開拓なども、一九四五年の悲劇を用意するものでありました。》

――『キメラ―満洲国の肖像　増補版』

では、なぜ「昭和の防人」と呼ばれたのか、日本内地人開拓民の役割について、小川津根子氏（元帝京大学教授）が、二〇〇七（平成十九）年一月二十日、「中国残留邦人訴訟陳述意見書」（第二残留婦人を生んだ歴史的背景）、「一　農業移民の軍事的・政治的役割」の「（ロ）移民に課せられた任務」を東京高等裁判所第十六民事部当てに提出した資料の中から紹介する。

《役割の第一は満州国の治安維持・確立に協力することで、このため移民の四割が反満抗日軍の活動する地域に配置された。／（略）軍の勢力が「討匪」によってそがれることを防ぐために、民間に肩代わりをさせる必要があった。／第二は対ソ作戦上、関東軍の補助・協力にあたること。このため移民の五割がソ満国境の最前線地帯に配備されて国境防衛にあたり、関東軍の軍事補助者として、有事に備えることとされた。／第三は、満鉄沿線、重要河川の沿線、特にソ満国境に通じる軍用鉄道の沿線を抗日軍と有事の際の襲撃からまもるため、これらの地域に配備された。／第四は、満州重工業地帯の防衛のため、その周辺地域に配備された。／第五は、「大和民族」を中核にして五族協和の実をあげ、内外に示すことで、のちには満州を大東亜共栄圏の中心と位置付けた。／第六は、昭和恐慌による日本国内の農村の困窮と土地不足を解消し、激化していた小作争議を押えるため、小作貧農を送出して農村の安定を図ることで、農林省は農村経済更生計画に満州開拓を組み入れた。》

——「中国残留邦人訴訟陳述意見書」

「満洲に行けば二〇町歩の地主になれる」の甘く見栄えの良い言葉で飾られた政策により、貧困にあえぐ農村の若者を蒙古と満州とソ連との国境地帯に「昭和の防人」と称し自国の人間の盾（民草）として入植させた。これは日本国内で激化する小作争議のガス抜きも兼ねていた。

第一次武装移民は入植したものの、生活の不安定からくる「屯墾病（とんこんびょう）」に荒れる者が多く出た。このため「大陸の花嫁」の送り出しが計画された。女性たちの送り出しの目的は、移民の配偶者として移民の定着を図る。「大和民族の人口増加」を図るため拓務省の「花嫁百万人送出計画」に基づき、満洲移民協会が中心となって、日本各地で「大陸の花嫁講習会」「花嫁訓練所」が開かれ、日本各地の自治体による花嫁の送り出しが始まった。

十　大陸の花嫁について

《東宮鉄男や加藤完治(かんじ)らは、「屯墾病」に悩む男性を結婚させて、家庭の慰安を得ることができれば満洲に定着するであろうと考えて、「大陸の花嫁」政策を推進しました。／(略)戦争と貧困とに閉ざされた日本の日常から脱け出して、自力で自分の未来を切り拓いていきたいという希望を抱いていた人も少なくありませんでした。／一九四二年に拓務省が作成した『女子拓殖指導者提要』があります。ここでは女性の役割として、「民族資源確保のため、先ず開拓民の定着性を増強すること」、「民族資源の量的確保と共に大和民族の純血を保持すること」、「日本婦道を大陸に移植し、満洲新文化を創建すること」、「民族協和の達成上、女子の協力を必要とする部面の多いこと」などを挙げています。満洲国での女性の任務が／(略)あくまで開拓移民男性を満洲に定着させ、出産によって満洲国の指導民族としての大和民族を増殖させることに置かれていたことは明らかです。／開拓団での生活は、日本内地とは違う厳しい気候条件のうえに、娯楽の少ない単調な生活でしたから幻滅感にとらわれたり、開拓団の共同生活になじめずに疎外感に悩んだ女性も少なくなかったようです。しかし、いかに絶望し厭悪(えんお)したとしても／(略)実家にも帰れず、帰国費用もないままに現地生活に適応していくしかないというのが実情だったのでしょう。》

——『キメラ―満洲国の肖像　増補版』

一九三六年に「二〇カ年百万戸満州移民計画」が開始され、さらに三八年に訓練が始まった満蒙開拓青少年義勇軍が入植していくことに対処するため組織的な花嫁の送り出しが図られた。多くの女性が「女子拓殖指導者提要」により送りこまれた。（『キメラ―満洲国の肖像　増補版』）満州の辺境の暮らしの一方、主要都市は、どんな様子だったのでしょう。

《政治的シンボルとして新たに計画的に作られた首都・新京（長春）ではインフラの整備に資金が注ぎ込まれて下水道設備が完備し、公園の占有率も東京の二・八％に対し、七・二％に当たるなど当時の東京よりも快適な都市生活を送れた側面もあります。／（略）こうした植民地特有の生活に「西洋文明のフロンティア」としての満洲というイメージが生まれる契機があったと思います。／満洲建国とともに、満洲政府や県公署の事務員やタイピストなどに就く機会が開かれていき、日本国内ではきわめて限られていた女性の専門職への就職という希望も叶（かな）えられるようになります。／（略）しかし、女性が満洲国に赴く一番大きな理由となったのは、やはり満洲開拓移民にともなうものでした。》

――『キメラ―満洲国の肖像　増補版』

十一　日中戦争への道

一九三七（昭和十二）年七月七日夜、北京郊外の盧溝橋付近で、日本の駐屯軍が夜間演習をしていた際に、謎の発砲を受ける。これを中国側の発砲とみた牟田口連隊長は、中国軍への攻撃を命令、交戦状態に突入した。その後、現地で停戦合意に達したものの、一気に北支を支配下に収めたい日本軍は、次々に軍隊を中国戦線に送り込み、戦火を広げていった。（九月二三日抗日民族統一戦線が成立。第二次国共合作成る。）

国共合作が成った中国軍の激しい抵抗で、戦争は長期化していく。

十二　ノモンハン事件（戦争）から第二次世界大戦・太平洋戦争へ

《一九三九（昭和一四）年夏、当時の満洲国とモンゴル人民共和国とが接する国境付近で、国境地帯の領土の帰属をめぐって、五月一一日から九月十五日まで四か月間にわたる死闘が繰り返された。敵対した一方は日本・満洲国軍、他方はソビエト連邦・モンゴル人民共和国連合軍であった。／しかし九月に入ってからもまだ戦闘は続いていた。九月九日からクレムリンで、東郷外相とモロトフ外相が停戦についての交渉を行っている最中の九月一五日にも、日本側一二〇機、ソ連側二〇七機の戦闘機が参加して空中戦を行った。／（略）九月一六日モスクワ時間午前二時、日・ソは共同声明で停戦に合意した旨発表した。／ソ連はその翌年九月一七日に、待ちかまえていたようにポーランドに侵攻した。八月二三日に、ソ連と不可侵条約を結んだドイツは、すでに九月一日西部ポーランドに侵攻していたから、ソ連も急ぎノモンハンでの戦いを終わらせ、ドイツ軍に対抗してポーランドに軍を向ける必要にせまられていたのである。》

——田中克彦『ノモンハン戦争　モンゴルと満洲国』（岩波書店）

《ノモンハン事件以後は、対ソ防備強化のために軍事施設の周辺に入植することとなり、「大陸の鍬の戦士」は、関東軍の南方への兵力移転が進むなか、案山子の兵隊となって鍬でソ連の重戦車や機関銃に立ち向かうことを余儀なくされたのです。／（略）こうして満洲国の盾として各地に植えられた最も弱い民草が、その国家の壊滅のなかで最も苛烈に国家の責めを負わされることになったのです。》

——『キメラ—満洲国の肖像　増補版』

一九三九年九月一日、ドイツがポーランドに侵攻し、これに対しポーランドと援助条約を結んでいた、英仏両国がドイツに宣戦布告し、第二次世界大戦の火蓋が切って落とされたのである。ドイツとポーランドの分割統治の秘密協定を結んでいたソ連もポーランドに侵攻したため、英仏の援助も空しくポーランドは崩壊した。

栗原俊雄著『シベリア抑留—未完の悲劇』（岩波書店）のなかに、ドイツとソ連と日本の関係について、書かれた一説がある。《日中戦争が泥沼化し、対英米関係も悪化して閉塞感のある日本と、西はドイツ、東は日本との二面作戦を避けたいソ連は歩み寄った。一九四一（昭和一六）年四月一三日、松岡洋右外務大臣はモスクワでスターリンの見守るなか、日ソ中立条約[*24]に調印した。同六月二二日、日本の同盟国ドイツがソ連領に侵攻、独ソ戦が始まった。国際情勢の変化を受けて、日本政府と軍部は七月二日、天皇陛下が臨席する「御前会議」を開き「情勢の推移に伴う帝国国策要綱」を決定、独ソ戦が日本に有利に働いた場合はソ連と戦うことを決めた。この決定に基づき、陸軍は対ソ連戦準備のために満州に展開する関東軍を七〇万人に増強した。名目は、「関東軍特種演習」（関特演）という演習だった。ドイツの侵攻は日本が期待したほど進まなかった。八月九日、参謀本部は、ソ連への侵攻をいったん諦めた。》とある（詳細については、『シベリア抑留―未完の悲劇』「第1章　発端」を参照されたい）。ドイツ・ソ連・日本とまさに食うか食われるかの状況であった。

一九四〇（昭和十五）年七月二十八日。日本は欧米から蔣介石への援助物資の輸送ルートの遮断のため、オランダやフランスの植民地である、東南アジアの南部仏印地域へ進駐していく。二十七日には、ドイツ・イタリアとの同盟強化のため、三国軍事同盟に調印した。一方で敵対するアメリカは七月二十五日、在米日本資産の凍結。八月一日、対日石油輸出の全面禁止。十一月二十六日、アメリカ・ハル国務長官の「ハル・ノート」（仏印や中国からの無条件撤退。中国の蔣介石の政府の承認など情勢を満州事変以前に戻す内容）が提示され、これを最後通牒と受け取った日本は、一九四一（昭和十六）年十二月八日、オワフ島真珠湾のアメリカ軍基地を奇襲攻撃した。真珠湾攻撃に至る前の一九四一年、近衛内閣の使者として豊田貞次郎外務大臣が、ルーズベルト大統領との平和会談の道を探ったが、提案は無視されより強い警告が発せられたとハーバート・フーバー（元アメリカ大統領）は『裏切られた自由』〔上〕（渡辺惣樹訳、草思社）に書いている。なぜ日本が太平洋戦争への道を選んだかについては、様々な説があるが、加藤陽子著『それでも日本人は「戦争」を選んだ』などの歴史書の論考から学びつつ、父母や祖父母の時代の一般の庶民たちがなぜ戦争に人生を翻弄されていったのかを、世界史的な観点を持ちつつ私自身も問い続けていきたい。太平洋戦争は左記のようにミッドウェー海戦[*25]の敗北以降は敗北の連鎖が続き、兵士たちだけでなく全国の都市においても空襲によって数多くの一般民衆が命を落としていく。

《日本海軍による真珠湾奇襲作戦からはじまった米英相手の太平洋戦争は、初めのうちこそ日本軍の南方諸地域での侵攻作戦が華々しかったが、やがて昭和一七（一九四四（ママ））年六月のミッドウェー作戦で日本海軍が敗れさってから、アメリカはようやく反攻に転じ、十八年春から南東方面で行われた日米の攻防戦において、日本軍はまったく苦境に追いこまれた。》

——島田俊彦著『関東軍——在満陸軍の独走』

南方戦線で失われた兵力は、関東軍から転用され、精鋭兵団の二十個師団が差し向けられた。また航空部隊は、特別攻撃飛行隊などをフィリピンや沖縄方面の決戦場に送ったという。独ソ戦のスターリングラード作戦にドイツは失敗し、一九四四年十一月七日のソ連革命記念日に、スターリンは日本を侵略国と決めつける演説を行い、一九四五（昭和二十）年、日ソ中立条約の一方的破棄を通知してきた。が日本はこれを認めていなかったので、八月九日のソ連の満州侵攻時、この条約は有効だったことになる。

《大本営は、関東軍に対し、つぎのような指示が行われた。／満州国中その所属に関し、隣国と主張を異にする地域及び兵力の使用不便なる地域並に国境紛争の惧ある地域の兵力を以てする防衛は、これを行わざるを得。又国境付近における事件の発生に方り、事件の拡大を避くるため、状況に依り兵力を以ってする防衛を行わざることを得。／昭和十九年十一月七日、ソ連革命記念日に、スターリンが日本を侵略国と決めつけた演説を行い、翌二十年（一九四五年）二月下旬からシベリア鉄道によるヨーロッパ・ロシアからの兵力東送が開始された。／（略）四月五日、ソ連は、日ソ中立条約の一方的廃棄を通知してきた。／これに備えて五月三十日、大本営は関東軍の完全な作戦態勢への切換を命令し、また『満鮮方面対ソ作戦計画要領』を与え、これにもとづいて対ソ作戦準備を行うことを指令した。その内容は「関東軍は京図線（新京〜図們）、連京線（大連〜新京）以東の要域を確保して持久を策し、大東亜戦争の遂行を有利ならしめむべし」というものであった。／（略）要するに全満の四分の三は放棄しても、通化を中心とする東辺道地帯にたてこもって、大持久戦によりソ連軍をここに釘付けにしろ、という命令だった。／昭和二十年八月九日午前一時ごろ、牡丹江の第一方面軍から「東寧、綏芬河正面の敵は攻撃を開始せり」ついで「牡丹江市街は敵の空襲を受けつつあり」という電話報告が関東軍総司令部に入った。／（略）八月十二日以後、関東軍総司令部は新京から通化に移動を開始し、これと同時に満州国政府機関も同地に移った。総司令部移動の理由は、大本営命令にもかかわらず、あくまでも東辺道保衛を目的とした関東軍が、新京付近の意外に早く第一戦となる危険を認め、また空襲の激化も予想されたから、というのだ。だが国策に沿って満洲に移り住んだ日本人や「王道楽土」の満洲国人に対してそれらしい保護も行わず総司令部が通化に後退したのは、(略)「総司令部は逃げた。隠れた」と批判されたのもやむをえなかった。／また、十日ごろ戦局の極端な悪化とともに、関東軍は居留民関係の参謀の配慮で居留民を置きざりにして、いちはやく軍の家族を安全地帯に移してしまった。》――『関東軍―在満陸軍の独走』

関東軍の邦人保護についての考えを残す資料がある。防衛省防衛研究所戦史資料室所蔵の『第二次大戦に於ける満州国内在留邦人の引揚げについて（覚え書）』元関東軍参謀吉田農夫雄陸軍大佐資料（昭和三十四年八月二十四日付）によると、「関東軍在満居留民処理計画」を一九四五（昭和二十）年二月二十四日に策定完了している。しかしこの計画に対し大本営は、「ソ連の参戦は万々あるまい、今関東軍が第一線地区居留民の引揚げを行う事は、満州国現地民の動揺を来たし軍の意図を暴露し引いてはソ連軍の侵攻を誘発する」として、同意しなかった。ソ連軍の侵攻に伴い居留民に避難の指示が出されたのは、八月九日になってからである。前文の「いちはやく軍の家族を安全地帯に移してしまった」という文章に呼応するように、『第二次大戦に於ける満州国内在留邦人の引揚げについて（覚え書）』には、「軍家族が先行したにあらず、各軍とも各車混合にして一般並官家族の集合遅々なる為、統制の取れた軍及び満鉄家族に比し混入割合少なかりしのみ」と書いている。徒歩や病弱者を荷車に乗せての移動が、ソ連やモンゴル、中国などの国境付近から速やかにできるはずもなく、「関東軍から置き去りにされた」という思いが強く残るのは、無理のないことであると、私は二〇二二年五月、防衛庁防衛研究所戦史資料室でこの資料を読み、難民となった人たちと同じ思いを感じた。

一九四五（昭和二十）年二月四日～十一日、ルーズベルト、チャーチル、スターリンによるヤルタ会談において、「ヨーロッパおよびポーランドの解放宣言」「ドイツに関わる声明および合意事項」「極東に関わる秘密協定」が話し合われた。「極東に関わる秘密協定」で米英ソ三国首脳は、一九〇四年の日本の攻撃（日露戦争）によって失われたロシアの権利の回復、千島列島のソ連への割譲を条件に、ドイツの降伏の後二カ月ないし三カ月後ソ連が対日戦争に連合国の側に立って参戦することで合意した。ハーバート・フーバー著『裏切られた自由』〔下〕を参照した。


七月五日、関東軍、兵力増強の必要から在満在留邦人に対する「根こそぎ招集」を上申、大本営は直ちにこれを許可。

七月十三日、ソ連に終戦斡旋依頼のため近衛文麿を派遣。ソ連に申し入れ。

七月十八日、スターリン、日本からの和平斡旋依頼を拒否。

七月二十六日、トルーマンら対日ポツダム宣言発表。

七月二十八日、鈴木首相、ポツダム宣言を黙殺、戦争邁進の談話。

八月六日、アメリカにより広島へ原爆投下。

八月八日、ソ連は日本へ宣戦布告。八月九日零時ソ連軍の侵攻が始まった。十六歳以上男子開拓団員に「防衛招集」実施。

八月九日、アメリカにより長崎へ原爆投下。

八月十四日、日本、御前会議でポツダム宣言受諾を決定。

八月十五日、天皇「終戦の詔書」ラジオ放送。

八月十六日、スターリン、トルーマンに北海道半分（釧路・留萌を結ぶ線より北）占領に関し秘密書簡を送る。

八月十八日、トルーマン、スターリンの要求を拒否。

八月十九日、沿海地方ジャリコーボにおいて、ソ連極東最高司令官ワシレフスキーと関東軍参謀長秦の「停戦会談」行われる。

八月二十三日、国家国防委員会議長スターリン「日本軍捕虜将兵五〇万人をシベリアに移送せよ」を秘密指令。

八月二十六日、大本営朝枝参謀、「関東軍方面停戦状況に関する実視報告」を提出。関東軍司令部、「ワシレフスキー元帥に対する報告」を提出。八月末より日本人捕虜の移送はじまる。

九月二日、日本、降伏文書に調印、スターリン勝利演説。

九月十二日、ソ連情報局「一九四五年八月九日から九月九日までの期間の極東における日本軍の損害として五九万四〇〇〇人以上の日本軍兵士、士官、将官一四八人（それらのうちには二万人の負傷者を含む）が我が国の捕虜となった」ことを発表。

（シベリア抑留者支援・記録センター関連地図・年表参照）

《八月十四日のポツダム宣言の受諾通達をもって、戦争が自動的に終わったわけではなく、いかに日本軍を武装解除して降伏条件を実行するかについての交渉が必要になります。そのため日本では、連合軍総司令官D・マッカーサー将軍の本部所在地であったマニラに停戦協定作成にむけて河辺虎四郎(かわべとらしろう)中将らを全権委員として派遣し、一九四五年八月二〇日に降伏文書を受領しています。その時、総司令部からソ連軍に関しては連合軍の指揮権下にない、との通告を受けたにもかかわらず、日本は対ソ交渉を現地の関東軍に委(ゆだ)ね、ついにソ連極東軍総司令官マリノフスキー将軍のもとに全権代表を送りませんでした。この当然行うべき停戦交渉を行わなかったために、関東軍を日本政府の公式の代表とは認めないソ連軍の軍事行動は続き、旧満洲国のみならず朝鮮、樺太、千島に在留していた日本人や朝鮮人は苦難を強いられることになりました。／ただヨーロッパ戦線の終結においては占領という事実をもとに米ソの支配地域が決定されるという〝占領地主義〟が採られていたため、ソ連としては、占領実績を背景に北海道北部の占領をアメリカに要求するためにも、停戦交渉や停戦協定があってもそれを無視して戦闘を続行し、占領地域の拡張を図った可能性はあります。／しかし、日本政府が交渉を関東軍に委ねて明確な意志表示をしなかったことは、ソ連に絶好の口実を与え、旧満洲では八月二〇日、樺太では八月二六日、千島では九月五日まで作戦上の侵攻が続き、死傷者や抑留者の増大を招くことになりました。》

――『キメラ―満洲国の肖像　増補版』

「関東軍方面停戦状況に関する実視報告」大本営浅枝参謀の文書には、「規定方針通大陸方面に於ては在留邦人及武装解除後の軍人はソ連の庇護下に満鮮に土着せしめて生活を営む如くソ連に依頼するを可とす」「満鮮に土着する者は日本国籍を離るるも支障なきものとす」と書かれている。天皇制維持のために、約百八十万人の命は棄民のようにソ連のスターリンの手に白紙一任されたと言っても過言ではない。多くの若者が命をかけて守ろうとした、国体とは天皇とは、いったい何だったのか、やはり天皇や大日本帝国政府から裏切られたという空しい思いに私は駆られる。

十三　第一章のおわりに

ソ連（シベリア）抑留の語り部は「日ソ中立条約が締結期間中に一方的に破棄され、一九四五（昭和二十）年八月九日突然ソ連から侵攻された」ことから話し始めた。日ソ中立条約は、一九四一（昭和十六）年四月十三日にモスクワで調印された五年間の条約である。

一九四五年、第二次世界大戦で戦況の不利になった日本に対し、ソ連から、四月五日に一方的「日ソ中立条約」の破棄が通知された。しかし一九四六年四月までの有効期限を一年以上残し、日本の承諾がなかったため、ソ連は条約有効中に対日参戦をしたことになる。だが、それまでにソ連軍の侵攻の予兆のあった中で、なぜ「突然」と受け止めたのであろう。

一九四五年二月四日から十一日にかけ、第二次大戦終結に向けて行われたヤルタ会談では、ソ連とアメリカの「極東に関わる秘密協定」により千島列島・南サハリンの引き渡しなどを条件に、ソ連の対日参戦が取り決められていた。（『裏切られた自由』〔下〕参照）

ソ連から日本側へ四月五日に「日ソ中立条約」の破棄が通知され、これを受け大本営は、五月三十日、「満鮮方面対ソ作戦計画要領」により、満州のおよそ四分の三を放棄し持久戦をとるという指令を与えている。

関東軍の兵士だった方々の多くは戦場にあり、ヤルタ会談について知る由もない。

八月八日午後六時、ソ連のモロトフ外相が佐藤尚武大使を呼び出し、日本への宣戦布告がなされた。日本への電信を許され、佐藤大使はソ連の宣戦布告を日本へ電信したが、その電文は日本に届かなかったという（『シベリア抑留—未完の悲劇』参照）。関東軍の兵士が「突然侵攻された」と感じた一つの根拠ともいえる。

関東軍の兵員は南方戦線に差し向けられ、兵器も輸送の準備をされ駅に送られていたという体験談から、大本営から直前の指令があったとしても、関東軍は圧倒的な軍事力の差により、ソ連の侵攻に長く耐えることはできなかった。ソ満国境、周辺都市や樺太では、ソ連軍に対し激しく応戦した部隊もあった。八月十五日、ポツダム宣言を日本は受諾した。八月十五日、ラジオの玉音放送で「終戦の詔勅」を聴いた者や、敗走中にソ連兵から日本の敗戦を聞かされ、武装解除を受けた者もあったという。

ポツダム宣言の受諾後、宣言の第九条に「日本国軍隊は完全に武装解除をされたる後、各自自分の家庭に復帰し平和的かつ生産的な生活を営む機会を得しめられるべし」に反して、当時五七万五〇〇〇人の日本人捕虜が、ソ連（シベリア）へ連行され、何年も強制労働を強いられ、約五万五〇〇〇人が死亡したという（厚生労働省発表）。生と死の隣り合わせの運命を五二万人の人は生き延びた。

ソ連（シベリア）抑留の悲惨さもさることながら、「満州国」崩壊により居留民は、中国国民党軍と中国共産党軍の内戦状態にありその上ソ連軍が影響力を持つという複雑な状況下に難民となった。こうしたなかで、敗戦国民である日本人は、侵略の責めを負う「日僑俘虜」（日僑：日は日本、僑は他国で仮住まいすること）として強制送還の対象となったが、引揚げ船の都合などがあり収容所での生活を余儀なくされた。（『キメラ―満洲国の肖像　増補版』参照）

引揚げの逃避行におけるソ連兵や地元民などによる略奪、暴行（性的暴行を含む）、集団自決、食料不足による飢えと栄養失調、シラミによって媒介される発疹チフスなどの感染症により、死にみまわれたのは、在満者一五五万人のうち一八万人にも上ったと山室信一氏は記している。満州の冬は、気温零下三〇度から四〇度近くまで下がる。このような状況のなかで、難民生活に耐えながら引揚げ準備命令が発せられたのは、昭和二十一年四月二十三日。引揚げ船は、五月七日葫蘆島を出発し五月十四日に佐世保港に入港している（厚生省『引揚げと援護三十年の歩み』参照）。引揚げ者は、一冬を極寒の満州や朝鮮半島で過ごさなければならなかった。引揚げ船を何年も待った人もいた。混乱の中で親と離れ離れになったり、飢えから命をつなぐために少量の食料と子どもが引き換えられたり預けられたりした「中国残留孤児」、連れ去られたり、家族を守るため身を差し出したり、妊娠中などの理由で徒歩での避難がかなわずに地元中国人と結婚したりした「中国残留婦人」の問題などを残した。満州崩壊に始まる日本人難民は、日清戦争や日露戦争、日中戦争の度重なる戦争と支配に対する、反日感情による報復を一身に背負うことになったのである。そのような情況で生き残ったシベリア抑留者や満洲引揚げ者たちの中で、その不条理な体験を俳句に詠み続けた俳人たちに、私は強い関心を抱いていった。あたかもそれはシベリア抑留体験を語ることなく亡くなった父の思いを探し出す行為にも思えたのだった。

第二章以降は俳人たちの壮絶な体験とその作品を紹介し論じていきたい。

〔註〕

＊1　李鴻章：安徽省合肥生まれ。近代化を目指し洋務運動を推進した。／（略）以来、台湾問題、琉球問題、清仏戦争、朝鮮問題などから下関条約に至るまで、清国の重要な外交問題の全てに関わった。（『山川日本史小辞典』）

＊2　領事裁判制度：領事が本国の法律に基づき、その国に在留する自国民に関する民事・刑事の裁判を行う制度。（『広辞苑』）

＊3　日英同盟協約：日清戦争後朝鮮問題解決をめぐって、ロシアとの衝突を予測していた日本と、三国干渉や中東におけるロシア・ドイツ・フランスに脅威を感じ、日本の軍事力に注目したイギリスとの間に結ばれた。（『山川世界史小辞典』）

＊4　ローレンツ・フォン・シュタイン：一八一五・一一・一五〜一八九〇・九・二三（略）一八五五年ウィーン大学教授となり政治学・経済学を講義。一八八二年憲法調査に訪れた伊藤博文に、日本の国体を

尊重した憲法制度を助言（『小川日本史小辞典』）。加藤陽子『それでも日本人は「戦争」を選んだ』では、山縣有朋に、ロシアが遼東半島の南に凍らない港を持つことを示唆したことが解説されている。

＊5　東三省：清代、中国東北にあった、奉天・吉林・黒竜江の三省のこと。旧満州の別称。（『山川世界史小辞典』）

＊6　辛亥革命：清朝を倒し中華民国を樹立した共産主義革命。一九一一（辛亥）年十月十日の武装蜂起がきっかけとなったので辛亥革命という。（『小川世界史小辞典』）

＊7　二十一カ条要求：第一次大戦中の一九一五（大正四）年に第二次大隈内閣が中国大総統に出した権益拡大の要求。（『山川日本史小辞典』）

＊8　十四カ条の平和原則：アメリカの大統領ウッドロウ・ウイルソンが一九一八年一月年頭のアメリカの連邦議会中の演説で発表した戦後世界の理想をまとめた十四条（『それでも日本人は「戦争」を選んだ』）

＊9　尼港事件：一九二〇年、アムール河の河口の要衝ニコライエフスク（尼港）に駐屯する日本守備隊と居留民がパルチザン軍と衝突した事件。約四〇〇〇人のパルチザン（住民から立ち上がった遊撃隊）に包囲され、現地の日本軍が、パルチザンと周辺の諸民族を敵に回したなかで起きた惨劇。民間人三八四名、日本軍人三五一名の計七三五人が殉難。（『シベリア出兵―近代日本の忘れられた七年戦争』）

＊10　五・四運動：一九一九年五月四日北京で起こった愛国運動。パリ講和会議で中国の要求が通らなかったうえに、二一カ条要求に同意したことが暴露され、中国人は帝国主義諸国特に日本とこれに結び付く国内封建勢力に強い怒りを覚えた。（『小川世界史小辞典』）

＊11　三民主義：民国時代初期に孫文が提唱した中国革命の基本方針で民族・民権・民生の三主義からなり、中国国民党の指導理念となった。（『小川世界史小辞典』）

＊12　三・一独立運動：朝鮮の独立運動。一九一九年三月一日、孫秉熙（そんへいき）ら三十三人は、ソウルの一料理店に集まり、独立宣言書を発表して世界の世論に訴え、またパリ講和会議に請願した。（『小川世界史

小辞典』

＊13 「十万の英霊と二十億の国帑（国庫金）」「満蒙特殊権益」「満州は我が国の生命線」は、満州の重要性を指摘するために、日本人の間で語られた三つの象徴的キーワード。（『それでも日本人は「戦争」を選んだ』参照）

＊14 張作霖（ちょうさくりん）：中国の軍閥。奉天（遼寧）省海城県の人。馬賊の出身。一九〇三年順して勇軍の隊長となり、辛亥革命で奉天市内を警備し、（略）一九二七年北京で大元帥に就任。一九二八年国民革命軍に敗れ、関内引き上げの途中、六月四日奉天で関東軍に列車を爆破され死んだ。（『山川世界史小辞典』）

＊15 石原莞爾の「満蒙問題私見」については、朝日新聞社『太平洋戦争への道〈別巻〉』にて確認済み。

＊16 張学良（ちょうがくりょう）：中国民国時代の軍人。政治家。軍閥張作霖の長男。／（略）一九二八年父が日本軍に爆殺された後、東北の全権を握り、国民政府の統一を支持した。一九三六年蔣介石を西安郊外に襲って監禁し、抗日体制の確立をせまった。（『小川世界史小辞典』）

＊17 于冲漢（うちゅうかん）：東京外国語大学中国語講師を務め、日露戦争では日本軍に加わって活躍し勲六等に叙せられる。／（略）その後張作霖のもとで東三省保安司令部参議、東北特別区行政長官、中東鉄道総弁。／（略）一九二七年下野、張作霖死後東三省保安総司令部参議に復したがいくばくもなく辞し実業界に重きをなしていた。（『キメラ―満洲国の肖像　増補版』）

＊18 満洲青年連盟：約三〇〇〇人の満鉄青年社員と青年実業家により、満州における日本の権利および利益を擁護することを目標に昭和三年（一九二八年）一月に組織される。（緒方貞子『満州事変―政策の形成過程』（岩波書店））

＊19 日満議定書：一九三二（昭和七）年九月十五日、日本の満洲国承認に際して両国関係の基本原則を規定した取り決め。第一条では満洲国による日本の既得権益の尊重。第二条では満洲国の共同防衛

と日本軍の満州国内駐屯を規定。執政溥儀と本庄繁関東軍司令官の往復書簡と三つの秘密文書が付属している。／（略）日露戦争以来の満州問題の形式的解決を意味したが、実質は日本による満州国の主要機能の掌握であった。（『小川日本史小辞典』）

＊20 張鼓峰事件：日中戦争中、ソ満国境で発生した日ソ両軍の衝突事件。（『小川日本史小辞典』）

＊21 蔣介石：中国国民党の軍人。政治家。中国国民党と国民政府の最高指導者。一九〇七年日本に留学。留学中中国同盟に加入。辛亥革命が勃発すると、帰国して革命に身を投じた。その後孫文から軍人としての資質を認められる。／（略）三六年の西安事件を機に抗日民族統一戦線が結成される。三七年日中戦争勃発後第二次国共合作結成。三八年国民党総裁に就任するが四九年共産党との内戦に敗れ台湾に移る。（『小川世界史小辞典』）

＊22 国際連盟：第一次大戦後、世界の流れは国際協調、軍縮へ向かう。一九二〇年一月十日に英・仏・伊・日本を常任理事国とした国際連盟が発足。（『知識ゼロからの太平洋戦争入門』）

＊23 日本の経済恐慌：ソヴィエト政権に対する干渉戦争として列強が出兵したシベリア出兵では、これに伴う多額の出費も日本経済に大きな損失をもたらした。こうしたツケに加え、戦後恐慌や一九二三（大正十二）年の関東大震災の発生で金融恐慌が起こる。（略）一九二九（昭和四）年十月二十四日には、ニューヨークで株価の大暴落を発端とした世界恐慌が発生。日本経済も大きな打撃を受けた。（『知識ゼロからの太平洋戦争入門』参照）
池上彰著『14歳からの世界恐慌入門』（マガジンハウス）では、《当時の日本は、アメリカの景気が悪くなってしまったために、アメリカへの輸出が激減しました。このため日本経済もあおりを受けて不況が深刻化。昭和恐慌が発生しました。（略）当時の日本のアメリカへの主要な輸出品は生糸でした。「養蚕の生糸が突然売れなくなって、日本経済は深刻な不況に陥りました。」》と解説され

ている。

＊24 日ソ中立条約：一九四一年四月一三日に日本とソ連の間に調印された条約。一九四〇年に成立した第二次近衛内閣の外相松岡洋右は日独伊三国同盟を結び、これにソ連を加えるという構想を抱いた。初め松岡はソ連に不可侵条約を提案したが、ソ連はこれを拒み、四一年に入って五年間有効の中立条約締結に応じた。／（略）ソ連は一九四五年四月五日中立条約の不延長を予告したが、条件有効中に対日参戦した。（『小川世界史小辞典』）

＊25 ミッドウェー海戦：一九四二年、日本連合艦隊は（略）中部太平洋のミッドウェー攻略作戦を進めたが、同島沖の海戦でアメリカ海軍に大敗北（略）。（『小川世界史小辞典』）

第二章　ソ連（シベリア）抑留者の体験談

抑留者・山田治男（やまだはるお）　ソ連軍の侵攻

私は二〇一七（平成二十九）年十月二十九日、新宿にある平和祈念資料館で、語り部の山田治男氏（以下「山田氏」）の体験談を聴いた。

山田氏は、九十二歳とは思えないほど姿勢が良く矍鑠（かくしゃく）とした風貌であった。

山田氏の所属した部隊は、中国東北地方（旧満州の最北部とロシアの国境）を流れる黒竜江（アムール川）を挟んでロシア領ブラゴヴェシチェンスクの対岸の愛琿（あいぐん）という町の関東軍独立混成第一三五旅団であった。愛琿陣地のある愛琿地区には、一般人も住み、日本人街ができていた。

一九四五（昭和二十）年八月九日、ソ連軍が日ソ中立条約を一方的に破棄し、侵攻してきた。そのころ大東亜戦争における南方戦線の戦況悪化により、関東軍は南方戦線に兵器を運んでいた。山田氏の所属する部隊も、南方戦線へ兵器を送るために段取りをし、駅に運んでいたので、武器がなかったと言う。そのため、竹竿の中に手榴弾を五個詰めたものを持ち、蛸壺と呼ばれる壕に潜み敵の戦車のキャタピラを撃破する肉薄戦により防衛を図った。こちら側の作戦に気づいたソ連軍は、壕を大きく迂回して行った。山田氏たちは蛸壺の中で生き永らえた。

邦人保護や祖国防衛のためと、武器の乏しい状況で攻撃に耐え、八月九日から八月二十二日まで交戦した。その粘り強い防御戦と対戦車肉薄攻撃に、ソ連軍は驚愕し、「アイグンスキー」と畏敬の念をこめて呼んだと言う。

山田氏はその時の戦力の差に触れていたが、私の認識が明確でないため、富田武氏の『シベリア抑留―スターリン独裁下、「収容所群島」の実像』（中央公論新社）から日ソ戦の戦力の差について紹介する。

《極東ソ連軍と日本軍（本土防衛軍を除く関東軍、朝鮮軍、南樺太・千島駐屯軍）の兵力を比較すると、兵員数では、約一七五万対約一一八万人（三対二）であり、大砲・戦車、航空機の保有量ではさらに大きかった。／表2-1「極東ソ連軍と日本軍の兵力」では、大砲・迫撃砲は、二九、八三五対六、六四〇（四・五対一）、戦車・装甲車は五、二五〇対一、二一五（四・四対一）、戦闘機は五、一七一対一、九〇七（二・七対一）と示されている。》

山田氏は、終戦を知らせに日本の軍使（将校）が来たが、上官が「日本が負けるはずはない」とその将校を射殺してしまい、その後北白川宮（きたしらかわのみや）という皇族将校が改めて終戦を告げに来たと、語り初めから衝撃的な証言をされた。

山田氏の所属した部隊の兵員は孫吾（そんご）で武装解除を受け、日本に帰るという噂が流れたが、ソ連領ブラゴヴェシチェンスクへ移動し、満州からの戦利品を運ぶ船に食料などを乗せる仕事をさせられた。それから、ダモイ（帰国）とだまされシベリアに連れて行かれ、強制労働をさせられ、厳しい環境に適応できず沢山の人がバタバタと死んで行ったこと、極寒・重労働・飢えに加えて捕虜を苦しめたのは、社会主義の思想教育を受けた仲間からの吊るし上げによる日本人同士のいがみ合いであったと語られた。

山田氏はシベリアで三年六カ月の歳月を過ごし、昭和二十三年六月にナホトカ港より信濃丸で舞鶴に帰還した。

体験談の中で、一九四五（昭和二十）年八月二十三日のソ連の「国家防衛委員会決議No.9898cc」に触れ、捕虜に対する強制労働は明らかに国際法違反だと述べている。

私はソ連の「国家防衛委員会決議No.9898cc」を理解するため、次のことを調べたので紹介する。それらの全てを引用するのは、無理があるので要約したい。

国家防衛委員会は、極東シベリアという環境での労働に身体的に適した者を日本人捕虜の中から五十万人選び出し、バイカル湖アムール鉄道の建設、シベリア各地での石炭労働や鉄道労働、石油精製所の労働、森林伐採、などに充てることを定めている。（『戦後強制抑留史　第7巻』「国家防衛委員会決議No.9898cc」〔戦後強制抑留史編纂委員会編、平和祈念事業特別基金〕）

また、強制労働の違法性については、一九九五年（終戦五十周年）刊の東海大学平和戦略国際研究所教授、白井久也氏の論文「国際法からみた日本人捕虜のソ連（シベリア）抑留」にはこう述べられている。


《日本が降伏に先立って受諾したポツダム宣言第9項[*26]には、「日本国軍隊は完全に武装を解除されたる後、各自の家庭に復帰し、平和的かつ生産的な生活を営む機会を得しめらるべし」と規定されている。（略）／（ソ連は）ポツダム宣言第9項を無視（略）さらに一部の民間人も含め、

計60数万人を軍事捕虜としてシベリアなどへ連行、強制労働を課したのであった。》

山田氏の平和祈念資料館での体験談の中から、私はソ連軍の侵攻時の日本軍、特に愛琿地区での様子、ソ連の国際法に違反した日本人兵士の強制労働について取り上げたが、山田氏の講演内容と熱意のすべてを網羅出来なかった。偶然、山田氏と私は同じ市に住んでいたこともあり、その後、地元市原での講演も拝聴した。山田氏は地元の小・中学生や地域住民へ戦争の体験談を伝え、再び戦争を起こさない巻き込まれないためにはどうしたらよいのか、国際条約や憲法九条が戦争から日本を守ってくれるのか、今の日本は滅亡寸前のローマ帝国に似ている、日本を守るのは日本人自身だということを今の日本人が考えなくなっていることに危機感を覚える、と訴えた。山田氏は戦争体験の講演活動や地域福祉（住民共助）の有機的な実践（青葉台さわやかネットワーク）に精力的に取り組み、二〇二〇年春、九十七歳の生涯を終えられた。生前には私の執筆の趣旨に共感し背中を押してくださった山田氏へ、哀悼の思いを捧げます。また、山田氏の体験談の活用をご了承してくださったご遺族に深く感謝申し上げます。

〔註〕

＊26　ポツダム宣言第9項「日本国軍隊ハ完全ニ武装ヲ解除セラレタル後各自ノ家庭ニ復帰シ平和的且生産的ノ生活ヲ営ムノ機械ヲ得シメラシヘシ」（外務省編『日本外交年表並主要文書』下巻、一九六六年）

抑留者・中島裕（なかじまゆたか）『我が青春の軌跡』より

1. 武装解除

二〇一七年十月二十九日に中島裕氏（以下「中島氏」）は、足を少し引きずりながら、平和祈念展示資料館の壇上に立った。九十二歳の中島氏は、年齢を感じさせない若さと優しい人柄でとても謙虚な方である。引きずる足は抑留中の伐採作業時の事故による後遺症と語られた。

後日、中島氏からは、「戦場体験放映保存の会」主催の〝戦場体験者と出会える茶話会〟（浅草公会堂）での体験談と著書『我が青春の軌跡　絵画集』[*27]を併せて参考にすることのご了承をいただいたので、ここからは中島氏の体験を基に話を進める。

太平洋戦争が進み加藤隼（はやぶさ）戦闘隊にあこがれ、多くの少年が兵隊になろうとしていた時代、中島氏も一九四三年暮れに、陸軍特別幹部候補生の学校に入学した。初年兵の基本教育を経て、中島氏は満州に出征した。

一九四五年八月九日、ソ連の侵攻を受け、中島氏たちは兵舎や飛行機を燃やし、旧満州の東京城（とんきんじょう）から八月十三日に脱出、八月十七日にトラックを捨てて山中を歩いた。

疲れて眠った時にソ連兵に取り囲まれ、ソ連軍の隊長とおぼしき将校が戦車の天蓋から姿を現し、二日前に日本軍は敗戦となり連合軍に無条件降伏をしたことを告げられ、直ちに武装解除を受け、敦化（とんか）の沙河沿（さがえん）まで歩いた。ソ連兵は、七十一連射できるマンドリンという銃を持っているのに対し、日本兵は三八式歩兵銃（装弾数五発）であったという。

私が確認したところでは、三八式歩兵銃は一九〇八年から一九四五年まで日本陸軍に配備された。因みに日露戦争は一九〇四から一九〇五年に起こっているので、太平洋戦争時の日本の軍備がいかに脆弱であったかが伺える。

2. ダモイトウキョウ（東京へ行こう）

中島氏たち日本兵は、九月一日に沙河沿飛行場の一角に収容され、十月十二日までテント生活をした。

敦化、沙河沿から「ダモイトウキョウ（東京へ行こう）」と騙され牡丹江（ぼたんこう）まで二五〇㎞を五日かけて歩くように言われたが、五日では到着できなかった。移動の途中開拓団の老人や婦人、子どもたちの一団に出会った。「兵隊さん、助けてください」と言われても、武器を持たずマンドリンを持った兵士に監視され、何もしてあげることができず本当に無力だと思った。

満州からの邦人避難民は、飛行場格納庫に収容され厳しい監視を受けた。ソ連兵は、自由に格納庫に出入りし、婦女子の性的暴行や輪姦を重ねていた。当時ソ連の第一戦にいた兵士たちの中には、恩赦を受けた犯罪者も多くいたという。

牡丹江郊外の掖河（えきが）の戦場跡、小高い草原は激戦の跡が生々しく、腐敗した日本兵の遺体があちらこちらに散乱し遺っていた。遺体の裸の部分は、白骨化し被服に覆われた部分は、大量の蛆がうごめいていた。戦車に蹂躙され野犬や狐やカラス等に食われて、まともな遺体は一つも無かった。

一行は牡丹江掖河で十月十八日から十一月三日まで、帰国命令が出ないまま野営生活を続けることになる。連日、ソ連軍の指示で貨物列車に物資を乗せる仕事に駆り出された。在満部隊や在留日本人家庭からとりたてた物資を貨物列車に積む仕事である。ソ連兵からは、日本兵が帰国してから復興に役立つ物ばかりだと巧みに騙された。

3. シベリアへ

一九四五年十一月三日。掖河（えきが）の貨物駅を五十輌編成の列車が出発した。日本兵五十大隊千名は、各車四十名ずつ二十五輌、他にソ連軍将校車、監視兵の乗った車両、炊事車二十五輌が続いた。

ダモイトウキョウと騙され乗り込んだ貨車で、十六日間に及ぶ日数をかけ、シベリアの奥地まで運ばれることとなる。

有蓋貨車内は、ドアの幅だけ空間はあるが、まきを積みストーブを置き、トイレ用の樽を置くとほとんど隙間が無かった。発車後五日目、初めて外で用を足すことが許された。

貨車はバイカル湖を通過した。湖面は既に見渡す限り凍結し、荷物を満載したトラックが走っていた。とある駅で、カーシャ（粥）の配給があり、食事当番だった中島氏は、戦友と食缶をさげて受け取りに向かった。長いこと待たされて、あまりの寒さに失神してしまった中島氏は、仲間に貨車内に運んでもらい事なきを得たという。こうして、タイシェット四六キロ地点の第五収容所に到着した。

4. 収容所（ラーゲリ）

敷地の中には、宿舎、医務室、炊事場、食堂などがあった。抑留の日本兵は自分たちを閉じ込める鉄条網を張り巡らし、監視塔も作らねばならなかった。

敷地の四隅には監視塔があり、昼夜ソ連兵がマンドリンを持ち見張っており、日本人捕虜が塀に近づけば容赦なく発砲された。宿舎はログ式テント（ドイツ兵の使っていた二重張り）酷寒期のマイナス六〇度では、ストーブを焚いても温まらない。翌朝には、服から鼻の穴まで煤で真っ黒になった。床に就いて十から十五分で、無数の南京虫に襲われる。たいまつの火を近づけると居なくなる。一晩中、南京虫との闘いで眠れなかったという。（参考文献：中島裕著『我が青春の軌跡　絵画集』〔戦場体験放映保存の会収蔵〕）

5. 極寒

マイナス四〇～四五度になると、水分のあるものはみな凍り、呼吸による水分で眉毛や口ひげが凍り、さらに寒くなると顎が凍って話ができなくなる。素手で金属に触ると瞬間接着剤のようにとれなくなり、無理に剝がすと皮膚が剝がれてしまうので、火で温めてゆっくり剝がさなければならなかった。

「戦争体験放映保存の会」主催の〝戦争体験者と出会える茶話会〟の中島氏のパネル資料「7」より補足する。

《マイナス四十度までは、作業に駆り出された。焚火をしても冷たい空気を吸い上げるだけでなかなか暖かくならない。帽子のひさしから氷柱が下がり、口を覆った手拭いや眉毛やひげ面には、氷が張って顔が真っ白になり、栄養失調で明日をも知れぬ体は、今にも根気が尽きそうで、「頑張れ。日本に帰るまでは」と自らを励ました。

抑留生活を悩ませたことの一つに、冬の便所があった。便所は、穴を掘ってその上に木を二本渡したものである。冬には尿はすぐに凍り、氷柱となり危険なので、身体検査で三級になった者が、足掛けの板を全部剝し、十字鍬とシャベルで掘り返し外にモッコで捨てに行く。氷の破片が服に飛び散り、後で溶けると猛烈に臭った。》

6. 食事と飢え

ソ連(シベリア)抑留の兵たちの食糧事情について、富田武氏著『シベリア抑留―スターリン独裁下「収容所群島」の実像』「劣悪な食事と食料対策」には次のように記されているので、要約して紹介する。

ソ連の食料事情は、大戦による破壊、一九四六~四七年冬の欧州部を中心とする飢饉のために非常に悪く、配給制が大戦時から一九四七年まで継続していた。捕虜に対する給食は、捕虜受け入れ態勢未整理のため、将兵が携行した食料、戦利品として満州から搬入した食料に頼らざるを得なかった。

「日本軍捕虜に対する食糧給付基準」(一九四五年九月)によれば、一級(重労働向き)にランクされる捕虜は、一日にパン三〇〇グラム、米三〇〇グラム、肉五〇グラム、魚一〇〇グラム、野菜六〇〇グラム、味噌三〇グラムと定められた。(略)しかし、米や味噌は将兵が携行した食料と戦利品として満州から搬入した食料にしかなく、短時間で消費され、大多数の捕虜は、その後、味噌はむろん米を口にすることはなかった。

中島氏の体験では一日に一個当たり三キログラムの黒パンを二十人で分配するので、一人当たり一五〇グラム（「はがきの縦半分」）と飯盒の蓋八分目の塩スープで、まだ熟さない青く小さなトマトが入っていたという。私が計量した現代の六枚切り食パン一枚は、約六五グラム。黒パンとは質量が違うが、一五〇グラムは、現代の六枚切り食パンで二枚強に相当する。

食料は、ノルマによる労働の階級で分けられるグループが多い中、中島氏のグループでは平等の分配を心掛けた。炊事場から受け取った黒パンを人数分に切り分ける。正確に切ったつもりでも多少の大小がけんかのもとになる。分配係は、宿舎全員の監視の中、欠片やパン屑を乗せて調整し、全員が後ろを向いて、指名された者の指定したパンを始めとして、順番に配られた。

中島氏は、厳冬期にはもっぱら松の皮のガサガサを剥いで、中の芯と皮の間の薄皮を、夏は雑草を煮て食べる。特に茸の生える時期には、毒茸の知識はないが構わず何でも煮て食べた。

一九四六年の一月頃から死者が毎日のように出るようになった。隣に座り飯盒を抱え食事をしていた仲間が、突然声もなく動きを止めた。声をかけたが返事がなく肩に手をかけ揺さぶると倒れた。死因は栄養失調。同じ物を食べ同じ仕事をしていたという。

7．身体検査と労働など

中島氏の『我が青春の軌跡　絵画集』によると、身体検査は次のように行われた。

《身体検査は二、三カ月に一度、ラーゲリ内の医務室においてソ連軍医が行った。（女軍医）尻の肉を握りこぶしの人差し指と中指で摘み引っ張りひねる。健常者は離すと直ぐに戻り平らになるが、栄養失調者はなかなか戻らない。戻り具合で一級から全く戻らない六級まで等級をつけ、一～二級は重労働、三級は野外軽作業、四級はオカと言いラーゲリ内の軽作業、五～六級は病人として病院へ送られる。》

中島氏は検査の度に、二級～四級のオカの間を繰り返したので、伐採・自動車積載・医務室勤務・衛兵宿舎当番・軽便鉄道の資材運搬・煉瓦工場・コルホーズ（集団農場）の事務・便所当番・死者の埋葬などを体験したという。

8．伐採作業

マイナス四〇度までの日は、午前八時に営門前に集合して点呼を受ける。カンボーイ（監視兵）は、五列縦隊に並ばせて、五・十・十五と数える。カンボーイは掛け算ができないので、誰かが途中で「小便がしたい」と言うと数を忘れてしまい、最初からやり直す。多少の時間稼ぎにはなるが、その分現場のノルマがきつくなる。

関東軍の冬服に綿入れの上着とズボン、帽子は関東軍支給の物、靴はネルで作ったカートンキ、斧（タポール）は一人一丁、二人引きの鋸（ピラー）を担ぎ、作業現場に向かって雪の広野を歩く。体力の限界で一緒に歩けず、隊列から少しでも離れると、カンボーイから蹴飛ばされたり銃床で殴られたり、馬に乗ったカマンジール（監督）が、鞭を振り回す。抑留者の労働が彼らのノルマになるからだ。

伐採は斧（タポール）で、木の幹に三分の一くらい切り込みを入れ、反対側から鋸（ピラー）で三分の二ほど切ったところで、山の方に向けて倒される。もし、倒れる側の真後ろに人がいたならば、死人が出る。

一九四七年十二月二日、中島は自分の切った木の下敷きになり、右足首骨折頭部打撲で、第三病院（3370病院）に入院した。病院では、足にギプスを巻いていたが、看護婦の仕事の手伝いをさせられたそうである。当時のソ連には治療薬は無く、盲腸の患者の六～七割は死んだ。他の病棟の看護婦が、発疹チフスになったので世話を代わってくれと頼まれて、四週間手伝った。医師の赤ちゃんの世話もした。元の病棟に戻ると日本の医師が担当になり、盲腸で死ぬ人がいなくなった。

9. 自動車積載作業

中島氏の『我が青春の軌跡　絵画集』には命がけの積載作業が記されている。

《土場に積まれた丸太をトラックに積込む作業であるが、機械類は一切なく全部手作業。何百キロも何トンもある丸太を台車の上にロープとバールだけを使い五人一組で行う。土場と台車を繋ぐ細丸太を渡すときに不安定なので事故が起きる。ロープ操作のできで成功か失敗かの分かれ道になる。》

10. 埋葬

マイナス四〇度以下に下がる酷寒期、特に一九四五年十二月頃から翌年三月までは、食糧事情が悪化し、栄養失調のために毎日のように宿舎から死者が出た。初めの頃は通夜もしたが、毎日となるとすぐ裸にして、衣類は皆の取り合いになる。凍土は硬く大量の焚火をして溶かしても一五〜二〇センチの深さしか掘れないので、三、四回繰り返して掘って、三、四人をまとめて置いて、雪交じりの掘り起こした土で埋め戻した。死者の名前も知らず埋葬が日常生活の一部となり、次第に感情が無くなっていったと中島氏は話した。

シベリアでの死亡数について、富田武著『シベリア抑留―スターリン独裁下の「収容所群島」の実像』を参照すると次のように記されている、

《一九四五―四六年冬に酷寒と飢え、重労働で多数の死者が出た。全抑留期間の死亡者約六万人のうち約八〇%がこの時期だったという。この時期に限定された死者データは存在せず、一九四七年二月二十日時点までのソ連及びモンゴルの収容所での死者三万七二八人に、満州野戦収容所での死者一万五九八六人を加えると全死亡者六万一八五五人の七五・五%になる。》

11. 政治教育

抑留一年を過ぎた頃から、それぞれの収容所で、民主化運動が始まった。中島氏が病院に入院した頃から、政治教育が盛んになったという。

また、帰還前に移動したナホトカの収容所での政治教育は凄まじく、『ソ連共産党史』『唯物史観』を毎晩暗記した。不徹底な人は、強制労働に逆戻りすると信じられていたという。

「政治教育・反動・吊し上げ」について中島氏の体験談から詳しく伺うことができなかったので、『シベリア抑留―スターリン独裁下の「収容所群島」の実像』を引用する。

《日本人捕虜収容所における政治教育は、以下の手順で進められた。

① 『日本新聞』が配布され、(一九四五年九月十五日創刊)、
② その読書会が「日本新聞友の会」として組織された(四六年五月二十五日号が呼びかけ)。
③ そこからアクチブが育成され、講習を受けて民主グループを各分所に創設し(四七年春)、
④ これを基盤に収容所ごとに反ファシスト委員会が選挙された(四八年二~三月)。》

『日本新聞』についても触れておきたい。

《一九四五年九月ハバロフスクで、イワン・コワレンコ内務少佐の指導のもと『日本新聞』が発行された。欄外には「新聞は日本人捕虜のためにソ連で発行される」とロシア語で記され、(略)第一号には、スターリンの対日戦勝利を記念する九月二日の国民へのアピールが掲載された。しかし『日本新聞』は当初、反発した将校らの配布妨害もあってあまり読まれず、多くの回想記が伝えるように、マホルカ(巻きタバコ)の巻き紙や大便用チリ紙になっていた。

転機は一九四五―四六年冬、大量の病者と死者を生んだ時期である。兵士が飢えと衰弱のなかで重労働に喘いでいたとき、将校が労働を免除され、給食もまた質量とも兵士以上だった。さらに、兵士を旧軍隊さながらに乱暴に扱っていたこともあり、不満が爆発したのである。（略）まもなく『日本新聞』五月二十五日に「日本新聞友の会」結成の呼びかけが掲載された。反軍闘争、民主運動を進める母体を輪読会という形で、分所ごとに組織したのである。『日本新聞』は徐々に読まれるようになり、分所では壁新聞も作成、掲示された。（略）多くの初等教育の機会にさえ恵まれなかった農村出身兵士にとっては、初めての識字教育の場であり、学びの機会でもあった。》

――『我が青春の軌跡　絵画集』

12. 引揚げ・帰還

中島氏の復員の話に入る前に、ソ連管理地域の引揚げについての資料を紹介する。

《「引揚げと援護三十年の歩み」厚生省刊、第2章　陸海軍の復員及び海外同胞の引揚げ（6）外地部隊の復員処理の概況　「ソ連管理地域」（P.59）によるとソ連管理地域であった満州、北朝鮮、千島、樺太からの軍人及び軍属及び一般邦人の送還は、連合国軍総司令部とソ連邦対日理事会代表との協定により、他の地域の帰還がほぼ終了した昭和二十一年十二月に至ってやっと開始された。》

終戦による兵士の復員と抑留者の帰国について、「平和祈念展示資料館展示資料」（二〇二一年九月現在）も紹介しておきたい。

《終戦時、約三五五万人の軍人・軍属の復員は、終戦直後から連合国の管理の下で始まりました。九月には、復員第一船の高砂丸が、中部太平洋メレヨン島より大分別府へ入港しました。（略）満州（現中国東北部）や朝鮮北部のソ連管理地域では、多くの人々がシベリアを始めとするソ連領内やモンゴル地域などの酷寒の地へ連行・抑留され、強制労働に従事させられたため、他の地域と比べて復員が進みませんでした。

終戦からしばらくすると、シベリアやモンゴルなどの地域で多くの抑留者が過酷な状況におかれているという情報が日本に届きました。抑留者の家族が中心となって、一九四六年十一月から帰還促進運動が開始されました。この運動では、抑留者の早期帰還の実現を目的として、全国各地での集会、デモ行進、日本を占領統治していたアメリカへの請願が行われました。一九四六年から翌年にかけて、運動は本格化していきました。こうした運動の盛り上がりの中、一九四六年十二月に抑留者の帰国が始まりました。》

――「平和祈念展示資料館展示資料」（二〇二一年九月現在）

『引揚げと援護三十年の歩み』（厚生省）「第2章　陸海軍の復員及び海外同胞の引揚げ」の「昭和二十五年の引揚げ」には、引揚げ船信濃丸到着後の様子が記されている。

《四月二十二日引揚船信濃丸が到着した日、タス通信[28]は、ソ連政府の発表として、「日本人捕虜の送還はこれをもって完了した。なおソ連側に残っている捕虜は、戦犯容疑者一、四八七名と病気療養中九名である。」と伝えた。しかし、当時、連合国軍総司令部が公表していた在ソ同胞の数と比較して三十万人以上の食い違いがあり、一日も早い帰還を待ちわびていた留守家族に強い衝撃を与えた。この問題については、後期集団引揚げにおいて記述することとするが、ソ連本土に抑留されていた海外同胞の前期引揚げは多くの問題を残し、いわゆる後期引揚げの開始までここに中断されることとなった。》

年は前後して、中島氏の話に戻ると、一九四八年六月十一日、ソ連軍将校からの帰国者の発表で「ユータカ・ナカジマ」と名前を呼ばれた。本当かどうか発表したソ連兵に確かめると「プラウダ（真実である）」と言われた。

復員船英彦丸のタラップを昇る。ソ連軍将校や日本人アクチブの連中が「反動」の者を引きずり下ろそうと目を光らせている。いつ呼び戻されて、再びシベリア奥地に逆送されるとも限らないと中島氏は恐れていたと言う。

中島の『我が青春の軌跡　絵画集』からの文を引用したい。

《船が出航し三海里が過ぎるとソ連人将校も下船し港へ戻った。船尾のブリッジの階段に五〜

六人の日本軍将校が駆け上がり日の丸の旗を掲げ、「帰国したら祖国の復興のため頑張ろう。」という内容の檄を飛ばした。乗っていたアクチブの連中も大人しくなった。東舞鶴港に到着し、はしけに乗り換えて桟橋に向かう。》

取材の中で、「戦場体験放映保存の会」主催の〝戦場体験者と出会える茶話会〟に参加したが、その資料に復員船での吊るし上げについての記述があるので、体験者である依田安昌氏（以下、「依田氏」）のご了承を得て、資料の中の「1946年6月復員船で」を引用する。

依田氏は、一九二四年九月生まれ、一九四四年十二月二十五日に独立混成第一旅団独立歩兵第七十四大隊に衛生兵として入営したという。

《船は夕方出航し朝博多に着く予定だった。

「今夜共産主義の学習組の中から7人の人間を袋叩きにしようという噂がある。7番目に名前があがっているから気をつけろ」と親しい友人が教えてくれた。夜になると実際にその順番で呼び出しが始まった。数十分ごとにグループの配下の者が呼び出しにくる。実際に7番目に呼ばれた。呼ばれたときちょうど「投げろ」と声がかかって6番目の人間が海に投げられるのをみた。自分も殴られ「投げろ」と声がかかったがリーダーの側近で「こいつは衛生兵で世話になった者も多いから勘弁してやれ」と言う者があり、リーダーもあっさり「そうかそれならばやめよう」と言って戻ることができた。戻ると心配していた学習組の仲間たちが「あとの6人は戻ってこない。よかったな～」と喜んでくれた。やった者もやられた者も全員敗戦前に中国の捕虜になっていた45人ほどのメンバー。殺されたメンバーは中国語が得意な者が多く、学習組の中で中国側に交渉の窓口として選ばれていた。実際には待遇改善に尽力していたが学習に参加しなかったグループにはねたまれていたのだと思う。》

帰還船の中で起こった「吊し上げ」による悲劇である。このようにして、日本海に消えていった人たちのこと（乗船時の人数と上陸時の人数が合わない）を、「日本海名簿」と言い伝えられているという。

13．シベリア帰りは赤

シベリア帰りは赤と呼ばれた。一九四八年から一九四九年にかけて、ソ連の思想教育はピークを迎えていたようだ。

昭和二十四年の引き上げについて、『引揚げと援護三十年の歩み』「第2章　陸海軍の復員及び海外同胞の引揚げ　(6)外地部隊の復員処理の概況」にこう書かれている。

《これらの引揚者は、これまでのソ連からの引揚者とは全くその様相を異にしていた。すなわち引揚船中において船長や船員行動を共にしない同僚を吊し上げるなどの騒乱事件をおこし、舞鶴入港後も船内に居座り上陸を拒否し、中には滞船一一六時間に及ぶものもあった。上陸にあたっては「天皇島敵前上陸」などと叫び、革命歌を合唱し、引揚げ踊り等を行い、全く引揚業務に協力しなかった。（略）引揚げる者がすみやかに、かつ秩序正しく帰郷できるようにするために「引揚者の秩序保持に関する政令を公布し、国及び地方公共団体の引揚業務の円滑な遂行を図ることにした。」とある。》

一九五〇（昭和二十五）年五月のマッカーサーの声明により、共産党員とその同調者を公職や企業から追放するレッド・パージが始まった。一九五〇年六月二十五日、朝鮮戦争が始まった。あいまって、シベリア帰還者への目が厳しくなっていった。中島氏も「シベリア帰り」ということで、就職に困り長く福島の常磐炭鉱で働いたという。

収容所（ラーゲリ）体験の証言は、抑留当事者たちしか分からない生々しい生死に関わる真実の言葉だと理解できた。私は息をのみながら、飢えと酷寒の壮絶な環境の中で、多くの戦友が死んでいき感情を無くしていった体験をお聞きし、なぜ父がその体験を家族に話さなかったかをようやく了解でき、胸が締め付けられる思いがした。

〔註〕

＊27 『我が青春の軌跡　絵画集』は、中島裕氏の手作りの本で、一冊は中島氏ご本人が持ち、一冊は戦場体験放映保存の会収蔵である。私は戦争体験保存の会事務所へこの本を写しに行った。

＊28 タス通信：かつてのソビエト連邦国営通信社。

抑留者の尊厳から学ぶこと

私は山田治男氏と中島裕氏や他の方の抑留体験談を聞き、またその関連する文献で補い紹介してきた中で、次のことを痛感させられた。日露戦争、ロシア革命時代の日本のソ連出兵と干渉戦争、一九四一年の日ソ中立条約があるにも関わらず、ドイツの勝利を見込んで行われた「関東軍特種演習」(関特演)により、ソ連と日本の間に生まれた数々の負の遺産を抑留された日本兵らが背負わされたのではないかということだ。独ソ戦でたくさんのソ連の兵士が死んだことから、労働力の穴埋めとして、第二次世界大戦が終結しても、極寒のソ連各地に連行され、約五七万五〇〇〇人の日本人捕虜(俘虜)が過酷な強制労働に従事させられた。それは、ポツダム宣言の第九条に明らかに反する国際法違反であった。寒さと飢えによる栄養失調や発疹チフスの蔓延などにより、約五万五〇〇〇人の人が命を落としたことなどを知り、国と国との争いは、戦争・支配・暴力(性暴力)などを生み出すことや生態系や共同体を破壊し生存の危機に見舞われることを改めて感じた。

抑留の生活については、上級の軍人は国際法上の捕虜として扱われ、その他の下級兵士と比べると労働や食事の待遇の格差は大きかった。

またシベリア抑留と表現されることが多いが、抑留地が旧ソ連、外蒙古、欧露と広域にわたることから、それらのすべてを網羅することはできないので、本書では「ソ連(シベリア)抑留」と表現した。

ソ連（シベリア）抑留の生活では、政治教育から生まれた「アクチブ」によって「反動」と見なされると「吊し上げ」にあうことから、戦友も信用できない。そして常に付きまとう「死の恐怖」。外からの暴力による圧力と内面に起こる葛藤や疑心暗鬼との闘いでもあった。その真実を私が確かめる術はないが、ヴィクトール・E・フランクル『夜と霧』にこのような記述がある。


《カポー[*29]たちはすくなくとも栄養状態は悪くないどころか、中にはそれまでの人生で一番いい目を見ていた者たちもいた。この人びとは、その心理も人格も、ナチス親衛隊員や収容所監視兵の同類と見なされる。（略）カポーが収容所監視兵よりいっそう意地悪く痛めつけたことはざらだった。（略）一般の被収容者の中から、そのような適性のある者がカポーになり、はかばかしく「協力」をしなければすぐさま解任された。》――『夜と霧 新版』（池田香代子訳、みすず書房）

なぜ、『夜と霧』の例をあげたかというと、カポーを収容者の中から選び出し「密告」させ「暴力」により支配する構造と、シベリア抑留に於ける政治教育で養成した「アクチブ」の活動によって旧日本軍の慣習を保持した労働大隊の組織を破壊し、抑留者同士が互いに監視し合い密告する構造とが似ていると考えたからである。

「アクチブ」になると食物や労働面で優遇され、「反動」と見なされれば、シベリアの奥地に送られることから疑心暗鬼に陥り、自分より優遇される人への妬ましさ等から「密告」「吊し上げ」が激化してゆく。シベリアの奥地に送られることや独房に入れられることは、死を意味したのではないだろうか。

極寒の地で重労働と飢えに苛まれ、極限状況にさらされたとしたら、どこの国にもどこの民族にもこのようなことは起きたのだろうと私は受け止めた。

しかし、このような逆境にあっても自らの尊厳を保ちえた人達も多くいて、そこから多くのことを私たちは学ぶだろう。

語り部の方たちは現在も、平和を守ることの意味を問いかけ、再び戦争に巻き込まれないためには、戦争が引き起こす悲惨さを知ること、政治の上では知恵を絞ることが大切であると呼びかけている。ソ連（シベリア）抑留体験談を聞く中で、私たちが「満蒙引揚げ」についても知らなければならないと思ったのは言うまでもない。

ここに紹介した山田氏と中島氏・依田氏の体験談を踏まえて、次の章では、同じような経験をした抑留者たちがなぜ俳句を通しその経験を後世に伝えていこうとしたかを探っていきたいと考えている。

〔註〕

＊29　カポーとは、囚人を監視する囚人のことである。

第三章　ソ連（シベリア）抑留俳句を読む

小田保（おだたもつ）――ソ連兵より露語盗む

小田保氏は、一九八五年に、『シベリヤ俘虜記　抑留俳句選集』（双弓舎）で十三名・三〇四句の作品を、一九八九年には『続シベリヤ俘虜記　抑留俳句選集』（双弓舎）により欧露における俳句集団のアンソロジーも含め八十五名・八一三句の作品群を独力で企画・編集された。本書では、その中の個人の作品群の中から、それに付された作者の随筆も抜粋し併せて紹介する。小田氏の編集されたこの労作の『シベリヤ俘虜記』『続シベリヤ俘虜記』から句を選び鑑賞することによって、私は多くのソ連（シベリア）に抑留された兵士たちの思いを知ることが可能となった。この二冊の歴史的、文学的な価値は高いと私は考えている。

また、小田氏のこの二冊の引用については、二〇一九年一月、ご遺族の奥様よりご了承をいただくことができた。現代の表記では、「シベリア」と一般的に表記されるが、小田氏の著作名は、当時の表記の「シベリヤ」と表記されているため、作品名および作品中の表記も、原文通りに「シベリヤ」とした。『シベリヤ俘虜記』所収の作品については出典を省略している。

1. 小田保の俳句「占守島（しゅむとう）・幌筵島（ぱらむしるとう）」

北千島の占守島・幌筵島は、カムチャッカ半島の南端の先にあり、千島列島最北の島である。小田氏は幌筵島で終戦を迎え、ナホトカ、ウラジオストク、アルチョームを転々とし、一九四八年十月に信洋丸で舞鶴へ帰還した。

作品の鑑賞の前に、ソ連の千島列島侵攻について触れておきたい。

一九四五年八月十五日夜、ソ連軍はソ連第二極東方面隊と太平洋艦隊による千島諸島占領のための上陸作戦の作成と実行を命令し、八月十六日夜、占守島上陸部隊の出動を開始した。ソ連の千島上陸作戦の狙いは、占守島の上陸により幌筵島、ネオコタン両島の侵攻にあった。（ソ連邦元帥、エル・ヤ・マリノフスキー著『関東軍壊滅す〜ソ連極東軍の戦略秘録〜』石黒寛訳、徳間書店）

一方、小田氏の手記には、八月十五日終戦の詔勅を聞いた、虚脱と安堵の平和も束の間「ソ連軍侵攻」の情報が電撃のごとく北千島を走った、「赤軍の性格から婦女子はただちに送還すべし」を受電、とある。

占守に戦車死闘すとのみ濃霧濃霧　（『続シベリヤ俘虜記』）

『関東軍壊滅す』には、「十六日の夜は、静かで、風もなかった。煙が空を覆っていた。霧が次第に濃くなり、これが夜をとくに暗くした」とある。北千島の小さな占守島を深く濃い海霧が包み込み、幌筵島からは、日本のものかソ連のものかも分からぬ砲弾の音が不気味に聞こえるばかりである。

小田氏はのちに、占守島の戦いでソ連人民まで伝わったという池田戦闘隊の健闘について、戦記を借りてでも戦闘の実相を記したいと考えて、『シベリヤ俘虜記』に以下のように記している。（小田氏の引用において、この戦記についての出典が定かでないことを付け加え、紹介する。）

《カムチャッカ半島の東海岸、ペトロパウロフスクを発ったソ連軍は、十八日零時を期して、艦砲射撃の掩護の下に、占守島、竹田浜に上陸を開始した。当面する守備隊・村上大隊はこれを水際でとらえて、いったんは撃破するのであるが、あとからあとから波のように押し寄せてくるソ連軍によって、次第に苦戦に陥ちいっていった。／濃霧のために主力部隊の来援が遅れる中で、千歳台にあった池田末雄大佐の戦車第一一大隊は、村上大隊救護のため決戦場となった、四嶺台に向かって進撃したのである。（略）池田大隊長は、上半身素っ裸になり、白鉢巻をきりりとしめ、砲台に馬乗りになり日章旗を振るった。（略）阿修羅のごとき隊長車もついには、あの独ソ戦において、独軍のタイガー戦車を射ち抜いたソ連軍のロケット砲弾を横腹に受けて炎上し、戦車と運命をともにしたのである。（略）／そして終戦の日から七日目にして戦いは終わった。北千島守備隊将兵の流血は最小限にとどめられたのである。／占守島の戦いは、「栄光なき最後の勝利」の言葉が示すように、終戦後の戦争目的を失った戦いであったのだ。》

——『シベリヤ俘虜記』

一弾だに機関銃撃たず投降す

終戦の詔勅を聞いた後、千島守備隊の日本兵は、八月十五日から十六日にかけてのソ連軍侵攻の情報を得て、抗戦と邦人保護のために戦った。しかし第五方面軍本部（札幌）からの戦闘停止命令を受けて、兜山山麓に備えた機関銃座から、一弾も抗戦することもなく停戦となる。幌筵島で防衛に備えていた千島守備隊は、投降したのである。

声のなき絶唱のあと投降す（『続シベリヤ俘虜記』）

「声のなき絶唱」に無念の叫びが込められていて、「この島での戦いには勝った。しかし日本は敗れた」と投降する屈辱感を記している。

占守島の激戦を遠望しながら幌筵島にあり、一撃も出来なかった無念さ、国をかけた戦に敗れた喪失感に一気に襲われる。小田氏の部隊は兜山山麓の兵舎を出て、北ノ台飛行場に集結し、武装解除された。この作品の背景として、『シベリヤ俘虜記』を抜粋して紹介する。

《その十八日の朝であった。幌筵海峡に大型ソ連駆逐艦三隻があらわれた。わが要塞砲はいっせいに火を噴き、海軍基地、片岡を飛び立った戦闘機数機が、空からくりかえし攻撃を加えた。そのとき見た水煙がいまも私の記憶に生々しい。（略）「白旗を掲げて軍使が、停戦交渉に向かった」という情報が入った。それからいらだたしい長い時間がながれた。武装解除か否かをめぐって紛糾し、交渉は手間取るのであるが、第五方面軍司令部からの指令によりすべては、決まった。終戦の詔がおりてから七日目、占守島の戦いはすべて終わったのである。》――『シベリヤ俘虜記』

敗戦にみな焼く万葉集だけ残し　（『続シベリヤ俘虜記』）

占守島にソ連が侵攻した時、小田氏は幌筵島兜山山麓に機関銃座を構築したとあり、守備の先鋒を担っていた。武装解除に備えて、作戦に関する資料も持っていたのかも知れないが、万葉集だけを残しみな焼いたという。この万葉集は、シベリアでの抑留生活を支えた一方、思わぬ運命を後に呼び込むことになる。

2. 小田保の俳句「厳冬のナホトカ港からスウチャンへ」

降ろされて焚くものもなし不凍港（ナホトカ）

『シベリヤ俘虜記』から、小田氏は、一九四五年十二月に「ダモイ東京の夢を満載し」て、ソ連船に乗り北千島を離れた。乗船後、数時間は、自称日本軍輸送司令官の指令が伝わってきたが、間もなくソ連軍の指揮命令に取って代わられた。そして、ナホトカに着いたとある。厳冬のナホトカ港に降り立った小田氏たち日本兵は、凍り付く埠頭に木や草を焚いて暖を取ることもままならず、足踏みをしながら放り込まれた運命に、ただ耐えるしかなかった。やがてそれは死への恐怖につながっていった。

捕虜われを拒否する凍土掘る手なし

捕虜である小田氏たち抑留兵は凍り付いてコンクリートのように硬い土から拒否されるのだ。凍土を溶かすための焚火の草木もなかった。凍土は非情にも金梃（ローム）を跳ね返す。ノルマが果たせなければ、懲罰食（減食）が待っている。捕虜の身の弱さをつくづく噛みしめるのである。

自動小銃（マンドリン）抱くソ連兵より露語盗む

小田氏はシベリアで捕虜として暮らすために、ロシア語の理解が必要だと考え、その言葉を監視兵との冗談などのコミュニケーションや、作業場の老監督からせしめた「初等露英教科書」から習得したというのである。平和祈念展示資料館で抑留体験を語った方たちも作業のノルマの交渉に中国語やロシア語を覚えたと話している。仲間をまとめていく立場でロシア語の習得は、その日のノルマの交渉、食料改善の要望のために不可欠であった。

襟章もがれ雪の華咲く防寒帽

武装解除の時に日本軍の階級を示す襟章は取り上げられた。日本の軍人としての誇りは踏みにじられたが、代わりに防寒帽に雪の華が咲いていた。どの兵士の防寒帽にも平等に雪の華は咲いたのである。抑留地においても旧日本軍の階級制度の慣習を残す関係性において、防寒帽に平等に咲く雪の華はその悲哀の中に、それを受け止める小田氏のプライドを感じるのである。

抱く屍まだぬくみあり雪やまず　（『続シベリヤ俘虜記』）

シベリア抑留において、一年目の冬に飢えによる栄養失調と寒さとダニの媒介による発疹チフスなどによって次々に戦友たちが亡くなった。作業中突然倒れた友を抱きかかえれば、まだぬくもりがあり、呼びかけても呼びかけても返事はもうない。戦友の体を埋めるように雪はどんどん降り積もっていくのである。

厳冬(マローズ)へ飢えて郷愁のまなこ満ち
俘虜死んで置いた眼鏡に故国(くに)凍る　（『続シベリヤ俘虜記』）

眠っている間に死んだのだろうか、枕元に置かれた眼鏡は霜で凍り付いている。それはまるで、夢に見る故郷まで凍らせてしまっているようである。同じ部隊で戦い、厳冬の夜は故郷の雑煮のこと、牡丹餅のことなどを語り合った仲間である。

結氷の砕(わ)れるある夜の脱走者

ある夜すべての結氷を打ち砕くような銃声が鳴り響いた。脱走者か。抑留体験者の話では、ラーゲリ（収容所）に入った時に「絶対に逃亡するな。凍死をするから」と言われたそうである。ラーゲリ（収容所）の四方には監視塔があり、ガンボーイが二十一連発のマンドリンを持って見張っている。熱があって水を飲みたいため雪を取りにゆき、鉄条網の近くにうっかり近づき、銃殺された例もあったという。

雪割草頭をだしくずれゆく階級
万葉集もつことも反動スウチャン[*30]へ
シベリヤ鉄道果てなく西へ俘虜二人

雪割草が雪を溶かし芽ぐむころに、民主化運動により、旧日本軍の階級は崩れていった。日本への帰還船の出るウラジオストクまで行き、仲間はみんな帰還していった。しかし、帰還とならず仲間を見送る小田氏の落胆はとても深かったと思う。収容所で盛んになっていた、民主化運動の影響により、万葉集を持っているという理由で、仲間から密告され吊るし上げにあい、ウラジオストクから一二〇㎞も奥地のスウチャンへ送られるという、仲間の裏切り、過酷な仕打ちに対する口惜しさや絶望感は、言葉で表すことができなかったであろう。

入ソ二年目の冬を間近に帰還が始まった、しかし小田氏は、その時に帰還とはならず、同じ作業班の一人の友と一緒に、元将校・憲兵・警察官ら一五〇名と共にナホトカからウラジオストクへ転送され、一緒だった友も一九四七年十二月には帰還し、小田氏は石切山の指揮官（カマンジール）として取り残された。句の背景として三句を引用した。

石切山で苦労をした戦友も、一九四七年十二月には帰還、小田氏のような帰還に乗り遅れたやけっぱちの新顔ばかりを率いて、ウラジオストクの第十分所に移った。ここでの民主運動は頂点をきわめていた。元下級将校を階級闘争の仮想敵とする策謀もあったのである。小田氏は仲間から「反動も帰れるといった」「万葉集も持っている」と密告され、中隊の夜の集会で吊るし上げられた。その翌朝の集会で人民裁判にかけられた若い男と二人一緒に炭鉱の町、アルチョム第十二分所に拉致されたのである。（『続シベリヤ俘虜記』）

3．小田保の俳句「民主化運動と帰還」

小田氏は、シベリアで三度目の厳寒を目前にして帰還が決まった。

ロシアの首都モスクワの下に位置し、ソビエトとヨーロッパの間にある黒海の付近に抑留されていた捕虜も、シベリア鉄道の列車に同車しナホトカに向かった。黒海を見た捕虜とは、国際条約に守られた将校の一団のことを指しているが、ここで「黒海をみた捕虜」とあえて詠っているのは、以下のようなエピソードによるものである。以下、『シベリヤ俘虜記』から抜粋し引用する。

《アルチョーム第12収容所、柵を一つ隔てて国際条約に守られて働かぬ将校の一団もいた。（略）

二十三年十月、帰還船・信洋丸はナホトカ岸壁を離れた。その夕方である。「全員上甲板へ集合」日本海は暮れようとしている。正面には肩を怒らせた職業軍人の一群がいた。アルチョームで柵越しに見た顔である。（略）その中には佐官級の将校も多かった。まるで私たち下級将校を見下す態度である。「神崎、お前がその張本人だ。前へ出ろ」職業軍人の一人が、神崎旧中将を甲板に、はり倒し、こづきまわした。

「無事日本へ帰れると思っているのか。日本海に漬けてやる」

「そうだ、そうだ。魚の餌食にでもなれ」

そのことの起こりは、乗船前のナホトカにあった。岸壁に坐らせられた旧将校の一団を囲んで、帰還業務を担当している民主グループの数名が、火のでるようにアジった。

「私たちは旧日本軍の亡霊に会った。あなた達の半数は、いまだにピカピカの襟章をつけている。日本はいまアメリカ帝国主義の占領下にあるが、そんな襟章をつけたあなた達をアメリカ軍は歓迎してくれるでしょうか。シベリヤ・デモクラシーも実りつつあるが、あなた達は冷たく蔑視した。地球は確実に回転し、民主日本の再建は進んでいる。あなた達は浦島太郎だ。いまからでも新しい時代の夜明けに目覚め、猛反省していただきたい。」

このアジに呼応して、まず神崎が立ち上がり、彼ら顔負けの賛成をぶった。つづいて数名が立ち上がった。（略）

職業軍人の狼たちは、抑留生活の鬱憤を、神崎を餌食に爆発させた。（略）

「お前も前にでろ。お前は週1回の特別休暇を、返上したというではないか。そんなにしてまでソ連に忠誠を尽くしたいのか」指は私に向いていた。一瞬唖然としたが、「私は部下の窮状を見かねて、作業指揮を嘆願した形で作業大隊にでた。が、実際はソ連軍に狩り出だされて、みんなと苦労を共にしてきた。そんな私がアルチョームに来て、いまさら将校の特権として特別休暇をもらうなんて、これまで一緒に苦労してきた人達にすまない。ただそれだけの気持からだ。あなた達は収容所にいて働かないですんだ。働かされた私たちに、ご苦労さんというべきではないか。文句をつけられる理由は何もない」

彼らは言葉につまり、振り上げた拳のやり場に困った。》

――『シベリヤ俘虜記』

日本人打つ日本人暗し日本海

政治教育により、シベリヤ・デモクラシーを信じたアクチブと仲間らにより「ロシア語の通訳をしていたから、いい思いをしたに違いない。」という偏見を向けられる者、ねたみにより仮想敵として吊るし上げを受け「反動」とされた下級将校、アクチブたちからアジられいがみ合うなど、それぞれの思いの交錯する帰還船でのトラブルによって、日本海の藻屑と消えた人たちが多くいた。

【小田保氏の作品を読んで】

シベリア抑留俳句のほとんどが、終戦の報を受け武装解除されてからのことを詠んだ作品が多い中で、小田氏の作品は、ソ連軍の侵攻時の様子を詠んでいるところが他の人の作品と異なる。

千島列島での戦いやハイラル・索倫（ソロン）・富錦（ふきん）・桂木斯（ジャムス）・東寧（とうねい）・牡丹江（ぼたんこう）では激戦が行われたと『関東軍壊滅す』にはある。

〈自動小銃抱くソ連兵より露語盗む〉と詠んだ小田氏は、軍人として部下を指揮する任務に関しては、終えていると考えていた。しかし作業の指揮のために駆り出されたため、ソ連兵にもぎ取られた襟章よりも価値あるものとして、ロシア語を学んだ。

〈敗戦にみな焼く万葉集だけ残し〉という句からは、戦争にかかわる資料を焼いた中で、万葉集だけを残したのはなぜだろうと直接お聞きしたかった。何度も繰り返される検閲や略奪をかいくぐって、小田氏の心の支えとなった万葉集。小田氏は短歌や俳句に通じ、文字に飢えた仲間に歌会や句会を指導している。これは小田氏が、短歌や俳句が仲間の心の支えとなることを信じ、生き残って故郷へ帰還しようという心の動きの表れではなかったかと私は思う。

〈万葉集持つことも反動スウチャンへ〉と記した小田氏は、手帳や万葉集を持っているのを見とがめた仲間の密告により、反動分子として、ウラジオストクからさらに奥地のスウチャンへ送られる。シベリアにおいて奥地に送られることは更なる食料調達の困難による飢えや凍死のリスクが高まり、死を意味するのである。

また、小田氏が部下を指導し、民主運動を批判する詩を、壁新聞に書かせたという疑惑により「吊し上げ」にあっている。〈雪割草頭をだしくずれゆく階級〉のように、くずれゆく関東軍の階級社会、裏切りや被虐待的立場に置かれながらも、小田氏のシベリアでの生活を常に支えたのは俳句であった。

〈日本人打つ日本人暗し日本海〉という帰還船での日本人同士の仲間割れで、消された人たちの無名の名簿があった。その「日本海名簿」は前に紹介したとおりである。ソ連（シベリア）抑留体験談でも政治教育や吊るし上げについては、語り部の方も口を閉ざし、紹介されることは少ないが、小田氏は政治教育や吊るし上げの体験を句に詠んでいる。戦争は綺麗ごとでは済まされない、人間の醜さや卑怯さ、いざとなれば自分がかわいいという面を映し出し、私たちに教えてくれる。

小田氏は、苦労して記憶し持ち帰った自らの抑留詠をまとめるのみならず、戦後四十年を経た一九八五年に、シベリアで詠まれた俳句を集めて『シベリヤ俘虜記』を、平成元年には、欧露における俳句集団のアンソロジーもまとめ、『続シベリヤ俘虜記』を刊行した。

平成も終わり令和の時代となった。時間の経過に伴い、薄れていくソ連（シベリア）抑留の記憶、亡くなっていく生き証人たち。時の流れの中で、先人・同胞たちの心の叫びである「抑留俳句」を編纂して遺したことは、小田氏の稀有な偉業である。

〔註〕

＊30　スウチャン：ウラジオストクから一二〇キロメートル離れた奥地。

石丸信義(いしまるのぶよし)——死馬の肉盗み来て

石丸信義氏は一九一〇年二月に愛知県越智郡桜井町に生まれる。一九三〇年善通寺輜重(しちょう)隊入隊。二カ月教育後帰休、輜重兵（特務兵）。一九三七年召集により中国上海上陸、蘇州まで進む。南京陥落後台湾高尾へ引揚げ、一九三八年帰還。一九四一年召集第十一師団輜重隊入隊、満州城六四一六部隊編成後渡満、佳木斯(ジャムス)に駐屯、終戦。

入ソ後、ハバロフスクに近いビロビジャン捕虜収容所に入る。終始伐採事業に従事。一九四七年五月にナホトカより舞鶴に興安丸で帰国する。（『シベリヤ俘虜記』）

1．石丸信義の俳句「ハバロフスクに近いビロビジャン収容所」

夕焼や曠野につづく捕虜の列　（『シベリヤ俘虜記』）

一九四五年八月九日のソ連軍の侵攻を受け、終戦と決まった同年八月十五日は、大夕焼けに満州北部の町佳木斯は、真っ赤に燃えていた。圧倒的な武力の差に屈し、南下移動し始めて四日から五日目、武装解除を受け丸腰となった。

異国の大自然の中で、捕虜となってしまったという思いと日本軍の無力をひときわ感じさせた。夕焼けに染まる広野を歩く捕虜の列は、果てしなく続いていく。自動小銃を持ったソ連兵に監視されながら、ただ歩くのである。

『シベリヤ俘虜記』の記述を要約して紹介すると、満州を出て一カ月間、汽車に乗っても、歩いても。宿営しても、自動小銃を持ったソ連兵の監視の目にさらされ、今は捕虜であることを自らに言い聞かせながら、ハバロフスクに近いビロビジャンの町の奥にある、俘虜収容所に着いたとある。

流星や生きて虜囚の辱しめ

よく耳にする東条英機陸軍大臣の「戦陣訓」の「生きて虜囚の辱(はずかしめ)を受けず、死して罪禍の汚名を残すこと勿(なか)れ」との教えにより、戦地の日本軍は降伏することができない窮状にあった。これに対し、天皇陛下は一九四五年八月十七日、「陸海軍人ニ賜リタル降伏ニ関スル勅語」を発した。しかし、戦地にあって「陸海軍人ニ賜リタル降伏ニ関スル勅語」を知る由もない兵士たちには、「戦陣訓」が重くのしかかったのである。知ったとしても今まで信じてきた観念をすぐに変えられるわけでもない。流星を見、秋の近づく気配の北満の地に、捕虜となった身のみじめさを感じるのである。

「陸海軍人ニ賜リタル降伏ニ関スル勅語」の解釈について、栗原俊雄『シベリア抑留―未完の悲劇』(岩波書店)を参照すると以下のとおりである。

《ソ連が参戦し、このまま戦争を続けたら帝国存立の基盤が失われてしまうかもしれない。お前たち軍人の闘志が衰えていないことは分かっているが、国体を維持するため米英ソ、国民党政府との和平を決めた。私の気持ちを十分に理解し、降伏するように。天皇はそう呼びかけた。》

——『シベリア抑留—未完の悲劇』

罵らるパン盗人やペチカ消ゆ

配給のたった一切れの黒パンが盗まれてしまう。気が付くとたちまちパンを盗んだものが、ののしられている。「ペチカ消ゆ」が場面の暗転の効果をだし、その後の展開を予測させる。

死馬の肉盗み来て食ぶ焚火かな

死んだ馬の肉を盗んで来て、焚火で焼いて食べた。食べられると思ったものは何でも口にした。

一冬の奥地伐採よりラーゲルに帰る

堪へ堪へし命いとしや閑古鳥

句からは、一冬の奥地伐採作業を終えて、ラーゲリに戻った安堵感が伝わる。結氷期を耐えに耐えて、生き延びた命がいとおしい。季節は初夏となり、あたりには郭公の声が響いている。

『シベリヤ俘虜記』の記述を要約すると、結氷期が近づき奥地伐採の二十人のグループに加わり、収容所から五キロばかり離れた、箱のような小屋をねぐらに作業をするようになったとある。このころの句作について、自然に自分の体力を考えながら物を見ることになり、単なる客観ではなく、己の内面を投影することにつながり、句心をかきたてたとある。

雪解やどれも傾き捕虜の墓

石丸氏は、二年をシベリアで過ごしている。厳しい寒さを耐えに耐えて、ようやく待ちわびた雪解けの季節。凍土を掘ったわずかな土と雪で埋め戻し、白樺の木を立てただけの墓は、どれも傾いている。

2. 石丸信義の俳句「心に焼き付ける俳句技法と俳句仲間の存在」

麦の粥すするや春の星潤む

汁の多い麦の粥を啜った。春の星は望郷の思いに潤むのである。奥地の伐採作業から戻ると、食糧事情は一層悪くなっており、食料の分配が不公平だと不満が爆発した。それに対して石丸氏は、食料配分の提案をしたことで、炊事長に任命されたという。

喊声や大鮭一尾手捕りたる

手記の中には、このような魚取りについての一節はないが、伐採作業の昼休みには、補食となる木の芽や茸、あるいは川の魚とりをしたのだろう。

秋になると産卵のために川を遡上する鮭を素手で捕まえたのである。「喊声や」の仲間の喜びとどよめきが聞こえてくる。

靴音や句帖を隠す雪の中

休憩時間に誰も来ないところで俳句を考えていると、誰かの靴音が近づいてくる。慌てて句帖を雪の中に隠した。招集以来、心のよりどころとしてきた俳句手帳や、それまで持っていた本が没収されてしまった。

一切の活字絶たれけり夜長捕虜

句帖を没収されし後帰還の噂立つ

秋夜覚むや吾が句脳裡に刻み溜む　（昭和四十六年渋柿特別作品賞）

ソ連側は、抑留中の真実を漏らすまいとしてか、抑留者の結束を恐れてか、全ての文書やメモさ

え も没収した。文書やメモを持っているのが見つかると、帰還が遅れるという噂もあった。句帳を没収されてからの秋の夜長、目が覚めるとひたすら自分の句を暗唱し、脳裡に刻み込んだのである。『シベリヤ俘虜記』「俳句に見た一捕虜の抜き書き」には、《句帳を無くしてからは、句の情景を寝られぬままに闇の中で思い描いた。十七文字を記憶することよりも、その一つ一つの景をイメージとして、何年先でも思い浮かべることのできるよう、心に焼き付けたいからである。再びとないこの体験が私の第二の原体験となることを思ったからである。》と過酷な環境でも創作する不屈の精神が記されている。

【石丸信義氏の作品を読んで】

石丸氏の「俳句に見た一捕虜の抜き書き」を読むと、収容所でのノルマや飢えと闘う一方、朝日に輝く樹氷林や北方の壮大なる夕焼けや果てなく続いて天に接する雪原や、そこにはどんなに見つめても、思い描いても、何の束縛もない自由の世界があった。帰れば二度と見ることのできない天地である。「私にはこの朔北厳冬の風景を脳裡に深く彫り込んでおきたい俳句的欲求があった」と記し、後に、小田保にあてた手紙の中でこう述べている。「私にとって俳句は、自分の生きていることを、生きざまを詠うことであった。あのシベリア収容所での飢えの極限にあった時、果たして俳句ができるであろうか、いや作ってみせるという意欲があった」とある。

私は、石丸氏の「俳句にみた一捕虜の抜き書き」を読んで、ヴィクトール・E・フランクル『夜と霧』のこの一説を思い浮かべた。

《ひとりの人間が避けられない運命と、それが引き起こすあらゆる苦しみを甘受する流儀には、きわめてきびしい状況でも、また人生最後の瞬間においても、生を意味深いものにする可能性が豊かに開かれている。（略）収容所にあっても完全な内なる自由を表明し、苦悩があってこそ可能な価値の実現へと飛躍できたのは、ほんのわずかな人々だけだったかもしれない。けれども、それがたったひとりだとしても、人間の内面は外的な運命よりも強靭なのだということを証明して余りある。》

――『夜と霧　新版』（池田香代子訳、みすず書房）

石丸氏がこの苦しい抑留生活を「十七字を記憶することよりも、その一つ一つの景をイメージとして、何年先でも思い浮かべることのできるよう、心に焼き付けたいからである。再びとないこの体験が私の第二の原体験となることを思ったからである。」と書いているように、自分の人生におけるこの困難を、一回しかない貴重なものとして、肯定的に受け止める姿勢により、心の内なる自由と人間性においての価値を獲得し、俳句はそれを牽引し支え、フランクルの言う「人生最後の瞬間においても、生を意味深いものにする」すべての源となったと私は考える。

石丸氏の苦難を受け入れる姿勢やどんなに困難でも、俳句をつくってやろうという意欲は驚くべき創作精神だ。俳句をつくって励ましあう四、五人の仲間がいたことの裏付けに、石丸氏の「小田保氏への手紙」に、「私の腕時計が、数本の鉛筆の折端と剃板と替り、俳句を書いてはみせあったものである」という一文がある。石丸氏以外にも俳句創作に情熱を持ち句を見せ合う抑留俳人たちが存在したことを示唆している。

黒谷星音（くろたにせいおん）――凍（いて）パンと死

黒谷星音氏は、一九二一年十一月一日に島根県簸川群知井宮村（現出雲市知井宮町）に生まれる。本名野尻（旧姓）秀利。一九四一年、浜田第二十一連隊補充隊入隊、第一期検閲後衛生部（一兵隊）。一九四二年夏、中支派遣藤六八六五部隊に転属渡支。終戦直前、満州四平街を経て西安県西安へ転進、敗戦。入院下番十数名と共に在満飛行場設営大隊に編入、同年入ソ。爾来バイカル湖周辺にて伐採、造船所、機関車工場雑役。一九四八年八月頃（正確な帰還年月は不明）にナホトカより舞鶴へ信洋丸で帰還。（『シベリヤ俘虜記』参照）

敗戦武装解除二句

丸腰の身軽さ悲し秋風裡

銃捨てし身に朔北の風しみぬ　（『シベリヤ俘虜記』）

銃を捨てて丸腰になった身体に北方の風が痛みのように一層しみ込んで来るのである。武装解除を受けた時期は定かではないが、八月十五日を過ぎて秋風の吹く季節になり、終戦の報を受けた時の夏服に、北の大地の風がしみたばかりでなく、戦争の終わった安堵の中でこの先の運命への疑いや不安も入り混じっていたのであろう。

黒竜江、入ソ

アムールの氷上を行き獣めく

十二月、アムール河（黒竜江）の凍るのを待ち、国境を歩いて渡り入ソ、ブラゴエシチェンスクへ着く。「氷上を行き獣めく」とは、ダモイ・トウキョウと騙されて、果てしなく続く凍ったアムール河の上を銃床で打たれながら歩いている日本兵は、まるで狩られた獣のようだ。

大豆焚きて虜囚列車の北を指す

日本兵には行先は告げられず、列車は北へ向かっているようだ。炊事車で大豆が炊かれているのか、匂いが漂ってきて空腹に染みこむ。

『シベリヤ俘虜記』「シベリヤの悪夢」には、一九四六年一月（正確な日付は不明）にシベリア鉄道でバイカル湖畔に到着、艀でアンガラ河上流の中州にあるレスジャンカの収容所に入る、とある。

バイカル収容所

わが入る柵作らむと氷土掘る

捕らわれた兵のほとんどがそうであったように、一月の凍土に、自分たちを閉じ込める柵を作らなければならなかった。それはあたかも自らの死に場所を囲うような行為だ。

バイカルの一夜に凍てつ神話めく

本格的な極寒の到来を知らせるように、一夜にして凍てたバイカル湖を眺める。早朝の静寂と、アイスブルーに波まで凍り､広がるバイカル湖はまさに神話の世界である。捕虜の境遇を一時忘れ、眼前の神々しい世界に魅了されたのである。

極寒のバイカルの日輪(ひ)をむさぼりぬ

日照時間の短い厳冬期、バイカル湖の天中に日輪をみた。神々しい光がこのような境遇の陰鬱な気持ちを少しでも明るく灯すもののように、日輪をむさぼり見るのであった。

死にし友の虱がわれを責むるかな

抑留一年目の冬、作業大隊五〇〇名のうちの半数が亡くなり二〇〇名余となり、残った者は絶望の日々を送った。死期は、寄生する虱が一番良く知っている。死体からぞろぞろと虱が離れるからだ。生き残った者は、その虱に責め立てられているのである。

凍土掘れず

墓穴掘らむと半日焚火して泣けり

凍てた大地を半日焚火して、掘り続けても浅い穴しか掘れない。極寒の大地に埋めていく戦友を悼みながら、死の影は明日の自分に重なって来るのである。

棒のごとき屍なりし凍土盛る

やせ細って棒のように凍り付いた屍を掘り返した土で埋め戻してゆく。墓標一つも立ててやれぬ無力さを噛みしめ、戦友への鎮魂の思いを深く心に刻むのである。

冬銀河凍パンと死と持ちあるく

一欠けらの凍ったパンも、命をつなぐ糧である。誰かに取られないように飯盒に入れて持ち歩く。そのパンを失うことは、死を意味するようであり、生の裏側に死の影はいつも付きまとう。冬銀河の美しさとは裏腹にシベリアの厳冬期は、生と死がせめぎ合うのである。この句は黒谷氏の作品の中でも特に、抑留者たちの切迫した心境を象徴的に表現した優れた句である。

汽関車工場

短日の炉火にひもじき槌振れり

シベリア抑留というと、シベリア第二鉄道（バム鉄道）建設のための伐採作業が頭に浮かぶ。工場で黒谷氏は鉄道や機関車部品を作る炉の火に照らされながら、熱い鉄をたたく槌を振るう。槌の一振り一振りがひもじい腹に体に響くのである。

シベリヤの地に三度正月を迎ふ

シベリヤの遅き初日をおろがみぬ

シベリアの苦しい抑留生活も三年を迎えての初日の出に合掌し祈りをささげ、一日も早い帰還を願うのである。

凍てつきし工場街（まち）あけぼのの汽笛鳴る　（『シベリヤ句集　北旅』）

鉄道や機関車の部品を作る工場の街にあり、ナホトカへ向かう列車の警笛を何度聞いたことだろう、そのたびに日本へ帰る日はきっと来ると希望をつないでいたことだろう。そんなある日黒谷氏へも、帰還の時がやってきた。

黒谷氏は昭和二十三年年八月、ナホトカより舞鶴へ帰還している。

【黒谷星音氏の作品を読んで】

苦悩にみちたシベリアでの俘虜生活。そこにはソ連の非人道的な行為に加えて、極寒と飢餓に栄養失調と疾病、さらに強制労働とノルマの枷があった。厳しい環境のなか、日ごと夜ごと、戦友五〇〇名のうち半数の命が尽きていく生き地獄を俳句に書き記した精神力には敬意を表したい。そんな抑留地の中でも、遠い祖国の父母を思い、いつの日か分からない帰国の夢に、一縷の望みを繋ぎながら、現実に打ちのめされ、空しい歳月を送った記録として、読み継がれて欲しい作品だと思う。

『シベリヤ俘虜記』の「シベリヤの悪夢」には、以下のように記されている。

《このような中にあって、僅かに隠し持った新聞のこま切れや、ノートの切れ端に折を見ては書きつづった句は、亡き戦友への鎮魂と、私の俳句への執念のしからしむところであり、少なくともこのことが、数々の苦難を乗り越えて、遂に帰還の夢を果たした私の心のささえとなったのは確かである。〈夕焼けし樹海に深き秋の貌〉、所内の句会で天位となったこの句も、今はなつかしく思いだされる。

いまでも夜半、シベリヤの悪夢に目覚めて、床上に愕然とすることがある。この深い心の傷は、私の生命のある限り続くであろう。》

俳句が黒谷氏の抑留生活を支えたことは、「シベリヤの悪夢」の文から、明白である。その中で、注目するところは、「シベリヤの悪夢に目覚めて、床上に愕然とすることがある。心の傷は命のある限り続くことであろう。」という最後の一行である。過酷な抑留生活を生き延びたが、記憶は何度もわきあがり悪夢は続くのである。

私は、黒谷氏がシベリアの凍土に眠る戦友を慰霊し語り継ぐ営みの中で、何度も呼び覚まされる凄惨な記憶が昇華され、心が癒されることを祈るとともに、黒谷氏の極限状況の証言が抑留者の関係者のみならず、後世の人たちに読み継がれ、平和を希求する願いがこれを読む人の心に点されることを祈るのである。

庄子真青海（しょうじまさみ）——誰の骨鳴る結氷期

庄子真青海氏は、一九二六年五月十七日、樺太大泊富内町に生まれる。本名、庄子正視。一九四五年六月末日に樺太第八十八師団（通称要兵団）麾下（きか）（ある人物の指揮下にあるの意味）の、この年五月に再編成された歩兵第三〇六連隊に現役兵として入営。程なく終戦のため樺太内路山中にて抑留の身となる。一九四八年五月に樺太真岡港より函館港に帰還。

『シベリヤ俘虜記』（「望郷・抑留句抄」）、『続シベリヤ俘虜記』、庄子真青海句集『カザック風土記』（卯辰山文庫）から重要な句を紹介していきたい。

日ソ無名戦死碑建設

「生きて虜囚の」茜砕きて斧振う　（『シベリヤ俘虜記』『カザック風土記』）

この句は、〝日ソ無名戦死碑建設〟の前書きにより、「生きて虜囚の辱を受けず」（東条英樹陸相の「戦陣訓」）のことばの重さに捕虜の身の複雑な思いを深くしながら、戦場整理と日ソ無名戦死碑建設に携わり、夕焼けに赤く染まる樺太の地にあたかも夕茜を砕くよう斧を振るい、戦に死んでいった人々の亡きがらを埋め弔った事を物語っている。

『続シベリヤ俘虜記』「私の抑留の記」には、樺太内路（ないろ）山中をさまよい、一九四五年八月二十三日に武装解除を受け、上敷香（かみしすか）の旧日本軍の兵舎へたどり着いたとあり、そこでの出来事を以下のように書いている。

《上敷香に凡そ三千人は集結させられたであろう日本軍将兵の大集団も九、十月にかけて将校集団がいずこかへ送られたあと、一千人単位の労働大隊の幾つかに編成替えされながら、北緯五十度の旧ソ連地区を越え、ソ連領北樺太の第五十六狙撃師団の集結地になったというオノール・あるいはアレクサンドロフスクを経由、一部は沿海州に渡りシベリヤ各地の抑留地へ散ったという。この事実は復員後、戦友らの多くの証言によって知ったのであるが。そして最後まで残された私たち労働大隊も、激戦の場となった国境、古屯などの戦場整理に移動した後の十一月末、それまで建立作業に従事していた「日ソ無名戦士の碑」の完成を待っていたように、新たなる苦役の地、泊岸炭鉱を目指し南下移動してゆく。》

国立農場

白夜耕す余力なき身に余力ため

庄子氏が一九七六年四月十五日に刊行した『カザック風土記　庄子真青海句集』には、「無聊をかこつ抑留所に「若草会」というグループができて、ここで草皆白影子（くさかいはくえいし）を知ることになる。草皆白影子こそは、真青海半生の無二の友であって、ノールマ作業に苦しむ生来蒲柳の真青海を自分の作業グループに引き入れ、軽作業にまわすなど庇護してくれた」とある。

さて、北極圏では夏至のころに白夜となる。日中にもノルマを課せられた上に、さらなる残業になったのか、ノルマが終わらず白夜のなかで、国営農場の畑を耕している句である。「蒲柳の」とは「蒲柳の質」を省略したものか、体質がひ弱であった庄子は、もう力の残っていない体から絞り出すように力をためて一鍬一鍬耕すのであった。

かさね臥し誰の骨鳴る結氷期　（『シベリヤ俘虜記』『カザック風土記』）

収容所（ラーゲリ）のベッドは蚕の棚のように段々に作られている。結氷期には、横向きに重なり合い、お互いの体温で温め合って眠る。寝返りにやせ細った手足や腰の骨を動かす音が聞こえてくる深夜である。

昼寝覚め香煙硝煙いずれとなく　（『続シベリヤ俘虜記』）

昼寝から覚めると焼香の線香の煙か火薬を爆発させた煙のいずれでもない臭いがしてきたが、誰にも機関銃の火薬の匂いであることは明白である。この煙を香煙と言うことにより、誰かが死んだことを暗喩している。この句の背景には、炭鉱の苦しい作業に耐えかねた仲間が、脱走を図ったが警備兵の機関銃に撃たれたエピソードがある。それについては、以下のとおりである。

《露天掘りで、炭層が露出するまでの厚さ二、三米から処によっては五、六米に及ぶ丘陵の剝土作業の辛さ。ことに冬将軍吹き荒れる十二月から三月にかけて、石のような凍土の地表を発破をかけながらすすめてゆく。この発破をしかけるための穴掘り作業は修羅場である。沸らせた薬缶の湯を注ぎながら、長さ六尺ほどの鉄の棒を間断なく上下させては掘りすすめてゆく捕虜たち。日もすがら寒風荒ぶ丘陵に幾十人も点々と隔たりをおいての個の作業は、冬期でもあり、また冬期であるがために課せられるそれは、当然のように規定のノルマにはほど遠い。（略）そんな日々が続いた或日、この地獄の責苦に耐えかねてか、二人の捕虜仲間が深雪の中を腰まで埋めながら、白昼の脱走を計ったが、神は遂に二人に味方せず、山頂に据えられた警備兵の機関銃掃射の前に雪を鮮血に染めながら若い命を散らす事件が起きた。》――『続シベリヤ俘虜記』

借命や撃たれきらめく宙の鷹　（『シベリヤ俘虜記』『カザック風土記』）

警備兵の機関銃で撃たれ、きらきら光りを残しながら落ちてくる鷹に、この世の命は借りの命であると洞察し、自分の運命に重ねるのである。

雪くるか明日恃む身の傷膿みゆく　（『シベリヤ俘虜記』）

シベリアの冬の訪れは早い。空はどんよりした雪雲に覆われてきた。明日へ命を繋ぐことがやっとの身である。「身の傷膿みゆく」は、具体的な体の傷や消耗することなのかもしれないが、ノルマのある冬の炭鉱の作業、死と隣り合わせに付きまとう不安、仲間に対する猜疑心、いろいろな感情が膿んでいくことを詠んでいるのである。

女唱寧し明日の斧研ぐ雪明り　（『シベリヤ俘虜記』）

どこからか女性の歌声が流れてくる。その声を聴きながらしばし安らぎ、明日の斧を雪明りで研ぐのである。シベリア抑留者の中に、日本やドイツの女性もいたようである。

二〇一九年二月二十三日付けの日本経済新聞に、一二一人の日本人女性とドイツ人女性の抑留者名簿が、モスクワのロシア国立軍事公文書館に残されている事を、大阪大学の生田美智子名誉教授が発見したという記事が載ったことによっても明らかである。

抑留句帳抄

初蝶をとらえ放つも柵の内　（『シベリヤ俘虜記』）

この句は、復員直後にメモしたとある。厳しい冬が終わり、緑の芽吹く収容所（ラーゲリ）に初蝶をみた。寒い一冬を越して蛹から蝶に変わったばかりである。手にとらえ愛おしむが、やがてその蝶を放つ。まだ羽の柔らかい蝶は収容所（ラーゲリ）の柵を越えられない。力いっぱい羽ばたき柵を越えて自由になりたいけれども越えられない蝶に、自分を重ねるのである。

生き下手な死臭払えり秋の風　（『続シベリヤ俘虜記』）

生来ひ弱でノルマ作業に苦しむ自分。栄養失調により体内からにじみ出る死臭を払うよう、秋の風に吹かれるのである。

立ちて死ぬ男にこぼれ雪の華　（『続シベリヤ俘虜記』）

点呼の最中か、作業中なのか仲間が立ったまま息を引き取った。静かに倒れる刹那、体に積もった雪が散華のように散っているのであった。

死もならぬ力がむしり塩にしん　（『続シベリヤ俘虜記』）

厳しいノルマと重労働に体力も消耗し、死を意識する毎日ではあるが、弱り切った肉体は生きたいと要求するように、塩にしんをむしり食うのである。

『続シベリヤ俘虜記』には、昭和二十三年三月、長きに渡った抑留生活の栄養失調が起因の「飢餓浮腫」の症状が激しくなり、急遽ソ連陸軍病院のベッドに送られたとある。薬のない病院で、白パンやミルク入りのカーシャ（粥）などの病院食で命を繋ぎとめたようだ。

そんな日々の一九四八年四月の初め、帰国名簿にその名前をあげられた。その日を「死なぬ」のごろ合わせで覚えたという。一九四八年五月に樺太真岡港より函館港に帰還を果たした。

【庄子真青海氏の作品を読んで】

庄子氏の句は『シベリヤ俘虜記』に二十九句、「続シベリヤ俘虜記」に十六句が紹介されている。そのうちの六句が庄子真青海句集『カザック風土記』に収められている。

本稿では、『続シベリヤ俘虜記』の随筆「私の抑留の記」に合う句を選んで紹介をした。

庄子氏の作品の冒頭には、「戦争は残酷だ。諸君はそれをどんなにしても美化することはできない。」とウイリアム・テカセム・シャーマン（アメリカの軍人で作家）の言葉が掲げられている。

戦場整理や抑留生活を通じて、庄子の目に焼き付いたすさまじい光景は、この言葉のとおりどんなにしても美化できない世界だったに違いない。平和な時は、人の命は地球よりも重いと言われるが、戦争の大義名分にあって、人の命は芥子粒ほどに小さくなってしまうのだ。

　昼寝覚め香煙硝煙いずれとなく
　借命や撃たれきらめく宙の鷹

逃亡は現実から逃れたいための衝動的な自殺に近い。自動小銃で撃たれなくても、雪の原野で凍死してしまうからだ。しかしながら、人為的に自動小銃であっけなく奪われる戦友の命と撃たれた鷹の命が重なりあい、自分の命もやはり借りの命であると洞察している。厳しい境涯にあって命についての洞察に至るのは、それに寄り添う俳句の作用も一因であると私は考える。

『カザック風土記　庄子真青海句集』には、「無聊をかこつ抑留所に「若草会」というグループができて、ここで草皆白影子を知ることになる」とあり、『続シベリヤ俘虜記』には、「若草句会」について、夜七時過ぎに集まり、翌日の作業を考慮して九時には散会するという月一回の句会があったと書かれている。

私は初め抑留俳句について、個人でコツコツ編まれた作品がほとんどだと思っていたが、ラーゲリ内で句会の形で俳句が親しまれていたことに驚きを感じた。

普段はノルマに追われ、飢餓や死の恐怖に苛まれ、政治教育による密告や吊るし上げにより猜疑心や人をねたむような人間関係の中にあり、俳句は庄子氏の心を支える存在であった。これに加え俳句に親しむ仲間と月に一回会うことで、お互いの存在を確認し励まし合い、つかの間の時を共有することは、何にも代えがたい句会であり、それはつらい収容所生活を生き抜く大きな力となり、人間性を取り戻す瞬間であったろう。

高木一郎（たかぎいちろう）――炎天を銃もて撲（う）たれ

高木一郎氏は、一九一八年一月三十一日、名古屋市に生まれる。一九四〇年、日本歯科医学専門学校卒業。一九四一年、陸軍歯科医、満州陸軍病院。一九四五、日本敗戦によりソ連に抑留、欧露のラーダ・エラブカ収容所。一九四七年十一月十七日函館を経て名古屋に帰還。著書に『ボルガ虜愁』（システム・プランニング）がある。満州で生別した妻子と名古屋で再会するまで、二年間シベリア収容所生活で書き留めておいた俳句二五〇句あまりが中心となっている。

私は二〇一九年一月十三日に名古屋にある高木歯科医院を訪ね、ご遺族である高木哲郎氏より、作品の使用についてご了承をいただくことができた。

以下の【】内の表題は『ボルガ虜愁』で高木氏自身のつけた表題である。

1.【ソ連対日宣戦布告（満州国境侵攻）】

秋雨にとどろく砲声官舎街　（『ボルガ虜愁』）

市中大混乱。騒然として不安。「五分以内に家族を牡丹江停車駅へ」の指示あり。

牡丹江は満州の資源開発の拠点で工業都市として、日本人開拓団が多く入植し、またソ連赤軍の防衛拠点として関東軍が基地を置いた場所である。
日本であれば立秋過ぎの雨の日、牡丹江の中心地である官庁街に砲弾の音が轟き市内は大混乱となった。「五分以内に家族を牡丹江停車駅へ」の指示があった。
高木氏はこの時のことを「日ソ開戦の日」として、以下のように記している。

《「日ソ開戦の日」一九四五年八月九日、ソ連軍が満州東部国境を侵攻の情報を聞いた時、（対日宣戦布告の事は知らなかった）これは「ノモンハン」や「張鼓峰」のような局地戦であって、牡丹江は何の心配もないと思った。数日後には、牡丹江が危ないと判断すべきであったかもしれぬが、その時はそう思わなかった。無理もない、数え二十八歳、若かったのだ。》

——『ボルガ虜愁』

ここで牡丹江市侵攻について、『関東軍壊滅す』（エル・ヤ・マリノフスキー著）の記述を要約して紹介する。

《牡丹江市内およびその東方と北東方で、第一赤旗軍と第五軍の各部隊は大激戦を展開した。（略）八月十四日から十五日にかけて、第一赤軍第二六狙撃兵団の先遣支隊は、牡丹江市の北東入口で激戦に入った。（略）八月十五日に日本軍は反撃によって同兵団先遣部隊を牡丹江から撃退し、わが軍は牡丹江東岸、愛河駅の北方五キロの地区に退却した。（略）第一赤軍の兵力の一部が牡丹江西岸に進出したため、第五軍と共同行動をとって、三方面から同時に打撃を加え、同市を占領することが可能となった。》

ちちろ闇子の顔をみるマッチの灯　（『続シベリヤ俘虜記』『ボルガ虜愁』）

混乱状態の牡丹江停車場のブリッジにて

砲弾の音や銃声の合間に、こおろぎ（ちちろ虫）が盛んに鳴く闇の中、牡丹江停車場は避難民でごった返していた。電灯のつかない駅のブリッジで子どもたちの顔をマッチのあかりで照らし見た。再会の約束のない別れである。

秋雨の貨車に妻子を逃すべく　（『ボルガ虜愁』）

これが牡丹江最後という避難列車。駅前のヤマトホテルから持てるだけの食料をもらって家族に渡す。ホテルの支配人の名前も、どうして知り合いになったのかも忘れた。

無蓋車に群る同胞秋の雨　（『ボルガ虜愁』）

満州の八月は秋雨である。小雨の中をハルピンへ向けて発車。

秋雨に婦女子ひしめく無蓋貨車　（『続シベリヤ俘虜記』『ボルガ虜愁』）

出発時、行く手を暗示する如くすでに難民の様相であり、雨具は無く、幼児は泣き、ぎっしりとつめこんだ貨車。秋雨の降る、牡丹江停車場から、難民をのせた無蓋貨車は、ウラジオストックへの東清鉄道の出るハルピンを目指したのである。

『関東軍壊滅す』から牡丹江市のことについて補足する。

《牡丹江市は、重要な日本軍の防衛中心地であった。同市はハルピン方面を東方から守る形にあった。それは鉄道、自動車道路の大分岐点であり、満洲の政治・行政の中心地、そこから四方面へ（林口―密林へ、綏芬河へ、寧安およびハルピンへ）鉄道が伸びている。》

花野行きトラックに火を放ち去る　（『ボルガ虜愁』）

八・十二　夕刻、作戦命令により鏡泊湖そばの爾站陣地へトラックで向かう。
八・十三　朝、寧安、昼、東京城、夜、砂蘭鎮
八・十四より徒歩露営

行けど行けど野の続くなり女郎花　（『ボルガ虜愁』）

八・十五　昼、爾站到着
八・十七　日ソ停戦協定成立の噂を聞く。　※爾站（アルチャン）

敦化（とんか）遠し桔梗に野宿重ねけり　（『ボルガ虜愁』）

停戦協定により、敦化まで一〇〇キロ徒歩後退する。山の中で背中に一人両手に二人の子を連れ空腹でハダシの日本女性（開拓団であろう）に合う。乾パン一袋渡し、敦化の方向を教える。

芒野の屍のゲートルわれがまく　（『続シベリヤ俘虜記』『ボルガ虜愁』）

十・八　掖河到着

門馬某（在仙台）掖河より脱出して奉天にたどりつき私の家族に連絡をつける。この事実を日本へ帰国後妻から聞く。

この時の状況について『関東軍壊滅す』には、

《日本の決死隊は、地雷を抱いて戦車の無限軌道の下に飛び込み、わが軍戦車の進撃にとっての重大な障害となった。》

退却の行軍で、トラックを捨て徒歩で爾站に着くものの、停戦協定により敦化（とんか）まで一〇〇キロを徒歩で後退した。女郎花・桔梗の花の季節に野宿を重ねた。あたりの芒野に打ち捨てられた兵士の屍からゲートル（西洋式脚絆）を貫い、自分の足に巻き、再び歩くのである。

このことについて、以下に補足する。

《八月十五日の敗戦を知らず、満州東部鏡泊湖近くの山中で、日ソ停戦協定のうわさを聞いたのが八月十七日の暑い日であった。畳二畳分の白旗を立てたソ連軍のジープがきた。（略）まさか日本の降伏と、その折衝のソ連軍使であるとは、いささかも考えなかった。敦化飛行場で武装解除され、ソ連軍の捕虜となった。沙河沿から掖河まで三〇〇キロ、野宿六泊七日で千五〇〇人が歩かされた。夜の気温は零下に下がる。》

——『続シベリヤ俘虜記』

2.【短日の貨車シベリヤを西へ西へ】

短日の貨車シベリヤを西へ西へ　（『ボルガ虜愁』）

シベリヤを過ぎウラルを越え、欧露ラーダまで貨車にのること二十七日間。シラミが北を向くことを知って、シラミ磁石とした。

「ウラジオストクから日本へダモイ」と称し高木氏たちを貨車に乗せた。旅の途中で虱が北へ向くことを発見し、ダモイと言いながら貨車はウラジオ・ストクとは反対の西へ向かっていることにシラミ磁石で気づいた高木氏である。綏芬河のトンネルを出たらソ連領であり、貨車はシベリヤを過ぎウラルを越えて、二十七日後、欧露ラーダに着いたのである。

水筒の凍てふくらみし貨車の朝　（『ボルガ虜愁』）

私の父は、抑留の記憶を「シベリア鉄道で、寒さが激しくなるに従い水筒の水が凍り膨張して破裂した」と話したことがあった。高木氏たちの貨車は秋に出発し、欧露を目指すある朝には、水筒が凍るほど寒くなっていたという。

オムスクの長き停車の寒かりき　（『続シベリヤ俘虜記』『ボルガ虜愁』）

停車すれば線路の両側にならんでところかまわず脱糞するのが俘虜である。大便の上に鮮血がかかっているのが多い。「ぢ」疾患の多いことを、はじめてこの目でみた。

オムスクはシベリアの一番西にあるノヴォシビルスクに次ぐ都市である。捕虜を満載した貨車は、シベリアの西にあるオムスクにて長く停車した。抑留体験談で登場した中島さんも貨車が止まるたびに外で脱糞をしたと語られていたが、車両の中には小便をする樽は置かれてあるが、大便をする設備は無いのである。何日も我慢してする便である。肛門が切れて出血もし、便秘や下痢や寒さで本当に皆困ったであろう。この事実は添え書きなくしては理解できない。停車時間には扉が開け放たれるのか、朔風は身に染みるのである。

3.【耳袋してラッパ吹くドイツ兵】ラーダ収容所

月光に橇あと岐れ幾すぢも　（『続シベリヤ俘虜記』『ボルガ虜愁』）

鉄条網の外側。月明かり雪明り。映画「白き処女地」を思い出す。

橇曳ける灰色の瞳の婦かな　（『ボルガ虜愁』）

少量の生活物資をのせた小さな橇。現在の日本主婦の買い物袋にあたるであろうか。

十一月三〇日ラーダ収容所に入った。ある月明かりの中に橇の跡が幾筋も残っているのが見える。あたり一面雪の世界に、生活物資を乗せて歩く婦人の姿を見ている高木氏は、此処にも人のなりわいがあることを知り、一時の安らぎを得たのである。

短日や写真袋を縫ひあげし　（『ボルガ虜愁』）

6×6板の家族の写真を入れる袋

裘きて写り居る妻と子と　（『ボルガ虜愁』）

初夢は吾子の深爪また切りし　（『ボルガ虜愁』）

抑留されて初めての正月、子どもの夢を見た。夢の中でも子どもの爪を深く切ってしまったところで目が覚めた。家族への思いは募るのである。

耳袋してラッパ吹くドイツ兵　（『続シベリヤ俘虜記』『ボルガ虜愁』）

独ソ戦の俘虜。有名な楽団員であったこのドイツ兵のトランペットの音色は素晴らしいものであった。点呼ラッパである。

ラーダ収容所にはすでにドイツ、ハンガリーなど、欧州軍の俘虜がいたと『続シベリヤ俘虜記』にはある。

木の匙のかたち出来ゆくペチカの火　（『続シベリヤ俘虜記』『ボルガ慮愁』）

夜の寒さをしのぐため、ペチカ当番は眠らず火の番をする。その時間の飢えを紛らせながら白樺の木の匙を削る。だんだん匙が姿を現す。わずかな粥を残さず掬い取るための命をつなぐ匙である。

笑い居る吾子の写真や榾の火に　（『ボルガ慮愁』）

厳冬の長い夜に、高木氏は手づくりの袋から取り出した写真の子どもたちの笑顔に、心慰めるのである。

一トンの凍芋の皮むかさるる　（『続シベリヤ俘虜記』『ボルガ慮愁』）

句は「芋」とあるが、添え書きには馬鈴薯の皮剝き作業とある。泥付きのまま凍った馬鈴薯の泥と皮を剝くのである。悴む指で凍った薯を剝くことの苦役が「むかさるる」の中に滲み出ている。

手のひらの野蒜は真珠の玉の如し　（『続シベリヤ俘虜記』『ボルガ慮愁』）

私も子どもの頃に祖母と野蒜（のびる）をよく採った。緑のところを短気にむしってしまうと、野蒜の球根は土の中に残ってしまう。冬の寒さのなかも緑を保つ野蒜を、ノルマ作業の昼休みか作業の後の帰り道に、じっくりと指で掘り上げた。手のひらの球根は真珠の玉のようである。

春泥の壁新聞に顔ならぶ　（『ボルガ慮愁』）

俳句、短歌等を主にした初期の壁新聞。紙が無いので白樺の板に書き、白樺にぶら下げた。

『続シベリヤ俘虜記』に司令部の高島直一が文化活動として呼びかた俳句の会があったと書かれている。すべての活字を奪われた俘虜たちは、白樺の木に煤を溶かして書かれ掲示された壁新聞の俳句や短歌に顔を寄せて詠みあい、心癒されたのである。

4.【炎天を銃もて撲たれ追はれ行く】エラブカ収容所

キズネルの街の朝顔濃紫（『ボルガ慮愁』）

七・十八ダモイということで貨車へまた騙されたことになり七・二十二キズネル下車

炎天を銃もて撲たれ追はれ行く（『続シベリヤ俘虜記』『ボルガ慮愁』）

キズネルよりエラブカまで八十キロ、極暑炎天下、三泊四日野宿。飲料水なく後に「死の行軍」という。

一九四六年七月一日、ダモイと騙され貨車に乗りキズネルで降ろされた。日本にもみた朝顔が遥か遠く離れたロシアの地キズネルにも咲いている。ひとしきり朝顔に心安らいだのもつかの間、キズネルよりエラブカへ徒歩で三泊四日の移動をする。酷暑の中、水も飲めない行軍である。

行軍の過酷さを高木氏は、こう書いている。

《たまり水でもすくって飲もうとすれば、ソ兵が自動小銃をぶっ放して飲ませない。ラーゲル生活二年目で体力の弱った日本人がソ兵に銃でなぐられながら荒野を行く。》――『続シベリヤ俘虜記』

エラブカは金盞花咲き山羊が跳ね　（『ボルガ慮愁』）

エラブカBラーゲリへ収容される。ラーゲリには花壇が作られており、金盞花の花が咲いていて、心を和ませてくれた。『続シベリヤ俘虜記』「ボルガの仲間」には、エラブカ収容所にはロシア正教の旧修道院、丸屋根に金色の十字架が立っていた。待遇はラーダよりも良くなって日本人の心も安定したようだ、とある。

船ゆるく波紋に秋の雲くづれ　（『ボルガ慮愁』）

句からは港にゆっくり入って来る船の航跡から伝わる波紋に秋の雲がくづれていく。という写生句である。高木氏は、過酷な作業の合間に刻々と波紋に姿を変える雲に意識を飛ばしているのである。

5.【おろしやにわれ三十の年明けぬ】ボンヂュガ収容所

秋雨に濡れしまま寝る夜がきぬ　（『続シベリヤ俘虜記』）（『ボルガ虜愁』）

三交代のボルガ河荷役仲仕作業。三千トン級の船。労働過酷のため波止場で座り込みストをやったところ、民兵がおどろいてピストルをぶっ放した。苦役作業中の秋雨にすっかり濡れそぼった衣類を乾かすこともできず眠らなければならない夜がくる。

雪晴のボルガ青々雁渡る　（『ボルガ虜愁』）

九月には雪の降るロシア。ボルガの空の青々と広い空を雁が群れをなして飛ぶ、日本などの越冬地への渡りを見ると、日本への望郷の念は募るのである。いよいよ厳しい冬の到来である。

紙衣きてボルガの風に対しけり　（『続シベリヤ俘虜記』『ボルガ虜愁』）

セメント袋を拾ひ、首と腕の出る穴をつくりポンチョとする。

秋風の身に染みる季節、ボルガ川を渡る風は冷たい。セメント袋のポンチョを着て、風よけにして作業をしたことで、風による体温の低下を防ぎ、体力を温存出来たのである。

合唱の窓の灯明るき大吹雪　（『ボルガ虜愁』）

冬将軍と共に労働は減り歌声も出るようになった。

冬の到来とともに強制労働は減り、吹雪の夜はペチカの周りに集まり、皆で歌を合唱するのである。

ひとり焚く真白き部屋の壁ペチカ　（『ボルガ虜愁』）

医務室開設。渡辺医師と私に一室を与えられた。これまでは一般労働作業をしていた。

新しく与えられた真白き部屋（医務室）の壁ペチカを今は独りで焚いている。これまでは、皆で仕事をしてきたのだが…。

6.【いと巨き韃靼の月血の色の月】　再びエラブカ

雪晴の窓の日ざしに抜きし齲歯　（『ボルガ虜愁』）

　アンブラトリア歯科室勤務となる。

（略）再びエラブカに戻ると、歯科室勤務となる。

白夜しんかん妻ある如く帰り寝る　（『ボルガ虜愁』）

　歯科室をロックして、居住棟へ。三階にある。二段収容。

再びなりわいである歯科診療に就いた。診療が終わり、居住棟へもどる。作業場から疲れ果て泥のようになって、ラーゲリに戻っていった毎日に比べると、敗戦前の妻との日常を取り戻したかに感じるのである。

心ふと子にあり白夜い寝がてに　（『ボルガ虜愁』）

なかなか寝付けない白夜の夜には、子どものことが心に浮かび、さらに郷愁のために寝付くことができないのである。

うとまれて外寝の毛布ひろげけり　（『ボルガ虜愁』）

　人とのわずらはしさをさけて戸外へ

これは夏のころのことであろうか。歯科診療室で働くようになり、仲間との心の距離が開いてしまった。人間関係のわずらわしさに、戸外で毛布を広げ眠ろうとする高木氏の心の内は、複雑である。

7.【子は膝へ炭火美し妻も来よ】 ダモイ

忍従の街を去りつつ踏む落葉　（『ボルガ虜愁』）

二十二・十・八　エラブカからキズネルまで二泊三日。一夜は吹雪の中の野宿。一夜は教会堂。今度こそは本当のダモイと信じて。

強制労働や飢えに耐えに耐えた街に別れを告げて、キズネルの駅に向かって落葉の道を歩みだす。一夜は吹雪の中の野宿。一夜は教会堂に泊まりながら。来る時は、炎暑の中を水も飲めずに歩いた八〇キロの道のりを、今度は本当のダモイと信じ、枯葉を踏んで行くのである。

バイカルの凍魚ひさぎて寡婦といふ　（『ボルガ虜愁』）

琵琶湖の五十倍と言われるバイカル湖。海と同じ波が打ち寄せていた。

バイカル湖のあたりに停車した時、凍った魚を売り歩く女性がいた。聞けば未亡人だという、ソ連はドイツとの闘いで多くの若い男性を失っている。生きるためにソ連の民も必死なのである。

貨車揺れて揺れてシベリヤの大枯野　（『続シベリヤ俘虜記』『ボルガ虜愁』）

虱磁石にいざなわれ西へ西へ運ばれた、シベリア鉄道を今度は逆に走っている。シベリアの大枯野をダモイと信じて、貨車に揺られるのである。

貨車揺るる隙間風にも耐へるべし （『ボルガ虜愁』）

十・三十一ナホトカ（貨車輸送二十日間） 十一・一ナホトカ第二分所 十一・二第三分所 十一・三栄豊丸乗船 十一・四出航

貨車の隙間からシベリアの大枯野を見ながら、揺られること二十日間。今度こそダモイだという確信に、冷たい隙間風にも耐える力が湧いてくる。一九四七年十月三十一日やっと帰還の港ナホトカに着いた。帰還の仲間を満載した栄豊丸が十一月四日に日本に向かい出航した。十一月六日に船は函館に入港するが、引揚げ受入体制の不備のために一週間船内生活をして、十一月十二日下船。十一月十五日函館出発。十一月十七日夜、名古屋に着く。

子は膝へ炭火美し妻も来よ （『続シベリヤ俘虜記』『ボルガ虜愁』）

両親再会。二十・八・十二牡丹江駅で生別した妻子三人とも無事再会

二児連れて冬生き抜きて還りし妻 （『ボルガ虜愁』）

妻子三人は一九四六年五月難民として奉天からコロ島を経由佐世保へ引揚げ

名古屋で家族に再会した高木氏。二人のお嬢さんはすかさず座っている膝へ飛び込んだ。それを少し離れて見ている妻を近くに呼んで、四人で抱き合う。美しく温かい炭火の炎が静かに揺れてい

るのである。

家族の生還を喜びながら、互いのこれまでの話を聞き、妻が二人の子どもを連れて無事に帰ってきたことをありがたいと思うのである。

【高木一郎氏の作品を読んで】

ナホトカの検査でメモを発見されたら、帰国取り消しでシベリアへ逆戻りと聞いて、かねて収容所生活で詠んだ俳句と友の住所をすべて暗記しておいた。句帳はナホトカの浜辺で焚火に放り込んだ。と『続シベリヤ俘虜記』「ボルガの仲間」に書かれている。『ボルガ虜愁』に収められた作品が、高木の暗記によって持ち帰ったものであることに驚きを覚える。

高木氏の俳句は、抑留生活のつらさを詠う句の他に、子どもを思う句、地元の子どもや娘さんの句、ペチカの火を守りながらの手作業の句、ラーゲリに咲く花の句と多彩なのである。つらい強制労働のさなかにも、空腹に野草を摘む道の辺にあっても、自分の葛藤から気持ちを遠く飛ばして俳句を考えている。そこには高木氏の広く物事を受け止めるこころの広さや優しさがある。

高木氏は、「ボルガの仲間」の桜井徹郎（江夢）、高島直一（秋蝶）との対談の中で、「僕は例えば〝俳句は何のためにあるのか〟ということに苦しんじゃってね。最後にこういうことをいわれたんです。〝お前つまらんことを考えるな。何のためでもいいじゃないか。俳句なんてものは滅亡するものだとか何とか彼らが言ったって、芸術至上主義というもので物を考えたらどうだ〟というようなことをね。」と書き、『ボルガ虜愁』のあとがきには、「ラーゲリ生活の異常環境の中で、自分を失わずにすんだのは、俳句と句友のおかげであったと感謝している。」と書いている。

高木氏はシベリア抑留の境涯において、捕虜仲間が次々に逝くなかで死の恐怖と生きることへの欲望に苛まれ、俳句は何のためにあるのかという根本的なことに悩んだ。

しかし、月に一回開かれる句会で、打ち解けあう仲間を得たことは、苦難に心折れそうな時、大きな力となったのである。そんな心の中に湧いてくる思いや葛藤、人間関係の中の理不尽や悲しみなどを高木氏が俳句としてゆくことでの洞察や心の成長の過程で、自己を励まし逆境に適応して生き延びる力を得たことを知り、私は極限の中でも俳句という言葉の芸術に向き合うことの大切さを教えられて、深く感銘を受けた。

高木一郎氏（一郎）と高島直一（秋蝶）が編集し、ラーダ、エラブカ、カザンで開かれた句会の仲間である、青井東平（東平洞）、古屋道雄（征雁）、堀川辰之助（辰之助）、加藤正銘（鹿笛子）、越智一嘉（鬼灯子）、桜井徹良（江夢）など、九名の作品を纏めた、『シベリア句集　大枯野　ラーダ・エラブガ・カザン』（高島直一・高木一郎編、名古屋丸善松坂屋出版サービスセンター）が一九九八年八月十五日、戦後四十七年目に発行されている。

この句集は、第一部：終戦・入ソの旅、第二部：ラーダ収容所、第三部：エラブカ収容所、第四部：カザンの巻、補遺：「新樹句会記」など、時系列にまた地域別に句会の内容がまとめられていることを書き添える。

長谷川宇一（はせがわういち）――ただ黙否蠅つるみ

私は、ソ連（シベリア）抑留について、できるだけ立場の違う俳句作品を戦争体験のない世代に伝え広めたいと思い、ここに関東軍報道部長（陸軍大佐・参謀）を務められた長谷川宇一氏の残した抑留俳句作品を紹介する。

長谷川宇一氏は、一八九八年二月二十三日、宮城県白石市に生まれる。東京中央陸軍幼年学校、陸軍士官学校を経て、大正八年任官。以来、陸軍各種学校、東京外国語大学露語科、東京帝国大学文学部（倫理学）に学ぶ。以後、各地で軍務に服し昭和十四年陸軍省新聞班より、関東軍総司令部に移り、終戦当時は関東軍報道部長（陸軍大佐・参謀）、その後ソ連各地で戦犯として服役、一九五三年十二月帰国。直ちに在ソ同胞帰還促進会を結成、会長となる。（長谷川宇一『遺稿　シベリヤに虜われて』（朔北会））

長谷川氏の俳句は、『続シベリヤ俘虜記』で二十四句が収められているが、これに対応する随筆が掲載されていないため、『遺稿　シベリヤに虜われて』中「虜囚」を参考にした。なお、作品は非常に長文であるので、僭越なことであるが、私の要約と作品からの引用を織り交ぜて紹介させていただきたい。

引用および要約については、現在の朔北会会長の黒澤崇氏を通じて、長谷川氏のご遺族である長谷川二郎氏から令和四年十一月六日にご了承いただき、「虜囚」および『朔北』付録「宇逸俳句の鑑賞」については、出版当時の朔北会代表、草地貞吾氏のご遺族で奥様の草地三重子氏から、令和四年十月一日に電話でご了承をいただいた。

『遺稿　シベリヤに虜われて』は、昭和二十年八月十五日、当時関東軍報道部長であった長谷川氏が、捕虜となり、関東軍の情報局長と誤解され、ゲーペーウー（ロシアソビエト連邦社会主義共和国内務人民委員部付属国家政治局：レーニン及びスターリン政治下反政治的な運動思想を弾圧した秘密警察）の取り調べや投獄、強制労働、民主化運動による吊るし上げ、服役を経験した約八年の歳月をつづった俳句を織り交ぜた随筆集であり、山崎豊子著『不毛地帯』の資料になったことや、辺見じゅん著『収容所から来た遺書』に登場する、山本幡男（北溟子）や後で取り上げる関東軍防疫給水部のことも語られている。

エピソードごとに漢字四文字のタイトルが付き、三十三章「歓喜未発」（昭和二十八年七月から十一月）で作品を終えている。

前半は、終戦の「佇位涕泣」（一九四五年八月十五日）から「変心不愍」（一九四九年一月から六月）までの十一回に及ぶ移動と取り調べ、三回の投獄、ラーゲリ（収容所）での吊るし上げなどを受けた四年間。中盤は、「冷然受刑」（一九四九年六月から八月）での最後の裁判を経て、病院生活や退院後の「同舟人士」（一九五〇年四月から十二月）の二十一分所での服役の始まりまで。後半は、「頌春望郷」（一九五一年一月一日から二日）から「歓喜未発」（一九五三年七月から十一月）の帰還まで。この三つに分け、まとめることとした。

1.【「佇位涕泣」から「変心不愍」】

昭和二十年八月十五日正午過ぎ通化(つうか)にある報道部のバラックに帰った。通化にある軍用飛行場から満州航空の飛行場に着陸し、車で新京にある司令部に向かった。関東軍として最後の態度を決定するべき重大会議が軍令官邸で、延々と続いた。

首垂れて天の炎ゆるに佇ちいたり
大夕焼け国亡ぶ日を美しく
書を焼くと秋暑の土にひた坐る

結局、「陛下のご命令」どおり武器を捨てることを一決したのは、十六日に入ってからで、至急各地にその旨が連絡された。

そして来るべき運命に備えて、報道部としての公文書又各自の書類などを処理し、心の整理とともに身辺もさっぱりしておくことに努めた。

ソ連軍の新京進駐は八月二十日と分かった。司令部では、在満日本人をどのように日本に帰還させるか日本軍隊の内地への輸送をいかにするかなどが話し合われ、まさか全関東軍がソ連領内へ拉致されようとは誰も思っていなかった、とある。「配所観月」(昭和二十年九月)には抑留生活が始まったことが書かれている。

《或日、誰かが今日は名月だと言い出した。月見をしようじゃないか、（略）ということで、その催しの許可を所長に申出たら、家からあまり離れず卓を出して話し合う位は夜間でも許すといい、（略）しかもウオッカを三本ほど寄贈してくれた。（略）そのうちに雨が降り出したので（略）食堂に集まって、短歌と俳句の二組に分かれ、月見の詩歌をつくろうということになった。》

――『遺稿　シベリヤに虜われて』

故郷（くに）のこと言はず雨月にたれこもる

この句会が縁でその後三、四名が集まって句会を開くようになった。三、四回句会を開くうちに、ハバロフスク市内の将官ラーゲリに移り、取り調べが始まった。取り調べの他には、これといった仕事はなかったので、各自の本を持ち寄って、小さな図書館をつくり貸し出した。長谷川氏はここで俳誌「ホトトギス」を借り、雑詠欄のある句に心を打たれ、大いに俳句をやろうという気になったとある。このことから、先に紹介した「首垂れて天の炎ゆるに佇ちいたり」「大夕焼け国亡ぶ日を美しく」「書を焼くと秋暑の土にひた坐る」等の句は、終戦の時のことを回想して詠まれたものと思われる。

「獄中節分」（昭和二十一年一月二十六日から二月三日）には、関東軍参謀に出発が命じられ、ハバロフスクの第二十ラーゲリでの生活が始まる。長谷川氏を最年長とする左官級班は作業には出なくてよかった。長谷川氏は皆が作業に出た後五月までは、抑留者名簿のロシア語翻訳を手伝った。

寒明けやひとやの＊白湯（さゆ）のほのぬくみ　＊「虜囚」では「人屋」
恥じぬ身ぞ吾子高らかに豆を撒け
独房の寒夜を蜘蛛の生きてゐし

取り調べは夜中の三時から四時まで続き、一週間ほど過ぎた頃監獄へ送られた。ここでは取り調べから解放されると思ったら本部での取り調べは続いた。ここに居る間に節分を迎えたとある。「恥じぬ身ぞ吾子高らかに豆を撒け」の句は、遠く離れた子どもたちに想いを馳せて、自分が牢獄にいる事の境遇を「恥じぬ身ぞ」とその思いを込めている。「独房の寒夜を蜘蛛の生きてゐし」（『朔北』）では、独房に見つけた蜘蛛の命を自分に重ね、この凍てを乗り越えて生き延びようという密かな決意を感じるのである。

「閑々発句」（昭和二十一年八月から二十二年二月）。
七回目の移動で再び将官ラーゲリに戻る。将官ラーゲリに戻ると翌日から取り調べがはじまった。

黙否する机を秋の蠅つるむ

ただ黙否蠅つるみ終へ身づくろう

《いろいろ訊問されるが、その意図は何とか私を政治情報の親玉に仕立て、日本にシベリヤ侵攻の意図があったと私に言わしめたいらしいのだが、それは無理な話である。私の返答が相変わらずなので、あせった取調官は、拳固で机をどんどん叩いて「かくしても駄目だ」と怒鳴る。単なる軍の一報道部長が一躍ゲッペルズ*31になる訳にはいかない。》――『遺稿　シベリヤに虜われて』

棺打つやこだまもあらず秋の風

今回の取り調べでは、新事実を掘り立てられることはなかったので、昭和二十一年秋から暮れにかけては、抑留中最も平穏な時期で俳句の勉強もできた。秋になると将官のうち二、三人に不幸があった。「棺つやこだまもあらず秋の空」の句は、一人また一人と死んでゆく仲間への寂寥と冬の訪れとともに自分に近づく「死」への不安を読み取ることができる。

二月になるとまた調査が始まり、今度は一回目から監獄に入れられ真夜中にそこからゲーペーウー本部に通うことになった。牢獄の壁は二週間に一回ずつ真っ白に塗り替えられた。監視孔からの死角は扉の両側である。ここに拾ってきた釘や取り調べの時にくすねてきた小さい鉛筆で片側に暦、片側には俳句を書き付けた。

「雛祭望郷」（昭和二十三年三月から八月）

父欠けて何処か祭る古雛

暦を一日ずつ消して、三月三日お雛様の日になった。終戦の時女学校を出た娘は、果たしてどこにいるのだろうか。だが幸いにして日本に帰っているとすれば、あるいはお雛さまに類したものを飾っているかもしれないと思いをはせるのである。

捕虜については、故国に通信できる権利があるが、まだその権利の行使は許されていない。昼は俳句を詠み狭い部屋の中を熊のように歩いて運動する。夜は取り調べという単調で長い日夜が続いた。

春暁や夢のつゞきの空の色

囀りのあるらむ空の深さかな

春の気配が濃くなったある朝、また荷物を持って外に出された。どこかの事務所に連れて行かれ、また連れて行かれたところは、かつていた二十分所であった。

そこにいた関東軍防疫給水部（七三一部隊）の将校は、抽出されて別に何処かに連れて行かれていた。

十二分所では、風呂の代わりにウイスリー河に、三度ばかり水浴に連れて行ってくれたが、そこも四、五日で出発を命じられた。

「同胞相克」（昭和二十三年七月から九月）。

十一回目の移動命令で着いたところは、第十三分所で、聞けば将校だけのラーゲリだという。将校だけなら理知的で愉快な暮らしができると予期したのは大きな誤算であった。ある日糧秣倉庫を見に行き、細坂という男に気を許してしゃべったことで、その夜の点呼の時にこの細坂の発言で「吊し上げ」を食った。細坂は赤の幹部であった。それから皆の攻撃が集中した。ソ連側は、吊るし上げを容認していたが、食事の時の吊るし上げは医学上人権上あまりひどいと思ったのか、禁ぜられた。こういう時に人の心は分かる。人は生き死にに臨んで本心を出す。

「民主無限」（一九四八年九月から十月）。

分所内でおきたリンチのことをつづり、仲間が帰国したい一心で共産主義的民主主義者となったふりをし、自己の親友なり上官なりを大衆の面前で吊るし上げ、その反動性を暴露することなど、「赤化教育と吊し上げ」について書かれている。

《吊し上げというものは、ここに来て始めて現実に見た。（略）世間を知らぬ若い純情からそう思い込んだ一徹からか、と思い、最初は吊るし上げられてからでも多少彼らの心情に一片の同情を持っていたが、見ているうちに、皆汚い自己中心の打算でやっていることが分ると馬鹿らしくなり、反感が生まれ憎らしくなってきた。つまり彼らは帰国したい。（略）そのためには、最初は観念的に共産主義がわかったといい、日本に帰ったら共産主義に入党し、日本の社会主義化に協力し、米国駆逐に挺身します。というような口頭、若しくは簡単な証書くらいで帰国の名簿に載せて貰ったらしい。（略）民主運動家どもとしては、同調と決意を「のっぴきならぬ現実」で示すことを考えついて実行しはじめた。（略）彼らはまず自己の親友なり上官なりを大衆の面前で吊し上げ、その反動性反ソ性を暴露せねばならぬ。》

――『遺稿　シベリヤに虜われて』

さて、昭和二十三年ころの俳句は、監獄を出た後の将官ラーゲリの炊事場で飼っていた猫の句「親猫のほっそり痩せて仔に添える」「猫の子のふと戯れやめて親呼べる」などの句以降詠まれておらず、欺瞞に満ちた吊るし上げや嫌がらせの日々は、「俳句を詠む」ことすらも反動と名指しされる原因になったのかもしれず、つらい期間であり、猫に慰められていたのではないかと察する。

「変心不慤」（一九四九年一月から六月）。

昭和二十四年三月の初め急に荷物を持って本部に来いという。九回目の移動である。着いたところは、ハバロフスク十六支所、分所の本部である。翌日から調査資料の整理ということで、取り調べが始まった。最後に調書を見せられたが、報道部はただ一筋に対ソ戦を準備、ソ連に不利な独ソ戦の報道だけを掲げて宣伝したことになってしまっている。六月末再び所長室に呼び出され、再び入監となる。今までの時と違って身体検査は厳しく罪人なみであったと書かれている。

2.【「冷然受刑」から「同舟人士」】

汗の眼を据ゑて被告の席に耐ふ

《「冷然受刑」（昭和二十四年六月から八月）

八月になると私は予審に呼び出された。（略）私の罪名は、「資本主義援助」というソ連国家反逆罪だそうだ。／（略）向かって右側の裁判官が立って読み上げた。（略）「第五十八条第四項の資本主義援助」で求刑二十五年というのである。（略）ソ連の将校が何か言うことはないかというから、「第三国人である私のソ連外でしたことで罪に問われるのは、徹頭徹尾不承知であったと記録をしておいて貰いたい。」と言った。》

紅白のコスモスに笑み囚徒となる

《私も上告を七十二時間以内にやらなければならないと所長が改めて言って来たが、二十五年というのは相場だし、又いくら上告してもききめがあった前例もなし、（略）上告ということは裁判そのものを認めることになる。私としては裁判などされる理由はないから、その裁判についての上告はしないことに決めた。》

「病因鬱情」（昭和二十四年九月から十一月）。

第六分所の病弱組は、幼稚園建設に通った。そのほかにラーゲリに糧秣が届くとそれを倉庫に運搬することを手伝わされたことコルホーズでの薯掘りなどの体験がつづられ、そのうちに二度目の病気をしたと書かれている。

馬肥ゆと言ひし頃はも微熱去らず
血痰の日々を重ねて秋深む

今度も風邪で、高熱が出たので入室したがなかなか熱が下がらないので、軍医が大事をとって入院させてくれた。「虜囚」にある昭和二十四年の作品は六句と少ない。

《「病院閑話」（昭和二十四年十一月から十二月）

私はここでも職員に対しては、ロシア語を話せないことにしてあるからだ。しかし、患者同士ではお互いロシア語で話し合ったが、そのソ連人たちには私が字も書けるというのがおどろきらしかった。》

この章では若いロシア人の脱走のこと、図書室があり古典的な本や技術書などが多く読まれること、政治教育としての映画が週一回開かれたこと、病院内に患者が編成した楽団もあったことなどが書かれている。

「寒灯別離」(昭和二十四年十二月から昭和二十五年三月)。

昭和二十四年の暮れ、寝台でラジオを聴いていると、七三一部隊の山田大将以下何人かは細菌戦を準備したかどで、ソ連側の公開裁判にかかっていたが、各々の刑が宣告されたことを報せた。

二月十日、明日は紀元節だと話していると、日本人は重症患者を除いて全員退院だと言われるので、日用品をもって六カ月ぶりに六分所に帰った。しかし、ここでまた診断があって、再びホールと言う病院へ入院することとなり、医務室に泊まった。ここへ馬鈴薯の倉庫係をさせられている川目(元少将)さんが逢いに来てくれたが、最後の会話になろうとは思っていなかった、とある。

名を呼べば眼をひらくのみ寒灯(ともし)
匙の乳上手に嘗めて氷紋解く
喉仏こぼりと鳴りぬ寒灯

ホールへ運ばれて二、三日すると川目(元少将)さんが意識不明で送られてきた。しばらく看病を続けるが、一カ月ばかりたつと、川目(元少将)さんは、また意識不明に陥った。

かりそめに別れしものを春の霜

三月十一日に長谷川氏は退院し、その翌日川目（元少将）さんは亡くなられたという。大戦末期を共に過ごし、抑留の苦難を分かち語り合った友が先に逝ったことを春の別れ霜に思いを乗せて、再び会えると信じていたことをかりそめの別れと詠んだのである。

「同舟人士」（昭和二十五年四月〜十二月）。

又、移動になり四月中旬二十一分所に連れて行かれる。身体検査で三級になり、営内の仕事をする係になる。

ここでは、今まで反動といって虐待された人たち、またこれからの運命を共にする人たちということで、今までのような不信はなく、お互い体力をかばい合って生命を生き永らえようとする空気が目立っていた。そんなことでだんだんと落ち着いてくると、「文芸復興」の動きが始まった。音楽、演劇、俳句、絵画、小説書き、学術講座（英語、数学、各種文化講座）も始まった。俳句指導は山本

とある。山本北溟子は、辺見じゅんの『収容所（ラーゲリ）から来た遺書』の主人公、山本幡男その人である。（『遺稿　シベリヤに虜われて』）

四月になったある日、突然二十数名の名が発表されて帰国のための被服が渡された。しかし四月二十四日のタス通信の「送還打切り」の声明となった。

このタス通信について、「引揚げと援護三十の歩み」（厚生省）第二章「陸海軍の復員及び海外同胞の引揚げ」の「昭和二十五年の引揚げ」には、《四月二十二日引揚げ船信濃丸が到着した日、タ

ス通信は、ソ連政府の発表として「日本人捕虜の送還はこれをもって完了した。なおソ連に残っている捕虜は戦犯容疑者一四八七名と病気療養中九名である。」と伝えた。しかし、当時、連合国軍総司令部が公表していた在ソ同胞の数と比較して三十万人以上の食い違いがあり》と記されている。

炎天やバレーの網の垂れ工合　（「虜囚」）
群れて寝て蚊に醒めてゐる独りかな　（「虜囚」）
句座解くやクローバーつんつん起ち直り　（「虜囚」）
台本読みの茶の冷えてゐて夜の秋　（「虜囚」）
虜囚遅々のびちぢみ行くや大枯野　（「虜囚」）
悔いてまた恃みて老いて年くるる　（「虜囚」）

長谷川氏の昭和二十五年から二十八年の作句は多く、昭和二十五年は七十五句、昭和二十六年は九十三句、昭和二十七年は一〇六句、帰還の年二十八年は七十三句を詠んでいる。昭和二十五年の作品から、二十一収容所の文芸活動を詠んだ句を挙げてみた。

「悔いてまた恃みて老いて年くるる」の句は、抑留の境遇を悔やみ帰還へのかすかな望みを恃（たの）みとして、歳をかさね老いていくのだという感慨を感じさせる。

3．「頌春望郷」から「歓喜未発」

《「頌春望郷」（昭和二十六年一月一日から一月二日）（略）

「文芸復興」（昭和二十六年一月から七月）

一応理性では打消しつつも感情の一部には、「帰還」が相当な大きさを持って、第二十一分所に移ってから既に一年位たった。だが帰還という色はだんだんうすれる一方であった。／（略）ここで数人の人々が協議するところにより、大隊長瀬島中佐はあやふやな中途半端で専心帰還を心まちにするよりは、一層長期抑留の覚悟で腰をすえる、そのためには先ず生命を維持させるように物質生活を改善するように現場の指導、その給与、人員配置等を決めソ側と折衝しようということになった。》

——『遺稿　シベリヤに虜われて』

ゆく春やアルミの匙の小さきしみ　（「虜囚」）
祖国(くに)遠しかなしきまでに濃き銀河　（「虜囚」）
冬の日の遠くおはして虜囚なる　（「虜囚」）

「ゆく春やアルミの匙の小さきしみ」帰還を待ちながらまた夏がやって来る。この匙は、帰還を果たせず逝った仲間の匙だろうか、抑留生活において匙は命をつなぐ大切な道具である。少しの黒パンを少しずつ齧りながら、この匙でほとんど具のないスープをゆっくり啜っていた仲間。匙の染みは生きていた証のようにそこにある。

《「猿猴小智」（昭和二十七年五月から七月）
春も深くなると、モスクワで国際会議があって、それに日本から女性議員が参加した。戦後初の女性議員高良トミ氏である。メーデーの済んだ日曜日、急に作業に駆り出された。例の女性議員がやって来たのかもしれないということに皆の話は決まった。病院に駆けつけると、日本参議院議員高良トミ女史が来て、患者数人と話して帰ったところだという。ある日、野外演芸場に集まれといわれ、カンカン照りの中で蹲んで待つと、件の高良トミ女史から北京発で手紙が来てその朗読があった。（略）皆さんのことは、故国の人々に訴えて何とか善処したいが、とりあえず俘虜郵便を復活させるようソ連当局に話し合い、大体の了解を得た。だから近く実現するのではないかと思う。（略）六月末、俘虜通信が許された。》――『遺稿　シベリヤに虜われて』

「春光残照」（昭和二十七年八月から十二月）
そのうち冬が来た。これが、シベリアでの最後の冬になろうとは思わなかった。
「仰天伸背」（昭和二十八年一月から七月）
八年目の冬を迎えた。もう特にシベリアの正月の感慨と言うものもない。
「仰天伸背」の章に「初御空打ち晴れ仰ぐ年もがも」とある。帰国が許されて打ち晴れた気持ちでこの正月の空を仰ぎ見る事ができることが希望であればよいのに、と心の内が吐露されている。

この年の二月から小包の送入が許される。個人の名あての小包が銘々の家庭から届いた。長谷川氏への小包には少しばかりのシャツ類とキャラメルが入っているばかりであった。「私はその貧しさに胸が痛かった」とある。

小包に見る妻の貧春時雨

《こちらは営内勤務だけに相応する栄養は十分取れているし、恰好こそ悪いが、(略)これからは先何も送ってくれるなと書いた。そして、今までゆっくり滞在したことのない郷里、そこは又寒い地方なのに案外防寒施設の整っていない東北の田舎、そこに他とあまり交渉もなく淋しく住んでいるであろう家族たちの顔と姿を思い浮かべた。》――『遺稿 シベリヤに虜われて』

ここに添えられた「小包に見る妻の貧春時雨」には、長谷川氏の東北の実家に、身を寄せる家族への気持ちに、胸の詰まる思いである。そのころ長谷川氏は血圧が二四〇に上がって、入院していたので、少々感傷的になっていたのかも知れない。血圧が二〇〇に下がると退院させられた、とある。

《その頃になると、ソ側のタガも緩んで、演劇も許され県ごとの集会も黙認された。(略)又、皆は与えられた限度内に於いて生活をたのしくしそして何らかの意味で充実した一日一日を生きる処世法を自然と身に着けて、(略)六月になると突然本部に名簿調製が命ぜられ、(略)その下旬になると、これも亦た四百人近い人が集められ、荷物を持ってトラックでどこかへ運び去られた。／（略）七月に入ったばかりの或る日、本部の小林君が来て私を洗濯場に呼び出し、「あなたは帰りますよ」「名簿に乗っているんです」というのである。そして帰ったらあとに残っている者の帰還に努力して欲しいとか、（略）帰還が決まったようなことをいう。／（略）第二ハバロフスク駅に運ばれ、灼けついてムッとする貨車の中に押し込められ、窓も釘付けされた。／汽車が南下するにつれ（略）車内はだんだん湧いていった。》――『遺稿　シベリヤに虜われて』

「歓喜未発」（昭和二十八年七月から十二月）。

ナホトカに着くと、ここでの作業はなく規定の映画だけはあった。そこでは、居住する場所の手直しをしたり、演劇部を立ち上げたり、長谷川氏は仲間と俳句を始めた。

夏山を薙ぎ上げて風海よりす　（「虜囚」）

裏山を群がり這えり夕立雲　（「虜囚」）

《帰国後に分かった所によると、この間に大山郁夫氏[*32]がソ側に要求を切り出し、日赤の島津さんが、モスクワに行って、我々の帰還をソ連赤十字社と協定をしたらしい。／（略）向日葵がさき、とうもろこしが実り、えぞ菊が咲き、海風がつめたくなり、天の川が濃くなり、やがて雪も降りだした。我々は、仕方ないからせっせと芝居や俳句に精を出した。》――『遺稿　シベリヤに虜われて』

夜の凍てを興安丸に駆けあがる（「虜囚」）
オリオンの高からぬさえ嬉しくて（「虜囚」）
十年を一と昔という冬の海（「虜囚」）
冬空に日の丸ことによしと思ふ（「虜囚」）
上陸のあとのしじまに浮く海月（「虜囚」）

《十一月の末、突如湾内に赤十字の白い船が入った。／（略）ラーゲリを夜出て、変な空の倉庫のような小屋に待機したが、そこから二十五名ずつトラックに乗せられて、船の前に運ばれた。夢中で駆け上がった。看護婦の顔がとても美しく、その声にもうるおいがあった。（略）この船が興安丸であった。》

【長谷川宇一氏の作品を読んで】

これまでは、兵士の抑留生活の底辺と言える人たちの俳句を読んできたが、長谷川氏は関東軍の報道部長という地位であり、ハバロフスクのゲーペーウー本部での取り調べなどを受けながら、将官ラーゲリ、監獄病院、一般ラーゲリで収監などの環境にあった。高齢であることや病気がちであったことなどから、労働階級は三級の軽い労働にあたっている。しかし、刑期二十五年という歳月は、重くのしかかったことであろう。収容所生活で長谷川氏を支えたものは、観月句会で初めて触れた俳句である。長谷川氏の俳句は、強制労働の痛々しいまでに剝き出しにされた人間の苦悩や感情はあらわではない。句のテーマはいつも身近にいる取調室や監獄の蠅であり、蜘蛛であり、ラーゲリに心を和ますために植えた花や日本に戻った家族である。

それは、長谷川氏の取り調べや牢獄のなかでの取材できる一番身近なものであったとともに、戦犯とし、取り調べを受ける日々であり、克明な現状描写や感情を吐露するような句を残せなかったためかも知れない。

「虜囚」の昭和二十七年の作品の中に、「気損じの人きて虻の多き庭」の句は、「仰天伸背」の中で、帰還の決まらない若い人たちを慰めるのに心を痛めたとあるように、帰還名簿から漏れた若者を慰める長谷川氏の思いやり優しさを俳句から感じることができる。

また、「同舟人士」の内容からは、一般ラーゲリでは、収容者の異動により結束が難しく、どこでも句座を持つという事は、簡単ではなかったと思われる。しかし将官ラーゲリでは、句座（アムール句会）や文芸活動により互いに支え合い信頼できる仲間を得られたことは、一般の兵士と比較すると例外的な特別な出来事だったろう。その「将官ラーゲリ」においても、気楽にしゃべったことを密告され、「ソ連抑留の暗部でもある赤化教育・吊し上げ」による虐待といった出来事に長谷川氏自らも遭遇した。そのような人間不信の絶望的な情況の中でも、長谷川氏の述べているように俳句は収容所生活の支えになったのであり、俳句における句座の人を生かす力を感じさせてくれる。

〔註〕

＊31　ゲッペルズ：一八九七～一九四五　ナチスドイツの政治家。宣伝に特異の才能があり、一八年ナチ

党の全国宣伝部長。三三年啓蒙宣伝相（略）反ユダヤ主義を宣伝した。（『小川世界歴史小辞典』）

＊32 大山郁夫：一八八〇・九・二〇〜一九五五・十一・三〇　大正・昭和期の社会運動家政治家、一九三二アメリカに亡命、一九四七帰国、一九五〇参議院議員。（『山川日本史小辞典』）

川島炬士（かわしまきょし）――大気が重いと病む身

川島炬士（本名・清）句集『蓼花』（私家版）の「萬里夢」からソ連抑留俳句について紹介する。

川島炬士氏は一八九三年、千葉県九十九里浜の中央にある、蓮沼村殿台に生まれる。一九一二年、千葉医専入学。一九一六年、千葉医専卒業。一九一九年（二十六歳）、医学生として陸軍医学校に入学し、普通科を経て防疫学専攻を命ぜられる。西沢行蔵教官（伝染病研究所技師・東京大学教授）に師事。一九二一年（二十八歳）に東京第一衛生病院病理検査主任、内科重症病棟、伝染病室附けとして、法貴六郎軍医（九大稲田内科にてウイルス病原体発見者の一人）の指導を受ける。川島氏の人生は、五十歳から大東亜戦争に巻き込まれていく。

ターニングポイントは一九四三年八月一日、軍医少将となり、十二月、第一方面軍軍医部長として、満州牡丹江に勤務した時である。

一九四五年五月八日、独ソ戦に於いてドイツが降伏。この年、家族（俊子、京子、真、征夫）が牡丹江に来ている。同八月九日、ソ連軍が満州を侵攻。同八月十五日、終戦の勅下賜の伝達を受ける。同八月二十日頃からソ連軍が敦化市内に侵入。ソ連軍の暴行略奪言語に絶すと、川島氏は書いている。

同九月十日、ソ連空輸機にてウラシロフに空輸され、参謀長と共に市内満鉄宿舎に軟禁される。

家族は開拓地域に移される。同十一月、病院列車にてハバロフスクに輸送され、第四十五特別収容所にて、抑留生活が始まる。

一九四六年に川島氏の所属した、関東軍防疫給水部（通称七三一部隊）における、細菌戦準備についての研究の取り調べが始まる。同部隊の編成は一九三六年と言われており、川島氏はアジア・太平洋戦争の終焉期にこの部隊に異動したことが不運といえる。

一九四九年、故国帰還の名目にてハバロフスクに輸送され、公園内一般ラーゲリに収容された後、特別収容所に移される。同十月、山田大将以下細菌戦関係者十二名は、戦犯として告発されハバロフスクの白の監獄に収監される。同十二月二十八日から三日間、赤軍倶楽部にて軍事裁判に附され、全員が有罪となり強制労働二十五年の極刑の宣言を受ける。一九五〇年一月、赤の監獄に移される。二月末、シベリア鉄道にてモスクワを経て、三月十二日、チェルンツェ収容所に収容される。

馬橇の行くへは知らず雪の道　（三月十二日）

モスクワのクレムリンの鐘楼を遠くに眺めた翌朝、目を覚ますと長い列車は雪原に止まっていた。前方に小さい駅が見える。これがロシア革命の発祥の地イワノバの手前のベルグソ駅であることを川島氏は後で知った。鉄路の側には、数台の馬橇と防寒服のソ連兵が待っていた。

雪二尺春日は樺の梢から

《大きな森につつまれた一廓がチエルツエのラーゲルである。ラーゲルは板塀と鉄条網と番犬とソ連兵のマンドリン（自動銃）とでかこまれているが（略）数ヘクタールもある。（略）われわれは、主屋の南側に革命後何かの療養所として建てられた煉瓦二階建ての家屋に収容された。三月なかばというのにあたり一面は、雪に覆われていた。（略）然しロシアに光の春という言葉があるように、太陽の光は日増しに強まってゆく。》

岩みつばスープに浮かせ祖国遠し
伸びはやきトマトの苗や陽のつよき
としつきを黒パンに生き燕飛ぶ
熟れよトマト霜の来ぬ間と下葉除る
凩やトマト引く手の悴みて

黒パンと塩キャベツ、馬鈴薯が中心の食事で生野菜によるビタミンの補給が難しい食糧事情である。五月の中旬となれば、森のあちこちに岩みつばの若葉が萌えてくる。生野菜が乏しいラーゲリ生活では、貴重な恵みである。広い菜園で、川島氏はトマト、佐藤俊二軍医少将は胡瓜の栽培を受け持ち育てることになった。抑留から五年の歳月が流れ、「としつきを黒パンに生き燕飛ぶ」の中に黒パンの大きさや副菜の野菜作りに明け暮れる日々とこれからの日々への不安や感慨が込められている。シベリアの冬は早くやって来る。早く収穫しなければ、せっかくのトマトが霜でいっぺんにやられてしまう。トマトは青いうちに収穫して、箱につめて赤くなるのを待つのである。

虜囚や大豆粉を煮て味噌つくる

《この国では労働のノルマ遂行の度合いによって食料の配給が区別されるそうだが、われわれ抑留者に対しても階級による差別があった。然しソ連側の注意を無視して、全部を合わせて料理し、平等に配分する方針をとっていた。（略）誰言うことなく味噌汁が食べたいという声があったのは当然のことではある。私が引き受けて味噌を作ることになった。》 ――『蓼花』

ともかくも耳順の春を迎へけり （昭和二十七年）

ライラック咲くと故国へ初便り （六月十六日　抑留以来初めて祖国への通信を許される）

窓吹雪く繰りかへし読む祖国の便り

人の世の運命に生きん吹雪く夜

いたづらに生きて還暦の春に遭ふ

一九五二年六月十六日、抑留以来初めて祖国との通信を許される、とある。一九四五年十一月二十六日、祖国から洋、京子の一信を受け、初めて俊子（妻）、征夫（第五子）の死を知る。移住後まもなく、征夫は母と共に下痢症のために敦化陸軍病院に入院。十月十五日征夫は、吉林にて麻疹のため死んだという。一九四六（昭和二十一）年五月二十九日、俊子、満州国長春にて、発疹チフスのために死去。享年四十七。略歴冒頭には、一九四五年九月に家族は、開拓部落に移されるとあるので、母を失い、洋、京子は略奪や暴行、人買いの横行する開拓部落にあり、二人で帰還の道を探らなければならなかったのか、大人たちに助けられたのか、いずれにしても子どもの身の上で、想像を絶するものがある。川島氏は、捕らわれの身で齢を重ねる自分を思うのである。

揉む脚の萎えて冷し父憶ふ
節分や橇押す人の髭つらら
みとりの日忘れてゐたるトマト熟ゆ
大気が重いと病む身ほそらす秋の風

不寝番二句

秒針のいのちを刻む夜の寒さ
譫語の謝辞くりかへす寒灯

このラーゲリにはロシア人医師が配属されていた。しかし実際の診療はドイツ人医師が受け持っていた。抑留生活が長引くにつれて、寝たきりの患者が増えて看護の手が足らなくなり、応援の申し込みがドイツ側からあった。（略）川島氏が自発的に引き受けることにしたとある。その理由は、長く病の父を母に任せ、親しく看護できなかった罪滅ぼしの気持ちもあったからだ。「揉む脚の萎えて冷し父憶ふ」には、寝たきりのドイツ人と父を重ねていた心情が読み取れる。長い病苦に疲れ切ったドイツの老将は日ごろ憎まれ口をたたいて同僚たちに嫌われていた。いよいよ病篤く命旦夕(めいたんせき)に迫って、川島氏が看病にあたっていた時に何度もお礼の言葉を繰り返してくれたのである。

昭和二十八年三月四日ソ連の独裁者スターリン死す

生光のあまりに眩し弔旗垂る

妻の忌や机の瓶にリラを活く　(五月二十九日)

雲去来す燕の空の雨如何

昭和三十年六月一日日本学術会議一行来訪

野分らし落葉掃きつつ客を待つ

一九五五年九月二十日日本議員団一行来訪

スターリンの死去から、日本人抑留者の帰還に関する交渉が進められるようになって行ったようである。

十一月十六日イワノボ監獄に移され四句

ひろ野越えうす雪野越え道一筋

うす雪野漠々として雲湧き上がる

雪の原サンタ待つよな野のイズバ

(イズバ木造の農家)

監獄

独房や身に浸み通る娑婆の音

十一月三十日イワノボからの帰途

廃寺のみ灯されず塔の雪暮るる

墓守は一本樅雪に立つ

《十二月三十日椎名中将卒す。柩は馬橇で運ぶ。（略）墓地はラーゲルの東南方約二キロ近く、低い丘がかったところにある。ここは抑留者のみの墓地である。（略）墓の大多数はドイツ関係のものである。》

以上のような添文があるが、一般ラーゲリでは柩はなく衣類も不足していたため、裸にして葬られることが常態化していた。昭和三十年頃の将官ラーゲリでは、柩に入れて弔えたことが伺える。一九五六年、日ソ国交樹立のための交渉がロンドンで行われるとある。

カートンキまたも踏むなり石畳（カートンキは羊毛で作った防寒靴）

石畳雪に踏みけん人思ふ

石塀の立ちよりがたき日向かな

枉げられぬ心に冬の鉄格子

《二月再びイワノボの監獄に移される。（略）グリアーチ（散歩）という看守のだみ声が怒鳴る。毎日の日課になっている散歩である。廊下から散歩場へ出るまでの石畳は踏む人の足で磨り減っている。》

――『蓼花』

散歩場に引き出されるまでの磨り減った石畳を踏みながら、どんな人がどんな咎でどんな思いで投獄生活を送ったのかと思いをめぐらせる。石塀の日だまりに体を温めたい衝動が湧くが、見張られての散歩で有り、石塀に近寄れば銃で撃たれるのである。

川島氏は枉げられぬ思いを抱きつつ、日に体を温めたいという思いを断つように冬の鉄格子の中にひかれて行くのである。

五月十日モスクワにて日ソ漁業交渉中の河野農相慰問

木の芽立つ大臣の語る祖国のこと

わびしさは手垢に生えし辞書の黴

君が代のラジオ布子の胸躍る　（布子は木綿の綿入れ）

暖房粛とラジオに響く首相の声

調印のラジオ今宵の月清し　（十月十九日　日ソ国交協定妥結す）

添え書きには十月十二日、鳩山首相露都に着くとある。「日本とソビエト社会主義共和連邦との共同宣言」[*33]がモスクワにおいて同月十九日、両国間で署名された。

長かりし旅の終わりや凍林檎

《十二月八日わたし達は、チェルンツエの長いラーゲリ生活から別れを告げて、祖国帰還の途についた。（略）ハバロフスクでソ連抑留者全員が集結した。／帰還者はソ連極東司令官の主催のパーティーに招待された。／ここは、七年前わたし達細菌戦関係者の軍事裁判の法廷であったことを思うと感慨深かった。ハバロフスクからナホトカへの列車で祖国から送られた林檎の小包を受領した。》

――『蓼花』

故山せまるふる郷の雪はあたたかし

《ナホトカにはすでに興安丸が待っていた。（略）十二月二十四日氷を砕きながら船は埠頭を離れた。同月二十六日舞鶴港に着いた。》

【川島炬士氏の作品を読んで】

『蓼花』のあとがきで、川島氏は次の一句をあげて自分にとっての俳句について述べている。

生くべきものは生くべきままに蓼の花

《ハバロフスクの監獄生活で毎日三十分くらい監房からひき出されて、檻の中の熊のように絶望の心を抱いて、とぼとぼと重い足どりで歩いた十坪に足らぬ板塀で取り囲まれた散歩場の片隅の日陰にひそやかに咲いていた蓼の花を見いだしたときの私の悟りでもあり、生への復帰の叫びでもありました。この句一つで私の俳句の道に入った報いは十分だと思っております。（略）暗黒のなかに一縷の光明こそは俳句であった。（略）監獄から出された時には、六十句位になっていた。元の収容所に戻ってから、俳句仲間の井原先輩に見せたら、悲壮感が乏しいと評された。私は元来、醜なもの、苛酷なもの、悲惨なものなどを対象としては、俳句が創り難い傾向を持っている。兎角私の俳句の眼はおのずと美しいもの、心地よいもの、憐れなものに向き易いようである。》

――『蓼花』

川島氏の一連の句には、これまで紹介した一般ラーゲリでの極寒の強制労働や飢え、ダニの媒介による発疹チフスや栄養失調による突然の死の恐怖に苛まれたというような切迫した句はない。しかし戦犯としての辛辣な取り調べの日々、生き延びていることへの贖罪に苛まれる苦痛がなかったはずはない。この一句に恵まれたことで、川島氏は運命に生かされていることを洞察し、生きることを受容できたのである。自分自身が言うように、川島氏の心の眼は、おかれた境遇からささやかなことを掬い上げ幸せを感じる力を持っているのである。

ハバロフスク第四十五特別収容所や最後のイワノワ近郊の戦犯収容所では、比較的長く落ち着いていられたので、同好の士と俳句会を作ったとある。ことに戦犯収容所では腰を据えてやることにして、「きつつき俳句会」を結成し、川島氏と佐藤俊二氏が世話役となって毎月一回回覧俳誌「きつつき」を発刊したとある。

川島氏は、世話人となることで俳句に支えられるばかりか、仲間を支える立場となる。俳句は、個人の内面を支えるとともに仲間を得る事で、より一層支え合う力を発揮するのである。川島氏の「暗黒のなかに一縷の光明こそは俳句であった」という。その俳句の「一縷の光明」とは、いつしか川島氏を生き伸びさせる希望となっていたようだ。川島氏の〈生くべきものは生くべきままに蓼の花〉という俳句には、健気に生きるものたちの尊厳が宿っているのだと私には感じられる。

〔註〕

＊33 日ソ共同宣言とは、戦争状態の終結、外交関係の回復、国連憲章の原則の確認、相互の内政不干渉、日本の国連加盟の支持、抑留日本人の送還、戦時請求権と賠償の相互放棄、漁業条約の発効、漁業資源の保護などについて規定した。（略）（『ブリタニカ国際大百科事典　小項目事典』解説）

鎌田翠山（かまたすいざん）――サキソールの葉の露を吸ふ

鎌田翠山氏の『沙漠の俘虜』（竹頭社）の「ソ連抑留記」について取り上げるのは、これまでの極東（日本海に面した）の地とは異なり、鎌田氏が黒海に近い欧露（ウラル山脈から西の部分。ヨーロッパロシア）のウズベク共和国の首都タシュケントの収容所を経て、パミール高原で抑留生活を送ったからである。私の父もウズベキスタンのクラスノボツク第四十四収容所にて、建築作業をしていた記録を、厚生労働省社会援護局の「ロシア連邦政府からの提供資料」に確認したこともあり、鎌田さんの体験に関心を持った。

ソ連抑留というと、極東シベリアのような極寒の地を思い浮かべる人が多く、欧露について語れることも少ないのではないかと思う。小田保氏の随筆の中では「黒海を見た捕虜」と表現されているが、その場の体験を知って評価しているわけではない。平たく言えば他人の芝生であるとも感じる。このようなことから、欧露に抑留された方たちの困難についても、取り上げなければと考えた。

『沙漠の俘虜』は、応召（一九四一年）、南方（一九四二年）、ソ連国境（一九四三～一九四五年）、敗戦（一九四五年）、収容所（五か所）で詠んだ俳句と引揚げ後に詠んだ俳句作品、「ソ連抑留記」の二部で構成されている。後編の「ソ連抑留記」から作品紹介をしていきたい。

鎌田氏が俳句に興味を持ったのは二十一歳ごろ、一九三六年頃からで、当時、下谷区谷中初音町に住む石倉翠葉先生の指導を受けたことから、一九四一年春、俳誌「馬酔木」に入会。俳句は軍隊生活中も続けられた。一九四八年七月、復員。復員後松村巨湫主宰の「樹海」にて俳句を続けている。鎌田氏の句は、松村巨湫主宰の提唱した、詠み区切りのところを一字あけて書く形式で書かれているので、本書もこの形式で表記する。俳句作品については『沙漠の俘虜』『ソ連抑留記』『続シベリヤ俘虜記』を参照した。

1.「敗戦」より

鎌田氏は一九四五年八月八日朝、東満州の汪清県羅子溝(おうせいけんらしこう)の一二八師団にいた。

つぎ　つぎ　爆弾夏牽(ひ)きつつ落つ

《ソ連軍は、(略)九日未明東満国境を突破して、(略)夕方には太平溝の第一線から次々と負傷兵が運ばれ、狭い司令部には収容しきれず大変な混雑ぶりだ。負傷兵は、ソ連軍が優勢で、質、量共、日本軍は到底及ばぬことを洩らしていた。父母や妻子の名を呼びつつ死んでゆく重症兵を眼の前に見て、敗戦の厳しさを知った。／(略)兵器も歩兵部隊で三名に一名しか銃がなく……》

――『沙漠の俘虜』

十一日には、第一線を死守していた歩兵三ヶ連隊は相次いで壊滅し、十二日司令部は相次いで後退を始め、鎌田氏はそのしんがりを守る。燃え上がる焔を後に後退したという。

認識票腹帯に縫ひ　夏野　のがる
戦車　迫る　夏草つかみ死にたくなし
肉攻班の半裸の戦友（とも）　戦友（とも）草にまつ
追はれ　夜の夏草にふして眠る

掲出の「肉攻班の半裸の戦友　戦友草にまつ」について、主な兵器を南方戦線や本土のために送ってしまった関東軍では、戦闘用の兵器は無く、特別攻撃（特攻）と言われる肉弾戦に、命を捧げることが余儀なくされた。終戦の報の届かない第一線では、「生きて虜囚の辱（はずかしめ）を受けず」の言葉が生きていたのである。十五日午後、内地ではすでに、無条件降伏をした後であったが、満州の第一線では、激しい肉攻戦が繰り広げられ、多くの日本兵が死んでいった。

鎌田氏は脚気を患っており、本隊にはぐれ、敵機の銃撃を受け山野を這うように逃れ、十五日昼、張家店で本隊に追いつくことができた。十六日、ソ連兵を迎え撃つための数個の戦車地雷と手榴弾を渡され、鎌田氏も部下五名と山中に待機した。十七日未明に突撃と決まり、朝までの数時間を夏草に濡れて眠った。夜明け前の三時ごろ停戦協定成立の報せが伝わり、午前五時、日本軍の無条件降伏が関東軍からの書簡でわかったとある。

2.「俘虜となる」より

少年兵　銃つきつけ　時計盗めり
いくさの恐怖のがれたり　俘虜として　曳かる
血に染みたる兵の屍　蛆　うごめく
黒き夏草　血匂ひ　踏みしめゆく
手拭で目隠しをされ　日本兵　撃たる

十七日、ソ連軍の進駐。師団長、参謀、副官はソ連軍により連れ去られ、残った兵は厳重な監視下に置かれた。その日から三度の食事もままならない俘虜生活がはじまり、ソ連兵の略奪が始まった。十八日早朝から服装・所持品検査が始められ夜遅くにようやく終わり、十九日には、五十名くらいのソ連兵の監視のもと出発し、「血に染みたる兵の屍　蛆　うごめく」「黒き夏草　血匂ひ　踏みしめゆく」の句に、ソ連の侵攻を食い止めるための激戦の跡を曳かれてゆく光景が、浮かんでくるのである。

《途中歩兵部隊の激戦地を通過したが、その敗戦の惨状は到底正視できぬ厳しさだった。ソ連兵の死体はいち早く片付けられて十字架の墓標が目新しく立っていたが、日本兵の死体は誰も始末してくれる者もなかった。重戦車を擱坐させた名誉の戦士も俯つぶしたまま死んでおり、一五・六名が頭を並べて重機のまわりに倒れていたし、作戦中に俘虜となったのか、目隠しをされ、後ろ手に縛されて死んでいる兵もあった。》

――『沙漠の俘虜』

満州の八月は雨が多く、泥濘の山道を越えて進んだ。鎌田氏も懸命に歩き続け、八月二十三日、廃墟と化した錦蒼の街にたどり着いた。

3.「錦蒼収容所」より

錦蒼は、琿春（図們江下流図們の中国・ロシア・朝鮮三国の境界が交差する地点）に近い地域である。

炎天下　俘虜が　収容所の棚つくる
俘虜の骸拭はず　夏野に　埋む
一階級あげて　俘虜の墓標立てたり
日向に並び　痩せたる俘虜が虱取る

《食べ物は馬糧高粱、大豆、粟等で、今まで米を常食にしていた私達には耐えられない苦しみで、大部分の者が下痢し、食欲を減じ、疲労は極度に達し歩行は困難をきわめ、小さな石や木の根にもつまずき、一人では起きられないまでになった。それに比して将校団は別の幕舎に入り、作業もなく、空腹を知らずに送っていたのは、ソ連側で特別な待遇をしたのかも知れぬが、戦犯にもなるべき人が優遇されるのは何故なのだろうかと疑問のまま日を送った。》――『沙漠の俘虜』

4.「シベリア」から

秋霖雨　俘虜としてもの負ひて歩む
雨の焚火燃えつかず　斜面に眠る
むかれたるまま　蛙　俘虜の手をのがる
小さき蝗　五匹捕え飢おぎなふ
秋霖雨の　クラスキの野に　病めり

七月二十日、ソ連への移送のため錦蒼収容所を出発し、秋の霖雨に降られながら、十日以上山路を歩き、十月三日ソ連領最南端の街クラスキに着いた。ここで朝鮮人捕虜は、朝鮮が敗戦により独立しソ連と友好国となったので釈放されたとある。一行は、飛蝗(ばった)や畑に取り残された馬鈴薯を掘り起こして飢えを凌いだとあり、「むかれたるまま　蛙　俘虜の手をのがる」に壮絶な飢えを生き延びることの過酷さを、私は痛感した。

シベリアへは朝夕二便、一個大隊千名ずつが移送された。鎌田氏たちの病弱組も北の果てムーリに向かった。ムーリは、第一章の歴史背景のなかで紹介した、尼港事件の舞台であるニコライエスクの近くに位置し、シベリアでも最北の地であり、ハバロフスクより北へ約五〇〇キロメートル離れている。鎌田氏は、食料となった脱脂の大豆粉により、胃腸障害を起こし、体重も三二キロ位まで低下し病に伏し、間もなく行われた健康診断で、満州に送り返されることになる。十一月十五日夜、牡丹江省液河収容所に着いた。

5.「液河収容所」より

睫毛　氷らせ　俘虜働かさる　夜へ
隣なる俘虜の　死を　知らざりし　寝落ちたる
裸にされし　俘虜の屍を　俘虜が運ぶ
顔も　血も　凍てきってゐる屍運ぶ
俘虜の屍　運び　恐怖さらになし

液河収容所は、元日本軍の司令部があったところを改造し、五千名が収容できた。収容所に入ると重症者以外は翌日から、吹雪の日も作業に従事した。

《厳しい寒さと労働の過重に比して、食料が少ないため栄養の不足から、目に見えて体力は消耗した。痩せて真黒によごれた体には虱だけがふえていく。胃腸障害からの下痢は止まず、凍

傷患者は増加し、危険な仕事から負傷者は続出する。衰弱した体に抵抗力もなく、それらが原因で多くの俘虜が死んでいった。》

――『沙漠の俘虜』

やがて予想以上に多い死亡者に、液河収容所では、俘虜の慰安としてソ連軍の許可を得て演芸部が出来、一カ月に一、二回巡回して浪曲、漫才、寸劇、踊りなどを見せたという。鎌田さんの楽しみとなったのは、終戦の翌年一月から毎月一回開催された俳句会であった。鎌田さんも景品の黒パン欲しさに投句し「大氷柱満人部落のひそとして」はその時の入選句であるという。

6.「タシュケントへ」より

逃亡をさそはれゐて　雪の柵　見上ぐ
柵近く　行きて　逃亡の俘虜撃たる
うつむき死せる屍　雪　降り積む

四月十一日、突然全員の身体検査が始まった。病弱者と見なされたもの以外はその日のうちに出発準備をさせられた。

《入ソすると言うことは誰にも解っていたので、その日のうちに逃亡した者は私達の中隊だけでも十名もいた。私も誘われたが満語も知らず、知人も無い身では死に行くようなものだと哀しくあきらめることにした。警戒は急に厳しくなり、柵より五米以内を限って制限し、誤って近付いても逃亡の意志ありと見なされて射撃された程で、真夜中に銃声がしたと思うと翌朝柵の近くで射殺されていた。》

《身体検査の結果、ソ連領に入る者と、八路軍に引き渡される者と別れた時、私と同じ分隊に大宮市出身の神山章氏がいた。氏は病弱者として入ソせずに済んだので、我が家への連絡を依頼することが出来たのは嬉しかった。／（略）再び入ソしては帰る日が何時になるかも解らぬまゝ、暫く春めいた満洲と別れて、十三日の朝牡丹江より貨車の人となった。》――『沙漠の俘虜』

鎌田氏の記述で、「八路軍に引き渡される」という部分についての詳細は分からないが、一九四五（昭和二十）年、中国国民党の蔣介石は、荒廃した国土の再建を技術力の高い日本人に協力させようと「日籍人員暫行徴用通則」を公布し、一方中国共産党側も日本人技術者の留用には、積極的で、満州で帰国の目途が立たない日本人が、八路軍に徴用される状況であったという（池谷薫氏著『蟻の兵隊』（新潮社）を参照）。鎌田氏の話も同じ共産主義のソ連と中国共産党の八路軍の間での日本人引き渡しという取り引きがあったのかも知れない。

鎌田氏の隊は、途中ノボシビルスクでシベリア鉄道と岐(わか)れ南下し、一ヶ月近くの貨車生活を終えて、五月六日、ソ連領の南の都市ウズベク共和国のタシュケントに着いた。一九九一年にソ連から独立した、現在のウズベキスタンである。満洲からは南西に約六〇〇〇キロメートル離れている。

収容所はタシュケントの駅から二〇キロメートル離れており、そこまで満足な食事もできず、一か月間の貨車での監禁生活をした体で歩いての移動である。一か月使われない、しかも栄養失調の状態の、筋肉の削げ落ちた体では、私たちが想像する以上の負担があったに違いない。

7.「タシュケント収容所」より

タシュケントに着いた翌日朝早くから、身体検査が行われた。

《その時はからずもソ連兵の略奪が発覚して問題となり、送り状と私たちの所持品との相違が解って、到頭監視兵の悪事が露見してしまった。その後ソ連兵の取り調べがあって、全部降格又は営倉入りになったと言うことを聞いた。》

《私はその時の身体検査で、車中での疲労が重なって発熱しているのが解り、そのまゝ別棟に入室し療養生活を送った。ソ連に俘虜となって始めて患者らしい扱いをされ、ソ連軍医も看護兵も皆親切だった。／(略)私は入室後間もなく熱も下がり体も快復したので一ヶ月足らずで退室して、街の建築作業に従事した。》

——『沙漠の俘虜』

鎌田氏は、出征前に絵の勉強をしたことがあり、肖像画を描ける人の募集に応じ、軍人や政府要人の肖像画を一カ月ほど描き、パンや煙草を得ることができ命をつないだという。

《私たちがいたタシュケントは俘虜としては一番西で、日本人は少なく皆珍しがっていた。／（略）作業は之と言って決まっていなかったが、建築、鉄道敷設、道路工事、貨車積込積下し、農場、煉瓦造りなどの作業であった。住民が絶えず影の援助をしてくれたので、三年間の抑留生活中一番恵まれた四ケ月であった。》

——『沙漠の俘虜』

俘虜の背　黒き玉汗つながり落つ
灼けし石　影　小さし　貨車を押す
つぎつぎ積あぐる煉瓦が　涼風絶つ
汗の手　幾本　パンの一片奪ひあへり
ウズベク老婆と座し　わが　母憶ふ

《タシュケントは街といっても資本主義の都市と違って、まるでひっそりとしたもので、夕方場末にバザールが出ていくらか賑わう位で、また失業者のいないと言われる国だけに、日中遊んでいる者もみられない。「働かざる者食うべからず」「食うためには働かなければならない」のである。》

——『沙漠の俘虜』

私の父も生前、幼い私たちに「働かざる者食うべからず」と口癖のように聞かせ、日中の畑仕事、夕方の搾乳、夕食後の出荷作業と勤勉に働いていたのは、抑留生活をウズベキスタンで過ごしたためだったのかとしみじみ感じる。
鎌田氏は八月十日から、タシュケントより五〇キロメートルほど離れた、チリチックという地域へ出張作業にでた。コルホーズではノルマを引き上げた残業が多く、砂利堀の作業では暑さが厳しく、二交代で代わるとわずかな時間でも岩山の蔭に寝転んでしまった、と書いている。以下の句からも厳しい暑さと、あわせて飢えとの闘いが続いていることが伺える。

炎天の地べた　死人のごと俘虜寝転ぶ

九月十五日、タシュケントに戻り、九月二五日一ケ中隊（二五〇名）だけが、本体と別れ、カザヒ共和国の小駅チリーからパミール高原に入ったという。パミール高原は中央アジア南東部にあり、平均標高は三五〇〇メートルで、世界の屋根といわれる。冬の気温はマイナス五〇度まで下がるそうである。

8.「パミール高原」より

わがパンを　盗みし俘虜を　呪ふ
汗の肩に　煉瓦負わさる　細紐食ひこむ
斧　打ち込む　根に凍てつきし雪のけて

蜥蜴　喰ひ　明日一日への希望つなぐ
蛇打ちし斧に　その蛇くくりつける

鎌田氏たちは、砂漠に自生するサキソールという針葉樹林の伐採、自動運搬、貨車積み込みなどを交代で行った。三ヶ月ごとに場所を変えて伐採し、一年八カ月ここで働いた。

《始めのうちはノルマも少なく、／（略）そのうちノルマの引揚げと、山中のことなのでソ連上官の監視の不十分から、糧秣横流しがだんだんはげしくなり、毎日の食物は規定の半分も与えられなくなってしまった。翌年の二十二年の春を迎えるころには、眼に見えて衰弱していった。主食の不足は野生のもので取らなければならなかったが、冬の間は雪に覆われ、食べるものは何もない。サキソールの中にいる小さな虫を焼いて食ったこともあった。》──『沙漠の俘虜』

ソ連側では糧秣の改善をはからずに、ノルマを超えた人には、ノルマに達しなかった人のパンや煙草を褒美に与え、極度に成績の悪い者には、時間外労働を課し、減食、営倉に入れられるなどの罰則を課した。自分の成績を良く評価されようと、仲間同士での密告や食料の盗み合いなど、仲間を信頼できない精神的苦痛と肉体的苦痛、最悪の食糧事情によるどん底の生活が続いたという。

「汗の肩に　煉瓦負わさる　細紐食ひこむ」の句は、鎌田氏のノルマ不振のため、煉瓦五枚を雑嚢に入れて背負う罰則を課せられ、空腹とめまいで倒れてしまい、日本人軍医の口添えでノルマを減じられた出来事を、詠んだのだという。俳句からは、蜥蜴や蛇、野兎が食料として登場するが、亀は効率が良く直径四五センチメートル位の物もあり、四月頃冬眠から目覚め、七月頃産卵し、数も多く捕食に適していたようである。ある初夏の日曜日、鎌田氏は亀を捕りに行き、砂漠の中で迷ってしまったという。

砂漠に　迷ひ　今日あひしもの野兎ばかり
足跡に　たよるほかなし　砂の足跡探す
枯木　燃やし　夜どほし狼を遠ざく
乾く　喉　サキソールの葉の露を吸ふ
母に逢うまでは死なず　夏の砂漠暮る
牛の糞　燃やし　患者のスープ焚く

三日目に半病人になって、倒れているところをカザック人の猟師に救われ、三日間看病を受け、七日ぶりに収容所に帰り、皆の叱責と三日間の営倉と七日分のノルマの強要で済んだ。もしも猟師が見つけてくれなければ砂漠で死んでいたし、脱走とみなされても死が待っていた。「牛の糞　燃やし　患者のスープ焚く」の「牛の糞燃やし」とは、と不思議に思われる方もあるかもしれない。生前、私の父は、「砂漠地帯で牧畜をして暮らしていた地域では、家畜の糞を家の壁などに叩きつけて乾燥させ、生活の燃料として使っていた」と話していた。これを私の父から聞いた時には、俄に想像できなかったのだが、この句によって確認することができた。猟師の看病を受けながら、「母に逢うまでは死なず」ともうろうとする意識の中で、鎌田氏は生き抜いたのである。

9.「砂漠と別る」より

ダモイの朝　若鷹数羽空に舞ふ
ダモイの朝　サキソールの針葉　青し
ダリヤ川　超ゆ　パミール高原と別れ来り
夏夕焼　傾きあって墓標立てり

一九四八年五月十二日の朝、作業に出るため全員が整列していると、ソ連将校のトラックが着き、突然身体検査が始まった。検査ではAクラスとBクラスに分けられ、検査終了後Bクラスの者へは、明日朝早く砂漠を下りて日本に帰ることになったと告げられたという。

《今まで非常に遠い世界に感じられた日本が、急に目の前にありく〵と浮かんできた。苦しい時、哀しい時、寂しい時に思い出す故郷の父母は、どうすることも出来ない遠いものであったが、帰れると決まった今はもう直ぐにでも逢える程の近いものに感じられた。》
《平凡な草原をしばらくゆくと日本人墓地があった。／（略）砂漠で死んだ一人々々の惨めな

姿が瞼に浮かび、私達だけがこうして生きて帰れることがすまない気持ちで通りすぎた。》
《五月二二日昼食後、ここにきてから十日目、待望の命令が出た。一同は新しい被服や靴まで与えられ、徒歩で貨車積み込みをしたことのある、小さな駅チリーに向かった。》

——『沙漠の俘虜』

10.「車中」より

五月二十三日、鎌田氏たちBクラスのメンバーは、早朝チリー駅を出発した。六月一日、カザフスタン共和国の首都「アルマアタ」に着き、全員下車を命じられた。翌日の身体検査で、ソ連軍の軍医は、皆痩せているから復員させないと言い始めたが、結局のところ、計画の変更はなく、全員一緒に帰ることになったことが書かれている。

復員　きまれり　シャワーに身を洗はす

六月四日、「アルマアタ」の駅を出発し、五、六日北に向かって走り、ノヴォシビルスクという大きな駅で下車して、シャワーと滅菌をして一日を過ごした。

桑の実色づく駅　水汲みに　降りる
ダモイの貨車に揺られて　眠りおちぬ

「車中」には、ノボシビルスクを出発した翌日止まったある駅で、各グループの代表が集められ、アクチーブから復員についての提案があった、その提案により、皆がソ連のマークを外し「斗」の白布を縫い付け外を歩く時は必ずスクラムを組んで労働歌を唄うと、二、三日ですっかり見違えた復員部隊になった、とある。

俘虜が　俘虜おどし　スクラムの列に入れる
スクラムの列に加はり　労働歌　唄ふ　我か

「俘虜が　俘虜おどし　スクラムの列に入れる」「スクラムの列に加はり　労働歌　唄ふ　我か」では、俘虜の方便からのスクラムや労働歌を歌う姿に、「赤」になったふりをしてでも、早く帰りたい思いが伝わってくるのである。

11. 「ナホトカ」より

ナホトカは日本兵俘虜の復員港と決まってから発展した、小さな漁村であるという。ナホトカで貨車を降りると全員第一分所に入るが、そこには約三千人が復員を待っていた。復員事務は民主グループ（アクチーブ）がしており、この人たちは自らここにとどまり、復員者の民主教育や復員業務に従事し、共産主義に徹していたと記されている。

ナホトカに着いた翌日から、全員に作業があり、昼休みや往復時にスクラムを組まされ労働歌を歌い、民主日本建築についての討論をさせられ、作業後も夜遅くまで教育や会合があった。鎌田氏は文中で、引揚げ船の滞りについてのアクチーブの説明を、以下のように書いている。

《ソ連の民主教育を受けた吾々同志の復員によって、日本の保守政権は弱体化し、日本共産党の飛躍をおそれているからである。／（略）日本の食糧事情は非常に厳しくどこの地方でも二十日から五十日以上も遅配している状態で吾々の復員が一日も遅いことを願っているからである。》

——『沙漠の俘虜』

鎌田氏は、アクチーブの説明を頭から信じてはいなかった。信じたとしても復員できないことに変わりはなかった。『引揚げと援護三十年の歩み』（厚生省）の「第二章陸海軍の復員及び海外同胞の引揚げ」では、一九四七年（昭和二十）十二月二日にソ連側から連合国総司令部に引揚げ停止の通知があったこと、これに対し連合国側が砕氷船派遣を申し入れたが、ソ連側からの回答はなく、引揚げが一時中止されたと記録されている。鎌田氏の引き上げ時期は昭和二十三年であり、ソ連側のアクチーブの説明と日本側の実情は食い違い、そのころ日本では、同胞救援連盟により、引揚げ促進に関する留守家族の陳情葉書九十八万通をソ連代表部に提出し、請願したとある。

ナホトカの　海　荒れ　船来ずに暮る

六月三十日ようやく船の来る予定が出来たのか、第一分所から第二分所へ移ることになり、復員へ一歩近づいた喜びが書かれている。七月三日高砂丸が着いて、五日には患者のみ二千名が復員し、／（略）六日朝私達は急に第三分所に移された。直ぐ復員準備が始まり、（略）身の回り品以外の持ち出しは一切禁止されていたので、止むなく入ソ依頼の俳句手帳も焼くことにしたとあり、鎌田氏も記憶に俳句を隠して持ち帰ったのである。

《「カマタ・キチゴロウ・マサオ」／（略）「ダワイ」（行け）「ハイ」。私ははじかれたように前に飛び出していた。そこにはソ連の土はなく、硬い桟橋を渡っていた。大陸の土を離れた一瞬こそ、ソ連の束縛から解放されることが出来たのである。》

——『沙漠の俘虜』

桟橋渡る　一歩一歩がソ連はなれる
痩せっきり　三年の抑留より　解かる
朝嵐丸　夏濤煽（あふ）つ　日本へ
俘虜おわり　人間となる　なり得べし

12.「復員」より

《船は静かにゆっくりと港外へ出た。遠ざかりゆく大陸をあかず見つめていたが、不思議と涙は出なかった。去ってゆく感傷と、束縛からのがれた喜びの入り混じった複雑な感情がいつまでも脳裡に残っていた。／その日は沖まで出たが、海が荒れているため、港外に碇泊して翌日七月八日の朝ナホトカを出帆して一路舞鶴へ向かう。》

——『沙漠の俘虜』

ダモイなる　ナホトカの　朝の海滾ぎつ

日本の様子を知りたく、船員に誰もが矢継早の質問をしたという。

《日本は敗戦の痛手から脱しきらず、被服などもなお不自由で、日常品も不足がちとのことである。／（略）明るい面は世界で一番美しい、軍備を禁止した主権在民の民主憲法が生まれたとのこと、婦人にも男性と同様に参政権が与えられ、既に女性の代議士もいるとのこと。／（略）民主主義、民主教育はソ連の専用語かと思っていたら、日本にも民主主義の言葉が使われていたのが意外だった。》

——『沙漠の俘虜』

三日間の日本海の荒波を突っ切って、十一日の朝、船は舞鶴港外に停った。

故国の山河緑一色なり　復員す

よろめきて　上陸一歩　ダモイなる

《翌日午前中に復員事務を完了した。復員名簿に、自分の名前を自分で朱線を引いて、「昭和二十三年七月十二日復員」と上蘭に記入して終わった。（略）翌十三日の朝父母に復員の電報を打つ。新憲法の講義もあった。日本国民の多くの尊い犠牲の結果、平和憲法が生まれたことを何より喜んだ。之で日本は永久に戦争はしないであろうし、もう自分の子孫に私達と同じようなどん底の苦しみを味わわせなくて済むと嬉しかった。》

——『沙漠の俘虜』

手製の　リュック　炎天へよろめき置く
炎天の地べたに座し　故国の声　きく

午前十時ごろ舞鶴駅を出発した復員列車は、駅ごとに歓待を受けつつ上野へ向かった。途中、秩父宮殿下の感謝の言葉を受けたが、皆無表情で見送ったという。鎌田氏は、「自分だけの喜びや哀しみの意思を自由に発することのできない、哀しい人間になってしまった」と書いている。

《十一時五十八分、私達を乗せた復員列車は上野駅にすべり込んだ。直ぐ別れの挨拶があって、各自ホームを出た。／（略）出迎えには父母、弟妹夫婦の五名で、感激のため涙がとめどもなく流れ、七年ぶりの再会を喜び合うことが出来た。》

——『沙漠の俘虜』

おらび叫ぶ　弟の声　頬をうつ
瘦身　よろめき　涙のなかの母に擁かる
日本の　涙　汗　こぶしで拭ふ

昭和二十三年七月十三日、鎌田氏は七年ぶりに家族のもとへ帰り、感涙にむせんだ。鎌田氏は「あとがき」の中で、「二度と戦争が起こらないことを祈ること切なるものがある、戦争および抑留で喪われた、多くの犠牲者達のために静かな冥福を祈るものである」と述べている。

ひまはりの種　嚙む　昔　俘虜なりき

【鎌田翠山氏の作品を読んで】

まず「敗戦」を読んで、ソ連侵攻における戦闘の悲惨さに息をのんだ。敗戦間近、軍備の不足する日本軍は特攻を兵士に課した。

航空機による特攻だけでも四〇〇〇人の若者が死んだと、栗原俊雄氏は『特攻―戦争と日本人』（中央公論新社）に書いている。「神風特別攻撃隊」「人間魚雷」の話は耳にしてきたが、当時満洲の兵器は不足し、地雷や手榴弾を抱いて敵戦車の下に潜り込む肉薄戦を余儀なくされた。「戦車　迫る夏草つかみ死にたくなし」の句は死に直面した者の本心である。死の覚悟をしなければならないことがいかに酷いことかと、私は胸が張り裂けるような思いがした。

「俘虜となる」では、武装解除後のソ連兵による略奪や虐殺を詠んだ句もあり、「手拭いで目隠しされ　日本兵　撃たる」から、その実態を読み取ることができる。この句を読んで、二〇二二年三月、ロシア兵のウクライナ侵略時に、ブチャで起こったとされる虐殺の報道が思い浮かんだ。

収容所を転々とする抑留生活は、どこも劣悪な気象条件、食糧不足、過酷な強制労働、密告や吊るし上げと、苦難の連続であるが、「掖河収容所」で演芸活動を許され句会に参加できたことは、ひと時の希望をもたらしたと思われる。鎌田氏にとっては、周囲の人を信じられない状況の中、俳句会で俳句を友とする人と心許せる話ができたことは、大きな励みになったに違いない。

ソ連（シベリア）抑留で一番西のタシュケントの収容所では、住民からの援助が得られた四か月だったと書かれ、砂漠の中のオアシスであったが、蜃気楼のようにその暮らしも終わり、次は標高三五〇〇メートルの、冬に零下五〇度まで下がるパミール高原に移る。しかし糧秣横流しにより、食糧不足は一層ひどく、ノルマ主義の厳しい労働を課せられた。ソ連の糧秣横流しによる食料事情が最悪の環境であったのは、極東シベリアばかりではなかったことが、「蜴　食ひ　明日への希望つなぐ」「蛇打ちし斧に　その蛇くくりつける」の句に確認することができる。冬には雪に埋もれて、この捕食もできなかった。冬の酷寒、夏の灼熱と環境もすさまじかったことがうかがえ、ここでも密告や食料の盗み合い等、精神的どん底が強いられる生と死のせめぎあいがあった。

鎌田氏が病弱であったことや亀を捕りに行きカザック人の猟師に助けられるエピソードでは、抑留地も近く結核を患いタシュケントのカガン病院に入院した父の体験と重なるところがあり、父の抑留生活を垣間見る思いがした。

引揚げの経過から、「赤化教育」と「赤に染まったふり」をしなければ、帰還できなくなるという不安から、スクラムを組み闊歩することの虚しさが「俘虜が　俘虜おどしスクラムの列に入れる」「スクラムの列に加わり　労働歌　唄ふ　我か」から、「赤化教育」によるスクラムに加わる自分を突き放して見ている鎌田氏がいる。

日本の土を踏み、帰還船の中で、鎌田氏は「軍備を禁止した主権在民の民主憲法」ができたことを知り、日本の土を踏んだのち復員事務を済ませ、新憲法の講義を受け、「日本国民の多くの尊い犠牲の結果、平和憲法が生まれたことを何より喜んだ」、「もう自分の子孫に私たちと同じようなどん底の苦しみを味わわせなくて済むと思うと嬉しかった」とつづっている。

武器もなく裸同然で最前線で戦った人、砲撃に追われ生き延びた人、難民となった人、内地では空襲や原子爆弾の被害にあった多くの人々が、鎌田氏と同じ平和への願いを心に刻んだと私は想像する。また鎌田氏の体験談は、現代社会と未来を担う私たちに、平和を持続していくことの重要な課題を語りかけている。

鎌田氏の復員から二年後、朝鮮戦争の勃発とマッカーサーの創設した警察予備隊（後に保安隊を経て自衛隊となる）、そして一九五一年調印、翌年四月に発行された「日米安保条約」や日本の自衛をより強化するべきだとする一九六〇年の「日米相互協力及び安全保障条約」の締結などを、戦争を体験した時代の人々はどのように見つめてきたのだろうか。私の父母は時々、「日本はまた大きな戦争に巻き込まれるかもしれない」と漠然とであるが不安を口にしていた。

憲法第九条と自衛隊について、「個別的自衛権」と「集団的自衛権」の解釈をめぐる論争を経て、二〇一二年四月、自民党から「日本国憲法改正草案」が公表された。その改正内容は、九条第一項文言修正、九条二項削除・自衛権条項の新設、国防軍創設、憲法改正手続過半数賛成への変更のみならず、合計で五三項目に及ぶという。（木村草太著『自衛隊と憲法　これからの改憲論議のために』（晶文社））これはほんの十年前のことである。

折しも、二〇二二年二月二十四日、ロシアによるウクライナ侵攻が勃発し、世界の社会主義陣営と民主主義陣営の対立を目覚めさせ、日本では東アジアにおける安全保障に対する不安を呼び起こした。憲法制定後七十五年の節目にNHKが行った世論調査では、憲法改正「必要」の理由の五七％が「日本を取りまく安全保障の変化に対応するため必要だから」、二三％が「国の自衛権や自衛隊の存在を明確にすべきだから」と回答している。反対理由としては、「戦争放棄を定めた憲法を守りたいから」と六一％が回答している。このような状況を捉えても、戦後七十七年、日本国憲法制定七十五年を迎える二〇二二年は大きな変換点に差しかかったといえる。国民投票による国民の審判を求められるのは眼の前のことと自覚し、先人たちの筆舌に尽くしがたい体験を踏まえ、核兵器使用が公言され原発近くに砲弾が落ち、ミサイルで民家が破壊されるウクライナ民衆の悲劇や、軍備拡大に進んでいく相互不信の国際政治の流れを客観的に捉え、自分なりに冷静に判断ができるように、シベリア抑留者や満州引揚げ者の体験を学んで行きたいと私は考えている。

第四章　戦後七十年を経てのソ連（シベリア）抑留俳句

百瀬石涛子（ももせせきとうし）の証言と句集『俘虜語り』を読む

一　シベリア抑留体験を語る

二〇一六年六月から、抑留体験俳人の作品の下調べを始め、長野県上田市に住む一人の俳人の存命の可能性を信じ、その足跡をたどった。しかしその方は、御存命ではあるが話をできる状況ではないことが、その記事の発行元への確認で明らかになった。遅きに失した感を覚え、シベリア抑留俳句をたどる道筋が断たれた思いがした。

その時、上田市に住む句友から、長野県塩尻市に住む百瀬石涛子氏を紹介された。手紙を書き、電話を重ね、句集『俘虜語り』（花神社）を送っていただき、取材の約束をいただき、貴重な証言を得ることができた。

二〇一八年五月二日、塩尻駅で迎えてくれた百瀬氏は、背筋がピンとしてとても若く見え、にこにことして温和で誠実な印象であった。そのまま塩尻駅の喫茶店でシベリア抑留の話を伺った。

百瀬氏は一九二五年生まれで、訳あって乳児期に東京の母の元から、父の実家のある松本の祖父母宅に引き取られ、その後養母のもとで成長したそうである。一九四二年に十七歳で志願して少年通信兵としての教育を受けたが、通常より半年早く、一九四三年に任地に赴くことになり、下関から釜山を経てソ連と満州の国境東寧地域石門子にて、関東軍国境守備隊の通信兵として、ソ連側を見張る役目をした。

毎晩、翌日の作業を班長として班員に伝えるために、勉強していた。夜九時が消灯時間で困っていたところ、時間を過ぎても電気のついている部屋があることに気づく。その部屋では、小隊長が月に二回俳句の会をしていた。そこでその会に参加し、いつも一句を投句したら、翌日の勉強をこっそりしていた。ある日の句会では、次の句で一等になり驚かされたという。

咲く萩の兵は偽装にひた走る

その際に、小隊長から俳号をそろそろ決めてはどうかという話があり、当時の任地の「石門子」にしようかという話も出たが、その都市の地名を俳号にするなんて立派すぎるので「石頭子」と名乗ることにした。

一九四五年八月九日、ソ連軍が満州へ侵攻。八月十五日の終戦を知らされ武装解除を受け私物を接収された。その後にソ連との国境に流れる松花江・黒竜江が凍るのを待ち、橇でソ連に渡った。その時は、戦争が終わったのだから日本に帰れると思っていたそうだ。

インタビュー後、電話で、終戦の報せを受けた日や武装解除を受けた日について、私が確認すると、正確には覚えていないとのことであった。凍った河をソ連に向かい渡る中で、凍結しきらない河に戦友が落ちても助けることができなかった、行き倒れている人たちから衣類を剝ぎ取る者もいたと、電話の向こうで涙ぐんでおられた。話を塩尻駅の喫茶店での話に戻す。

捕虜の生活をウラノデ（現在のブリヤート共和国・ウラン・ウデはバイカル湖に近く、シベリア鉄道の経由地であり、モンゴル共和国経由で中華人民共和国に至る鉄道の分岐点）では、伐採の仕事を主にした。初めの日にみかんと馬鈴薯を食べたが、その後は黒パンとスープの日々が続いた。日本軍の基地から運んだ食料の中で味噌は、「日本人は糞を食べる」といって野晒しで捨て置かれていたため、夜中に「決死隊」と言って味噌を取りに行った。馬の餌を盗み飯盒で炊いて、味噌で味をつけて食べたが、皆が取りに行くので、あっという間に無くなった。見つかって銃殺される者もいた。

製粉工場や缶詰工場といった、国営農場で働く日もあった。製粉工場では、氷嚢に粉を入れて持ち帰ったりしたが、次第に検査が厳しくなり、営倉（旧日本軍の下士官兵の懲罰施設）送りになる者も出た。

缶詰工場の屠畜場の手伝いでは、肉を口にすることが出来た。ベルトコンベヤーで運ばれた牛頭が真二つにされてスチームで蒸されたものは、食べ応えがあった。山羊肉も、頭はスープになって村民の給食になっていた。

馬鈴薯の皮剝きの手伝いでは、ソ連人は薯の皮を厚く剝くので、その皮を貰ってきて、何度も洗い、白樺のスプーンや杵で潰して、バケツの底に溜まった澱粉を鳥もちのようにして食べた。塩が無いのが残念だった。各班交代で、週に一から二回缶詰工場や粉の工場に行った。

終戦の時は二十歳だったが、抑留生活でも作業班長の役目は継続された。ロシア語を覚えてロシアの現場監督と仲良くなるのも大切な仕事であった。スプラスカという成績表の点数の評価を上げてもらうために、酒や女のことで話を合わせた。自分の班は常に七五点の評価をもらい、他の班長から羨ましがられた。ほかの班は皆五〇点位であったからだ。

ノルマの作業が終わると、虱とりをした。服の縫い目にびっしり詰まっているので、木の棒でこそいでつぶしたが、それでもすぐについてくるから、取っても無駄だった。皆、栄養失調になった。食物は横流しされたので、常にみんな飢えていた。黒パンの分配では、白樺の物差しを作って切るのだが、棚状になったベッドの上からの皆のまなざしが痛く感じた。

春には、仕事中に木の根を掘ったり、茸を集めて食べたりした。その時の軍医さんは長野県の大町の出身で、毒の食べ物の情報を知らせてくれた。しかしその軍医さんも医務室に駆り出されて、凍傷になった人の切断の仕事に就いた。作業は三八度以上の熱があると休めたが、みんな体温計をペチカで温めるから、壊してすぐにばれてしまった。

トイレは、深さ二メートル以上掘り、細い丸太を四、五本渡したものである。冬には用を足すところから凍り、それがだんだん積もって鍾乳石のようになるので、便所当番が壊してモッコを使い運ぶのだが、しぶきが服に着き、ペチカで蒸されてとても臭くなった。

赤化教育の中で成績が良いと早く帰還できるという思い込みもあり、それによる妬みから密告が日常化していき、日本人同士の噂話は最も警戒するところとなった。

一九四七年頃から病人が日本へ帰還した。一九四八年からは健康な人も帰還できるようになったと百瀬氏は言った。一九四八年頃に帰還の時が来た。日本に帰ったらダモイ指導者になると言われもしたが、乗船前に医務室の仕事を手伝うことになった。医務室には栄養失調でやせ衰えた人や浮腫んで顔がぱんぱんになった人の介護を手伝うことになったため、他の人と一緒に帰ることができず、一船遅れることになってしまった。

帰還船の中で靴を片方盗まれて困っていると、船長が船倉に保管されている靴の山に、連れて行ってくれた。それは、船には乗れたが船の中で死んだ人たちの靴であった。船長の話では、船の上での仲間割れで日本海に投げ込まれた人の物も混じっていた。

一九四八年八月、興安丸で舞鶴港に着く。興安丸へ港から艀が迎えに来た。桟橋はゆらゆら揺れていた。舞鶴の援護局において、赤化教育を受けていることや戦争中の職名について、米軍の日系二世の兵士から調べられた。東京で再調査を受ける人もいた。

日本に帰ったらシベリアの事は、話してはならないと思っていた。帰国後、国鉄に就職し電車のバッテリーを保全する仕事をした。しかし、当時労働調整と言った赤狩り（レッドパージ）により、シベリア帰りは解雇されることが多く、百瀬氏も二十五歳で突然解雇された。この出来事は本当に悔しかったという。

その時に養母は、友人が運送会社を経営していると言い、そこへの再就職を勧めてくれた。百瀬氏は養母について「とても人柄がよく尊敬している」と話された。トラックの運転免許を取るのは、戦地で車の運転をしてきたので問題はなかった。

常に自分のことはしゃべらないようにしてきたのだが、そこでも人の噂になったのか、労働組合を作らなければならないので、組合長をやって欲しいと頼まれてしまった。その運送会社が、タクシー会社を始めることで会社を変わったが、ここでも昔のことを調べられていて、組合長をした。

一九六〇年、安保の時代。社会党系の組合だったので、デモ参加者の送迎をした。仕事が終わり、人数割り当ての指示があると、デモ参加者を乗せて東京に向かった。その年の六月十五日、樺美智子さんが亡くなった時も、送迎のためにデモの会場に居た。子育てをしたこの時代は、シベリア抑留時代と同じように激動の時代で、なぜかとても苦しかったと百瀬氏は語った。

六〇年安保とは、一九五一（昭和二十六）年吉田茂内閣がサンフランシスコ平和条約及び日米安全保障条約に署名したが、一九六〇（昭和三十五）年の新日米安全保障条約では、米軍が日本への防衛義務を負うことが明記されたこともあり、その締結の一連の国会の動きに対して、安保条約改定阻止国民会議、全学連、地方の労働組合、日本社会党、日本共産党などが反対した大規模な社会運動であった。一九六〇年五月十九日、国会の五十日延長と新安保条約安保関連法令整理法案が承認可決。これを阻止するための六月十五日国会前のデモで、樺美智子さんが亡くなった。六月十九日、安保阻止統一行動で日本政治史上最大規模の国会デモ総数五〇万人が国会を包囲した。六月十九日午前零時、憲法六十二条二により新安保条約は自然承認された。（『新装版　60年安保闘争の時代』（毎日新聞社）を参照）

帰還後も石頭子の名前で俳句を続けてきたが、友人である中島畦雨氏の俳句会が浅間温泉で句会をした時に、相撲俳句で一等になった。この時に周囲から俳号を変えてはどうかと言われ、石涛子とした。石涛子は、広辞苑を引くと中国の画人であり、その漢字が気に入ったそうだ。

二　百瀬石涛子『俘虜語り』を読む

シベリア抑留体験者の口は重いという。シベリア帰還者に向けられた「レッドパージ（連合国軍占領下、公務員や民間企業において日本共産党員とその支持者を解雇した赤狩り）」によるばかりではなく、抑留体験があまりにも重く、思い出すにつけ苦しかった記憶の糸がほどかれることにより、何度も追体験をしてその記憶に苛まれることがあるからだ。帰還後の百瀬氏においても例外ではなく、常に記憶は甦り、気候の厳しい信州の冬を迎え、春を迎えるたびにその思いが迫ってくると言われた。八十歳を過ぎてようやく抑留体験は、俳句として結晶し姿を現し始めたという。百瀬氏は、令和四年で九十七歳となられた。

ここでは、『俘虜語り』の中から、シベリア抑留体験に私たちを導く句を選び出して、読み進めて行きたいと思う。

1.「全裸の立木」から

『俘虜語り』では、作者の生きている今ここの出来事から触発されて、徐々に子ども時代、少年兵時代、抑留時代の記憶が交錯するように呼び起こされ、そして再び今ここを生きようとする作者しか詠めない抑留体験句に結晶していくような構造になっていると私には感じられた。

虎杖の身丈を超ゆる子捨て谷　（「全裸の立木」）

虎杖（いたどり）はスカンポのことである。私の子どもの頃には、スカンポをかじりながら学校から帰った思い出がある。日本が貧しかった時代には、虎杖も食料とされた。人の身丈を越える虎杖の生い茂る谷には、子捨て伝説があるのだという。しかし、多感な年頃の百瀬氏は「獅子は我が子を千尋の谷に落とす」ということわざを「子捨て谷」に重ね、戦争に志願して行くことで、子ども時代の悲しい記憶を消すように自分に大きな試練を課そうとしたのだろう。

子を間引くつたえありとよ燕去（い）ぬ　（「全裸の立木」）

一九四一年、人口政策確立要綱が閣議決定（『人口政策確立要綱の決定』国立社会保障・人口問題研究所）され、産めよ殖やせよのスローガンのもと兵力・労働力の増強をめざし、多産家庭に対しては物資の優先配布や表彰があったという。物のない苦しい時代、今のように当たり前に家族計画の知識があり、簡単に避妊ができた訳ではないのだ。つぎつぎと妊娠してしまう。百瀬氏の世代は七、八人兄弟は当たり前で、育てられなければ、生まれてきたばかりの子を殺す、妊婦が高いところから飛び降りることや、冷たい川に浸かることで子を堕胎することも珍しくなかった。日本の各地に口減らしのための子捨て・子殺しは潜在したのだ。

少年の裸形眩しく蓮ひらく　（「全裸の立木」）

十七歳の百瀬氏は日本軍の少年通信兵としての教育を受けたが、通常よりも半年早く、一九四三年に任地に赴いた。少年の裸形眩しくは、徴兵検査の若者たちであり、蓮ひらくは「お国のため身をささげる」という大志であり散華の決意であったろう。

犬の死やぬくもりのこる草虱　（「全裸の立木」）

元気に野山を駆け回っていた愛犬の突然の死。屍にはまだぬくもりが残り、草虱をつけている。死はいつも生の隣り合わせにあり、突然にやってくる。それは人間においても普遍の原理なのである。そして犬の死により、深い記憶の糸がほどかれていく。

飢ゑし日へ記憶つながる青胡桃　（「全裸の立木」）

青胡桃の実るころはシベリアの夏に記憶が繫がっていくのである。抑留生活で飢えた兵士たちは、新緑の季節には草を摘み、木の根を掘り枯れた茸や木の根に住む虫をさがして食いつないだ。一斉に緑が芽生え、生き物が活動し始める青胡桃の季節には、シベリアの飢えた日々に思いをはせるのだ。

冬銀河いつも虜囚の夢をみて　（「全裸の立木」）

空気の澄んだ信州では、冬銀河が一層冴えて美しい。しかし、冬を迎えるたびに思い出すのは極寒のシベリアのことであり、夢に浮かんでくるのは虜囚として過ごした過酷な日々の思い出なのだ。

暮れ方を颪の重さの菜を間引く　（「全裸の立木」）

帰還後の暮らしでは、本業の傍らに農業をしたのかもしれない、あるいは勤めを辞めてから農業をしたのかもしれない。シベリア抑留を思い出すまい、語るまいと黙々と手を動かす。信州を吹く颪（おろし）は、間引き菜にもその存在の重さを感じさせるのだ。

身に入むや眠り恐れし虜囚の地　（「全裸の立木」）

寒さが身に染みる季節になると思い出す、眠ることに死の恐怖を感じたあの頃を。シベリアに抑留された一九四五年から一九四六年の冬に、重労働と酷寒と飢えによる栄養失調、虱などの不衛生による発疹チフスで、五万人近くの抑留者が死亡したという。食事をしている途中にも、眠っている間にも仲間が静かに息を引き取っていく。眠気に襲われる瞬間は死の恐怖を伴う。特に寒さが体に染みる季節になると、あの死の恐怖が戻ってくる。

2.「蛇の眼窩」「夏のペチカ」から

存念の蛇の眼窩の深みどり　（「蛇の眼窩」）

章のタイトルとなっているこの句を読んで、はっとした。存念の蛇の眼窩とは、ただ普通に死んだ蛇の骸を見ているのではなく、死んでしばらく経ち干からびた状態をみているのだ。眼窩とは、眼を収める窪みのことであるが、この句では、生気を失った眼と痩せて窪んだ眼窩を含めたものと感じた。百瀬氏の眼にはかつて帰還を待たず、栄養失調や感染症や寒さで先に逝った、戦友の落ち窪んだ眼窩や、やつれた頬骨が重なるのだ。

吾亦紅むかし門閥言はれけり　（「蛇の眼窩」）

帰国後国鉄に就職し電車のバッテリーを保全する仕事をした。先にも触れたように当時労働調整と言った赤狩り（レッドパージ）により、シベリア帰りは解雇された。百瀬氏もシベリア帰りということで、二十五歳で解雇になった。この出来事は、本当に悔しかったと百瀬氏はその理不尽さを繰り返し語った。

お国のためにいつも誠実に懸命に生きてきたのに、シベリア帰りであるということで、レッドパージの対象となり、国鉄を辞めざるをえなかった。吾亦紅の赤がレッドパージを象徴し、風に吹かれるのを見るたびに世間の無常を感じるのだ。

捕虜収容所の歳月はるか鳥渡る　（「蛇の眼窩」）

今年もシベリアから鳥の渡る季節になった、歳月は過ぎれども捕虜収容所で過ごした日々は忘れないだろう。

鳥渡るシベリアにわれ死なざりし　（「夏のペチカ」）

鳥の渡ってくる、北の空を眺めるたびに、シベリアから生きて還ったことを思い、「われ死なざりし」の気持ちの中には、過酷な抑留生活のなかで生き残ってしまったという、罪悪感が秘められていた。

3．「ナホトカ」「夏のペチカ」「寒極光」から

抑留の一歩となりし氷河渡河　（「寒極光」）

インタビューからは、一九四五年八月、満州昌図（しょうず）、現在の中華人民共和国遼寧（りょうねい）省で終戦を知ら

され、武装解除の準備をして、ソ連軍の来るのを待ったが、いつ頃ソ連軍が来たのかは覚えていないと言う。

ソ連軍が来て私物接収をされソ連国境を流れる川が凍るのを待って、松花江・黒竜江を橇でソ連に渡った。未凍結の河に足を滑らせ死んで行った日本兵の死体を幾体も見ながら。中にはその遺体から衣類を剝ぐものもいた。その時は、戦争が終わったのだから日本に帰れると思っていた。帰還（ダモイ）の言葉を信じたのだ。

収容所（ラーゲリ）の私物接収霏々と雪　（「寒極光」）

収容所では、七十一連発できる銃（マンドリン）を持つソ連兵に腕時計などの私物を奪われた。バイカル湖は凍りつき、雪は霏々（ひひ）と降り続くのだ。

バイカルの凍湖さ走る雲の形　（「寒極光」）

十月に入るとロシア各地は氷点下一〇度を下回り、バイカル湖も凍結し始め、本格的な冬がやってくる。空を行く雲も厚く、次第に雪雲に変わるのである。

伐採のノルマ完了眉氷る　（「寒極光」）

百瀬氏は、ウラノデ収容所で主に伐採の仕事をしたという。伐採の仕事は大地が凍結し、材木の移動が容易になる冬に行われることが多かった。マイナス四十度のシベリアでは、水分すべてが凍り付く。ノルマが完了するころには、自分の吐く息に眉毛も凍り付いてしまうのだ。

寒林を伐採の俘虜声忘れ　（「寒極光」）

朝の点呼が終わると伐採の作業地まで二、三キロメートルを徒歩で向かう。一日のノルマが終わるまでは、作業は終わらない。二人一組で切り倒した木の枝を払い、一本が何百キロもある木を何トンも運び台車に乗せる。作業が終わるころには誰も口を利くものはいなくなった。

伐採のノルマの難き白夜の地　（「寒極光」）

ソ連はあらゆる作業にそれぞれのノルマを課した。ノルマを達成できれば決められた量の食糧が支給され、達成出来なければ食料は減らされた。美しい白夜の日であっても、ノルマが達成しなければ仕事は続いた。

ノルマ果つ軍褌虱汗まみれ　（「寒極光」）

ノルマが終れば、褌ばかりか虱まで汗まみれだというのである。収容所に帰ってまずすることは虱とり。虱は寒さで死ぬことはなく、洋服の縫い目にびっしりと食い込み、白樺の木でこそげ取るほどであった。

捕り棄つる虱凍雪には死なず　（「寒極光」）

虱は発疹チフスを媒介する。衣類の縫い目に潜み、血を吸われると猛烈な痒みに襲われる。虱はマイナス四〇度を超える凍てた雪の上でも死ぬことはなかった。

ペーチカに虱ぱらぱら焼き殺す　（「寒極光」）

虱はペチカで焼いても間に合わないくらいだった。かゆみも眠りを妨げ精神的な消耗を増す原因にもなった。

木の根開く異国の丘の生き競らべ　（「寒極光」）

「木の根開く」は、春になって立ち木の周りの雪がいち早く空き始める、雪国の春を告げる現象で、木の周りに土がのぞくと春が足早にやって来ることをいう。シベリアの地では、「木の根開く」季節がひとしお待たれた。
収容所（ラーゲリ）での話は、もっぱら故郷の郷土料理や母の手料理の事であった。そして、木の根の開く季節は、飢えをしのいで生き延びるため、腹をわずかながら満たせる季節となる。異国の丘で明日をも知れぬ寿命との生き比べであった。

黒パンへ寒灯染みる虜囚の地　（「ナホトカ」）

配給の黒パンを切るために、白樺の木で物差しを作ってあって、それで均等に切り分けたのだが、棚状になったベッドから見つめる皆の目に刺されるようであった。

虜囚われ春禽捉え生き延びし　（「夏のペチカ」）

捕らわれの身である自分。飢えに苦しみ、春の鳥を捉えて食い生き延びた。

今日の糧とつこ虫食ひ草を摘み　（「寒極光」）

春には鳥を捕まえ、とつこ虫（カミキリムシの幼虫）を捕まえ、草を摘み食べることはまさに生きる糧となった。

蟷螂のまなこ兵士のころの吾　（「夏のペチカ」）

あの頃の目は、まるで獲物を狙う、蟷螂の眼そのものであった。また、自分自身の飢えに突き動かされるように、食べられそうな物を探した。

俘虜飢ゑて自虐の心けらつつき　（「寒極光」）

飢えは一層気力を低下させ、憂鬱や絶望といった自虐的な心にした。虫を食べるために草木の根元を掘る姿が、けらつつきに投影されている。

逝く虜友（とも）を羨ましと垂氷齧りをり　（「寒極光」）

飢えは自分自身の心を苛み、抑鬱状態に追い込む、逝く友を羨ましいとさえ思い、その一方で垂氷を齧らせる。死を切望しながらも、体は生きようと懸命であった。

繰り返し語る帰還（ダモイ）や木の根明く　（「寒極光」）

収容所は、シベリアの各地に散らばっており、時々ある収容所の人員の交代により他のラーゲリの様子を知ることの他、情報源は「日本新聞」のみである。いくつかの野菜のかけらが入った粥（カーシャ）を、ゆっくり味わった後の雑談はいつも帰還のことになる。毎晩、毎晩同じ話をするうちに、木の根明く春がまた巡ってくるのだった。

虜囚とはいつも望郷盆近し　（「寒極光」）

飢えと寒さと強制労働から早く解放されたい、一日も早く帰還を果たしたいという望郷の思いが募る毎日、先祖や親戚が集うお盆も近づいている。夏になれば帰還船が出るのではという期待が「盆近し」の中に込められていた。

収容所（ラーゲリ）の夏はつかの間岳樺　（「夏のペチカ」）

ウラン・ウデが暖かくなるのは五月中旬から九月の上旬、九月中旬以降は、最低気温が氷点下の日が続く。収容所の夏は短かった。

収容所（ラーゲリ）は夏のペチカを奢（おご）りとす　（「夏のペチカ」）

百瀬氏のいたウラン・ウデ地域は、初夏に近い五月や晩夏の九月に三〜五度になることがある。

そんな寒い日には粗朶（そだ）を燃やして、冷えた体と心を温めるのが、細やかな楽しみだった。

遠郭公脱走兵を悼みけり　（「寒極光」）

脱走の俘虜の末思ふ白夜かな　（「寒極光」）

収容所は、鉄条網で囲われ四方には監視塔が置かれ、マンドリンを持ったカマンジール（監視兵）が見張りをしている。脱走が見つかった時には射殺される。発熱のために飲み水が欲しく雪を取りに行く、収容所の近くの雪は取りつくされているので、仕方なく鉄条網に近い場所の雪を取りに行く、あるいは野草を取りに鉄条網に近づき、脱走とみなされると射殺される者もあった。運よく脱走できても、冬はマイナス三〇度にもなる酷寒の地。腹を空かせた狼の群れもいる。脱走が目的でも鉄条網に走るのは、絶望の果ての積極的な自殺ともいえる。遠くリフレインする郭公（かっこう）の声は、脱走者を悼むかのようであり、脱走者を狙撃した銃声の木魂（こだま）とも聞こえる。誰もが俘虜の苦しみから逃れたく、脱走することを思うのだろうが、その行く末を思えば我慢するしかないと自分を慰めたのだろう。

渡り鳥羨しと見つめ俘虜の列　（「寒極光」）

冬の近づく頃、鴨や白鳥、鶴などはシベリアの広大な空を自由に飛び、冬には日本に渡ってゆく。

作業に出かける前の点呼の列で、作業の合間の給食を待つ列で空を見上げながら、自由に飛べる渡り鳥を羨ましく眺めるのだった。

凍天やウオッカの匂う看視塔 （「寒極光」）

ウラン・ウデ地域の冬の降水量は少なく、雨はひと月に一、二回位となる、空も凍てつく青さなのである。監視塔では、カマンジール（監視兵）がウオッカを呷（あお）って寒さをしのいでいた。

深井戸は氷の渓や俘虜の列 （「寒極光」）

深井戸とは、固い岩盤を掘り抜いた井戸のことであるが、水脈を得るために谷底に作られたのだろうか、一日の飲み水を水筒に汲むために、凍った谷底へ俘虜の列が続いている。今の時代には、水道を捻れば水を汲むことができるが、厳しい作業に備えて点呼の前に飲み水を確保しなければならないのは大変な苦労だった。

凍てし樹皮刻み煙草の日々なりし （「寒極光」）

強制労働の対価として、月に一回はマホルカという刻み煙草が支給されたようだが、その量については定かではない。空腹を紛らわすために、木の皮を刻んで煙草の代わりに吸って口さみしさを紛らわせる日々だった。

凍つる日の毛虱検査女医強気　（「寒極光」）

収容所での身体検査は三カ月ごと位に有り、主に尻の肉をつまんでその戻り具合で健康状態の確認や労働等級が決められたが、ケジラミの検査も行われたのであろう。人に取り付く虱は、アタマジラミ・コロモジラミ・ケジラミであり、ケジラミは陰毛に寄生するのである。当時ソ連では、ドイツ戦・関東軍との戦いにより多くの兵士を失い、男性が少なかったので、医師は女性が多かった。毛虱検査をする女医も強気にならなければならなかったろうし、裸になって女医の前に整列する側も心凍る思いだったろう。

懐郷の虜囚の尿は礫に凍つ　（「寒極光」）

冬を迎えると故郷への思いは一層つのる。「虜囚の尿は礫に凍つ」については、酷寒の地では小水をしたところから凍っていくので、それを金槌でたたいて落とすなどという笑い話を、私は子どもの頃に父から聞いた記憶がある。この句によると実は小水が落ちたところから、小石のように凍り付いてゆくのだと、理解することができた。

冬来るや畚もて糞塊当番　（「寒極光」）

冬の到来でのもう一つの悩みは、便所で鍾乳石のように凍り、尻を刺す糞尿である。労働階級三級になると軽作業に回されるが、便所当番も仕事になる。足掛けの丸太を外し、十字鍬やシャベルで糞尿の鍾乳石を掘り起こし、畚で捨てに行く。凍っている時は良いが、外套についた飛沫がペチカの火で溶けると、臭いが厄介なのである。糞塊当番とは、百瀬氏の独特の表現なのか、当時のラーゲリではそう呼んでいたものか、大変な仕事の中に笑いを誘う表現である。

俘虜死すや骨立つ尻の寒からむ　（「寒極光」）

生活を共にする収容所の仲間の死は、生の隣にある死を暗示する。裸にされた遺体の骨と皮だけの尻に、一層いたいたしく不憫な思いが湧いてくるのだ。

毛布欲し丸太の棚に俘虜遺体　（「寒極光」）

収容所のベッドは棚状になっており、暖かい空気は上に上がるため棚の上のほうが暖かい。体力の消耗の激しい者は、暖かい上の段に寝ることになる。仲間もその死期を察しており、死ねば虱が逃げてゆく。死者の毛布が欲しいと心の声がささやくのだ。

死者の衣を分配の列寒極光 （「寒極光」）

死体を処理する前に衣類を脱がす。多分それは、誰かが独り占めするのではなく、平等に分配されたのだろう。靴の修理に、物を入れる巾着に、リュックの補修に、ある者は一切れのパンに変えた者もいただろう。一見して此の世の地獄絵図とも映るのだが、生存の厳しさの中においては、仕方の無いことだったろう。そうしながらも心はその記憶に苛まれるのだった。

柩なき遺体凍土に寧所なく （「寒極光」）

柩に入れてあげられず、十分な弔いもできない。凍土を掘って何体も一緒に埋められる遺体は、安寧の眠りを得ることはできないのではないかと思われた。

置き去りし遺骸の山や木の根明く （「寒極光」）

雪解けが進み、遺骸を置き去りにした山にも、木の根が明くころになると、冬を越せなかった仲間を悼むのであった。

レーニン主義壁新聞の長き夜 （「寒極光」）

望郷やレーニン称へ夏の夜　（「寒極光」）

この二句は、赤化教育（思想教育）を詠んでいる。抑留一年を過ぎた頃から、天皇を神として教えられた日本の兵隊を、ソ連の戦後復興の労働力として使役する他に、天皇制や資本主義に対する批判や社会主義的民主主義を教え込み、民主主義的軍紀の確立と軍国主義的分子との確固たる闘争の呼びかけが、壁新聞や日本新聞により広められた。中には、ソ連に協力すれば、早く帰国できると考え「アクチブ」[*34]として積極的に活動する者もあったという。帰還前に入る、ナホトカの赤化教育の機関では、成績が悪いと再びシベリアの奥地に逆送され労働をさせられると聞いていたものも多いという。石涛子氏もインタビューの中で、赤化教育の成績が良いと早く帰還できるという思い込みが広まっており、それによる密告が日常化していたと語っていた。

木の根明く帰還（ダモイ）列車の時折に　（「寒極光」）

木の根の開く春になるとナホトカに向かうシベリア鉄道を、望郷の思いを胸に見送った。

帰還（ダモイ）待ち若菜摘む掌の弾みけり　（「寒極光」）

この年の春は百瀬氏の名前も帰還者の名簿にあり、早春の野の草を摘む手も心も弾んだのだった。

帰還船待つ霧籠めのレーニン像　（「寒極光」）

百瀬氏はナホトカで同じ名簿であった仲間と一緒の船で帰還できなかった。ナホトカに留め置かれ、重症の病人の看護を任されたためである。苦楽をともにした仲間と一緒の船で帰れず落胆した。次の帰還船を待つことの不安と閉ざされた思いが「霧籠めの」に重なっているようだ。

流氷来抑留の友置き去りに　（「寒極光」）

流氷の季節が来ると海明けである。百瀬氏は、日本に向かう帰還船に乗れた自分の運命を喜ぶ一方で、帰還できない仲間へ思いを馳せるのであった。

死者の声立夏の海にひしめけり　（「寒極光」）

望郷の思いに駆られながら死んでいった仲間の声や、船の中で死んで水葬された者の声が立夏の海にひしめいていた。

海明けを知らぬ俘虜の死遺品なし　（「寒極光」）

このように帰還の日が来ることを知らずに死んでいった仲間の遺品の一つもないことに、ダモイと騙しながら略奪を重ねたソ連兵の身勝手な振る舞いに、怒りと悔しさが湧いてくるのだ。

夏めけるナホトカに在り虜囚果つ　（「夏のペチカ」）

夏を迎えるナホトカにやっと虜囚としての暮らしを終えることができる安堵と感慨が湧いてくるのだ。

哭く風は虜囚の声か冬に入る　（「寒極光」）

故郷信州の冬も厳しい。哭く風はシベリアに死んだ虜囚の声にも聞こえるのである。

俘虜の名の生涯消えず雪を掻く　（「寒極光」）

戦後七〇年の歳月を経てなお俘虜の記憶は消えることがない。雪掻きをするたびに、シベリア抑留の記憶はまざまざと甦るのだ。

根深掘る自立に遠き九十歳　（「寒極光」）

家族のために菜園から葱を抜く、自立に遠いとはいえ家庭での役目を果たし、穏やかな日々を送る、九十歳を迎えたのだ。

若桜少年兵が今卒寿（「寒極光」）

少年兵として志願した日から、抑留、帰還、日本の復興と経済成長に貢献した日々、家族を持ち子どもたちを一人前にした。抑留の記憶は走馬灯のように巡っているのである。そして卒寿を迎えた。戦争を体験した世代の使命が今を支えているのだ。

【百瀬石涛子氏の作品を読んで】

シベリア抑留体験の話を伺う中で、百瀬氏は、関東軍の通信兵の頃から俳句を始め、継続されていたことについて、私が「戦争や抑留という過酷な体験の中で、俳句は心の支えになりましたか」と筆者が尋ねると、「いや、ならなかった。あのような境遇の中で詠んだ句には、詩はないからね」と静かに答えられた。

先に読んできた『シベリヤ俘虜記』『続シベリヤ俘虜記』で取り上げた方達と、違う意見を聞いたことが意外であり、百瀬氏の鑑賞文を書き終えるまで気になっていたため、私は二〇一九年四月、百瀬氏に一枚のアンケートを送った。

その内容は、俳句の価値について数字で表すとして、「俳句には価値が無かったを〇点」とし、「俳句には非常に価値が有ったを一〇点」とすると、ご自分にとって俳句の価値は何点になりますか、というものである。

この質問に、「抑留中を〇点」「二〇〇〇年以降一〇点」と回答された。

「抑留中を〇点」の理由は、抑留中は終日生きることのみに追われ、動物的感覚であったからと厳しい自己評価をしている。引揚げ後の生活では、レッドパージによる失業や生活に追われながら、安保闘争の参加や鎮魂と反戦・組合運動に参加する一方で、地区の句会へ参加した。このような活動を経て、二〇〇〇年（七十五歳）頃から俳句の価値は一〇点の「非常にあった」となっている。このころから、「シベリア抑留俳句」が結実し始めたのだと推察する。

百瀬氏は、抑留という困難な境涯にあった日々も、奥さまの介護生活に身を捧げられていた九十四歳の時も、真摯な姿勢で俳句を詠まれている。そして、先立たれた仲間への「鎮魂」と戦争を知らない世代への「反戦」を俳句により伝えたいと言う。

これからもご健勝に「鎮魂と反戦の俳句」をもって、「平和」への道筋を照らしていただきたいと願うばかりである。

〔註〕

＊34　アクチブ：赤化教育を受けて、それを広めるために取り立てられた役目の人。

第五章　満蒙引揚げの俳句を読む

井筒紀久枝『大陸の花嫁』を読む

第二章で体験談を語られた中島裕氏は、武装解除を受けシベリアへ連れていかれる途中、地元民やソ連兵、八路軍などの強奪や性的暴行の脅威にさらされながら逃げる、開拓団の婦人と子ども、高齢者に会いながらも、守ってあげることが出来なかったことについて、無念の思いに耐えられなかったという抑留体験を聞き、私は「満蒙引揚げ」についても知らなければと思った。

第一章、シベリア抑留までの歴史の中で、「満州建国」「満州開拓政策」「大陸の花嫁」について取り上げたが、二〇一九年八月十七日、「小田原八月十五日を考える会」の講演「裏切りのユートピア満蒙開拓団」の聴講、二〇一九年九月二日に長野県阿智村にある「満蒙開拓平和記念館」で確認したことなどを付け加えてお伝えしたい。

「五族協和」「王道楽土建設」をうたい国策として、一九三二年から一九三三年（昭和七年から八年）、第一次武装移民団が満州に入植した後に、配偶者となる女性を満州に送り出し移民を定住させるため「大陸の花嫁」が政策化された。

このことについて、『満州女塾』（杉山春著、新潮社）には、以下のように書かれている。

《昭和一一年、二・二六事件が起きると、政府内の軍部を押さえ込む力は、一掃され、その後生まれた広田弘毅内閣は、満州移民を七大国策の一つとした。（略）五月一一日、二〇カ年百万戸満州移住計画が関東軍により策定され、これに基づき、拓務省の予算案が議会を通過する。（略）昭和一二年これを受けて、第六次移民、五〇〇〇人が満州へ送られた。移民には、未婚の男性が多く、以後、移民の花嫁の送り出しが全国規模で始まってゆく。その中心となったのが、満州移住協会である。昭和一二年頃から、大日本連合女子青年団、大日本連合母の会、愛国婦人会などの婦人団体や、女性教員会などに向けて、満州移民への積極的な関わりと「花嫁養成」への協力を求めていく。それに応える形で花嫁訓練所が作られ、花嫁講習も開かれるようになっていた。》

一九三一年の世界恐慌の影響を受け、日本全体が困窮し、農村は凶作に疲弊していた。このような社会の流れの中で、国策に応じ多くの女性たちが「大陸の花嫁」として満州に渡ったという歴史的事実が記されていた。次に触れるのはその当事者からの証言である。

井筒紀久枝氏もこの国策に運命を託した一人であった。井筒氏は、一九二一年一月十八日、越前和紙の里に生まれたが、幼少期～少女時代のつらい境遇から逃れるために福井県から「大陸の花嫁」に志願し満州へ渡ったという。

そして、引揚げ後にその体験を俳句にまとめ、「大陸の花嫁」として苦難の生活を『望郷』『大陸の花嫁』『生かされて生き万緑の中に老ゆ』として発表され、御自分の戦争体験を語り継ぐ活動をされ、二〇一五年に享年九十四で永眠された。
この度は、紀久枝氏の俳句の伝承をしておられる、ご遺族の新谷陽子（亜紀）氏のご了承を二〇一七年にいただけたので、井筒紀久枝著『大陸の花嫁』（岩波現代文庫）に併録された句集「満州追憶」から、満州引揚げの俳句を紹介したい。

1.「開拓地」十句から

一九四三年四月十二日、井筒氏は満州に渡った。

解氷期野原動くや豚生まる

冬には氷に覆われる北満の地も解氷期となり、暖かな光に野原も川も息づき開拓地の集落は、豚の産まれる声が聞こえてくる。豚の妊娠期間は、三月三週三日と覚えるのだそうだが、厳冬期に妊娠した豚は、雪解けのころに出産したのだろう。一回に十頭ほどを出産するので、子ブタのキーキー鳴く声がにぎやかに聞こえたのであろう。

放牧や桔梗芍薬いっせいに

広大な野原に放牧され、草を食む家畜たち、あたりは桔梗や芍薬の花が咲き乱れ、命がいっせいに輝きだす。暖かな日差しの中で色とりどりの花野に身も心も解放される至福の時がやってきた。

麦熟れて東西南北地平線

いかにも雄大で神々しい。東西南北に広がる地平線まで続くかのような畑の麦は、黄金色に北満の大地を彩るのである。夕日の落ちる瞬間には、畑も山も全てが茜さす金色に輝くのであった。しかし現実の暮らしについては、自然の美しさとは別に厳しいものであったようである。井筒紀久枝著『大陸の花嫁』に、次のような記述がある。

《最も困難を極めたのは、水汲みである。柳の枝で編んだ籠のようなものが、車井戸にぶら下げてあった。覗いても水面がみえないほどの深い井戸から、両手で重たい車を回して汲み上げる。手元へ汲み上げたころは水はこぼれてしまって半分ほどになっていた。それを何回も汲み上げて、天秤棒(てんびんぼう)で運ぶのである。故郷では、山から流れる水を、何も考えずに使っていたのだが、ここでは一滴たりとも貴重な水であった。》

現代の私たちの暮らしは、水道の蛇口をひねれば水ばかりかお湯までも苦労せずに使うことが出来る。一滴の水も貴重だという体験は、今の世にはなかなか実感出来ないことである。

2.「隊員応召後の開拓団集落」十七句から

雪の曠野よ生まるる子の父みな兵隊

一九四四（昭和十九）年二月末には、開拓団の若い男性たちに、大量に召集令状が届いたという。零下二〇度から三〇度となる酷寒の地には、妊娠した者、出産をしたばかりの褥婦（産後一年未満の女性）と乳飲み子ばかりが残され、子どもたちの父親はみな兵隊になった。紀久枝氏もようやく悪阻が治まり、授かった命の胎動を感じ始め、そして、八月二十日には、女児を難産で出産したのだった。

関東軍の兵力が南方戦線や本土決戦に備えて割かれる中、一九四四年二月末には、関東軍の予備的人材である開拓団の働き手である男性の多くが召集された。（『大陸の花嫁』）

当時の日本の戦況は、一九四四年二月二十五日に、「決戦非常措置要綱」が閣議決定、三月七日には、「決戦非常措置要綱に基づく学徒動員実施要綱」が閣議決定された。（「決戦非常措置要綱」「決戦非常措置要綱に基づく学徒動員実施要綱」国立国会図書館）

一九四四年七月五日、インパール作戦の中止。七月七日サイパン島の日本軍守備隊の玉砕。十一月二十四日にペリリュー島の日本軍守備隊の玉砕。同日には、マリアナ諸島から出撃したB29による東京初空襲と悪化をたどっていく。

一九四五年五月八日にドイツが連合国に無条件降伏したころ、日本は沖縄戦が苛烈を極め、本土決戦も現実化しつつあった。このころ大本営は、関東軍に以下のような命令をくだした。

《これに備えて、五月三十日、大本営は関東軍の完全な作戦態勢の切り替えを命令し、また『満鮮方面対ソ作戦計画要領』を与えた。これにもとづいて対ソ作戦準備を行うことを命令した。その内容は、「関東軍は京図線（新京―図們）連京線（大連―新京）以東の要域を確保して持久を策し大東亜戦争の遂行を有利ならしむべし」というものであった。もとよりこれは大本営の本土決戦の一環として考えられたもので、要するに全満の四分の三は放棄しても、通化を中心とする東辺道地帯にたてこもって、大持久戦によりソ連軍をここに釘付けにしろ、という命令だった。》

——島田俊彦著『関東軍　在満陸軍の独走』（講談社）

一九四五年二月二十四日に策定された、「関東軍在満居留民処理計画」は、五月以降大本営から、「現地民の動揺を招きソ連の侵攻を誘発する」と反対され、頓挫していたことは、第一章の関東軍参謀吉田農夫雄「満州在留邦人引揚げについて（覚書）」により紹介した通りである。

この計画は関東軍の作戦本拠地が、本土に近い満州朝鮮方面に変更されたことを、ソ連軍に察知されないよう極秘にされる一方、開拓移民たちはソ連・満州国境付近の奥地に取り残されたことを物語っている。

3.「敗戦」三十三句から

帝国が唯のにほんに暑き日に

満州帝国に移民で来た日本人の振る舞いは、現地住民を抑圧し苦しめていたと紀久枝氏は語っている。ある日突然に「五族協和」「王道楽土」の大義名分の上に打ち立てられた満州帝国は、一炊の夢のように壊滅したのである。

この時のことは、井筒紀久枝著『大陸の花嫁』に、次のように記されている。

《八月九日、ソ連との開戦が知らされた。そして、八月十四日、残っている男を総ざらえにして召集令が来た。私たちは、自分の夫が応召するときは涙を見せなかったが、その時ばかりはみんな大声をあげて泣きながら見送った。／翌十五日夕その人たちはぞろぞろ戻ってきた。（略）拉哈（ラハ）までは行ったが汽車は動いておらず、街なかの様子が只事ではなかった、ということだった。（略）十七日、「嬉しいニュースを知らせにきました。戦争は終わりました」本部の人が少しも嬉しそうではない沈痛な顔で、私たちの宿舎へ伝えにきた。》

俘虜われら飢えつつ稲の穂は刈れぬ

戦争が終わったのは夏。しかし八月の末には秋がやって来る北の大地。作物は収穫期を迎え、稲は小金の穂を垂れているが、既に敵地となっている田畑である。飢えていながら収穫できないことは、これまでの苦労を思うと残念だが、ここは歯を食いしばって耐えるしかなかった。

酷寒や男装しても子を負ふて

一九四五年八月二十五日に武装解除を受けて以来、ソ連兵と中国兵や地元の中国人による略奪が繰り返され、ソ連兵により女性は性的暴行を受けた。髪を剪って顔に竈（かまど）の煤（すす）を塗りたくり、若い娘にも赤ん坊を背負わせて偽装をした。凍てる冬の夜、母親たちは襲撃を警戒して男装をし、銃は持ち去られているので、わずかな農具を持って歩哨に立ったという。開拓団での強奪の様子について、『大陸の花嫁』はこう記されている。

《夜は現地住民が襲ってきた。私たちは、長い草刈り鎌や手製の槍（やり）を持って夜警に立った。（略）「ワアーッ」と襲ってくると、私は槍を投げ出し、子どもを預けているほうへ走った。子どもは一か所に集めて、老人や病人が見ていた。暗がりの中をわが子を求めて、負う。まだ母親が来ていない子は、抱いて逃げた。みんな同じ方向へ逃げた。それを目がけて弾丸が飛んできた。倒れる者、捕らわれる者、もうどうにでもなれと思うほかなかった。／それでも私はいつもコウリャン畑へ逃げ込むことができた。清美は泣きもせず声も立てず、体を硬くして、私の背に

顔をくっつけていた。》

蚤虱（のみしらみ）じわじわ飢えて死にし子よ

食べ物を摂ることのできない母親からの乳は、乳飲み子に十分な栄養を与えることはできなかった。親子ともにじわじわ衰弱し、この世の理不尽は、乳飲み子にも容赦ない。地面にじかに寝るため蚤や虱にたかられる。死んだ子からは、蚤も虱も逃げていくのだ。

凄惨で過酷な敗戦の試練の中、興亜開拓団に祖国へ帰る道筋を示してくれる出会いがあった。そのことを『大陸の花嫁』「越冬」から引用する。

《福岡県、大分県出身者で出来ていた興隆開拓団は、興亜より大きな団で男の人も大分残っていた。そして、九州男児の威力は、現地住民の襲撃を寄せつけなかった。しかし、公然と入ってくるソ連兵や中国兵には抵抗できず、略奪（りゃくだつ）されるままだったのだから、食糧や物資が残っているはずはなかった。それなのに、山本団長は、私たち興亜の生存者を受け入れてくださったのであった。》

悴（かじか）む子抱き温（ぬく）めゐて餓（う）えきざす

興隆開拓団での越冬生活のなかで、泣く子は疎まれて「子どもは処分してしまえ、突き殺すぞ」と泣かさないようにと隊長が怒鳴りに来たと『大陸の花嫁』に書かれている。満州の冬は、マイナス三〇度にもなるという。チチハルよりも二〇〇㎞も奥地である。布団代わりの麻袋に悴んだ子を抱きしめ丸まる。きっと寒さでまんじりともしなかったであろう。温まらぬ体を追い打ちするように、飢が襲った。

つのる吹雪子の息ときどき確かむ

極寒と栄養失調により子どもも大人も次々に死んでいった。吹雪で隙間風に雪まで吹き込んでくる夜には、栄養失調で弱り切った娘の息を確かめ、夜明けまで息にあるかすかな温もりを感じては何度も安堵するのである。このころの苦境について、『大陸の花嫁』にはこう記されている。

《私は毎日、子どもを預けて作業に出ていたが、「よく泣く子だ」と嫌がられ始めた。私の留守の間に殺されては、と思った私は、一つぽつんと離れた、藁(わら)で囲んだだけの風呂場へ、清美を押し込んで作業に出た。作業を終えて急いで行ってみると、入り口に吊るしてある筵にしがみついて眠っていた。その顔には、涙の乾いたあとが残っていた。疳(かん)にはお灸が効くと言われるまま、泣く子を押さえつけて、お灸もすえた。／誰からも愛されずに育った私は、わが子は愛おしみ育てようと思いながら、きつい折檻(せっかん)をしているのだった。》

オンドルのしんしん冷えて生きてをり

オンドル（床下暖房）の火を絶やさぬように焚くだけの、燃料がふんだんにあったわけではなく、越冬するために一晩で焚ける燃料は決まっていたのだろう。オンドルの竈の火も消えると床はしんしんと冷え、とろとろと眠りかけたと思うと目が覚める。目が覚めることで自分がこうして生きていることを改めて知るのである。厳冬期も終わりを告げ、一九四六年の春のことについて、『大陸の花嫁』にはこう記されている。

《やがて昭和二十一年、春になった。春になったらチチハルへ出よう。みんなの願いだった。一人の犠牲者も落伍者も出ないようにという団長の意図から、足の鍛錬が始められた。／壕の内回りを四周すると、一里だということだった。夕方の点呼が終わると、寝具（麻袋）を負い、ある程度の食料も持たなければならないということで煉瓦（れんが）を一つ、腰に結（ゆ）わえて、今日は六周、明日は八周と、女と子どもが歩いた。近郷の現地住民は、壕を乗り越え土塁（どるい）の上に顔を並べて、この異様な光景を嘲笑しながら見物していた。／五月十三日朝、私たちは興隆開拓団をあとにした。病人には、みんなの金を出し合って大車（ダーチョ）（馬車）を雇った。早く日本へ帰りたい、すこしでも故国へ近づきたい一心だった。》

こうして、興隆開拓団の団員は、二〇〇キロあまりを四日足らずで歩き、一人の落伍者もなく、チチハルへ着いた。チチハルに着いたら、すぐにでも帰国できるものと思っていた。一九四六（昭和二十一）年五月に引揚げは始まった。収容所には引揚げを待つ人が溢れ、順番が来るまでは、自分で生きていかなければならなかった。満蒙開拓団や満州の邦人に対する引揚げの支援は、どのようになされたのだろうか。『引揚げ援護三十年の歩み』（厚生省）に以下のように記されている。

《外務省は在外公館あて昭和二十年八月十四日（ポツダム宣言受諾日）付の「三カ国宣言受諾[*35]に関する訓電」をもって在外機関に対し、居留民はできる限り現地に定住せしめる方針を執るとともに、現地での居留民の生命、財産の保護については万全の措置を講ずるよう具体的施策を指示した。》

上記のように、日本政府外務省は満州への居留民としての定着を指示しているが、終戦に伴って発生した現地の混乱によって生活手段を失い、残留することが極めて危険で不安な状況になったことを理由に、その後引揚げに対策を転じる。しかし占領軍の日本進駐に伴い、引揚げは連合軍総司令部（ＧＨＱ）の管理下に行われることとなる。そのことについては、以下のとおりである。

《アメリカと中国の話し合いにより、日本人の引揚げが始まったのは終戦の翌年一九四六（昭和二十一）年五月。中国の葫蘆島から日本の佐世保や長崎へピストン輸送がおこなわれました。》

——『満蒙開拓平和記念館』（満蒙開拓記念館発行）

4.「現地脱出」十句から

行かねばならず枯野の墓へ乳そそぎ

毎夜続く襲撃と略奪。長年かけて収穫できるようになった農地を「根こそぎ召集」により、数えるほどとなった男性たちについて、子どもたちを連れて脱出することとなる。子を亡くしても子を思うと乳が張ってくる。子の墓へ乳を搾り、涙に咽びながらこれまでの住処を去るのだった。

第九次興亜開拓団（福井県、昭和十五年一月入植）、第一次興亜義勇隊（昭和十三年、内原入所以来現地の訓練所を経て、昭和十六年四月入植）の最後だった。昭和二十年十月九日、興亜開拓団は滅びた。（『大陸の花嫁』）

5.「チチハル収容所」十一句から

無雑作に屍体(したい)が積まれては凍り

終戦から十カ月を経て、やっと引揚げが開始される。戦後の過酷な混乱の中、満州に残された多くの婦人や子ども、老人たちは、真冬はマイナス三〇度になる満州に難民生活を送ることになる。『大陸の花嫁』「チチハル」には以下のように書かれている。

《火種をくれた人が焚きながら倒れた、と思ったら、死んでいた。そばで寝ている人の呻(うめ)き声が静かになったと思うと、死んでいた。死人からシラミが移動し、ノミが跳び交い、人はやせ衰えて死に、シラミとノミが丸々太り、うようよ殖えていった。》

子を売って小さき袋に黍(きび)満たし

子どもを産んだばかりの女や妊娠中の女、乳児・幼児や高齢者ばかりとなった開拓団は、地元民やソ連兵などからの略奪や性的暴行に会い、泣く子は襲撃される原因になるからと殺される。また母自らが殺さねばならなかった。日本人の子どもは頭が良いからと、僅かな食料と交換に売られた子どもたち（残留孤児）。出産を控えて困り果て、地元の中国人と結婚した婦人たち（残留婦人）。開拓団の生き残りをかけて、人身御供としてソ連兵に差し出された岐阜県黒川村の娘たちの例など、一人一人に語ることをためらわせる、つらく悲しい体験があった。満州に先住した地元民をこのような行動に駆り立てたのは、日本が戦争に負けたからという理由ばかりではない。日本が国策としての「満州農業移民二〇カ年百万戸送出計画」で、低価格で中国の農民から土地を買い上げ、彼らを移民団の小作人として雇い、差別的な対応をしたことから反発を買い、かつての加害者と被害者は入れ替わり、戦後の混乱を深めたのである。

蚤跳んで背中の痒ゆき収容所
チチハルの真昼の馬糞ぶつけられ

引揚げを待つ、チチハルの難民収容所での生活も、すぐに帰国できるあてもなく順番をまちながら死んでいく人がたくさんいた。生き延びる活路を探して、井筒氏は仕事を探したという。

《私は職を求め、食を求めてチチハルの街を歩いた。生活が豊そうな、満馬や驢馬が何頭も飼われている所を訪ねた。私は清美を負うた腰に寝具の麻袋を巻きつけ、鍋にしている鉄兜をぶら下げていた。収容所に置いておけば盗まれるからだった。／その異様な姿に、そこに雇われていた小孩に馬糞をぶつけられた。「マイタイ、マイタイ、カイ、ゾウ（汚い、汚い、早く立ち去れ）」（略）開拓地にいたころ、移動苦力の列から遅れ、衰え果てた中国人が、私の所へ飲み水を乞いに来た。私は、ぼろぼろの服を纏ったこの男が汚らしくて、コップ一杯の水も与えず追い返した。私は今、それにも劣る姿であった。》

——（『大陸の花嫁』）

ある日、井筒氏は収容所へやってきた八路兵（毛沢東支配の国民革命軍第八路軍の兵隊）の募集する縫製工に応募したが、縫製の仕事は与えられず、夜に仲間の女性が兵隊から襲われ、なんとかチチハルの収容所に戻ったところ、これまで世話をしてくれたM氏が八路兵から口利きの金を受け取っていたことがわかった。辛くも逃げ出し、母子が住み込みで働けるところを探し、李夫妻（小学校の校長をしている人）のもとで、乳母として雇われた。

6．「引揚げ」三句から

つひに帰国防寒服は襤褸（ぼろ）でもいい

李家で、乳母として雇われている間も、時々許しを得て難民収容所へ出かけ帰国の時を井筒氏は確認していた。

《昭和二十年八月二十八日、いよいよチチハルにいる私たちの引揚げの日が来た。前日まで世話になっていた李家では、母子に食べさせてもらえるだけで、ありがたいと思っていた。ところが、李夫妻は四十五日間の給料として四百五十円くださったのである。その頃チチハルの通貨は、ソ連軍票だった。が、その軍票はハルピン以南は通用しないということで、李婦人が隣近所から寄せ集めてこられた満州紙幣であった。これは、くしゃくしゃではあったが、お心のこもった紙幣だった。私はそれを、着ているぼろ服の裏側へ、大切に縫い付けた。》

――（『大陸の花嫁』）

こうして、たくさんの苦労を重ね、何人もの中国の人に助けられ、引揚げ列車に乗ることができた井筒氏親子である。

7.「祖国」七句から

われに祖国敗れても月のぼりくる

その生い立ちから、悲しい思い出の故郷であるが、それでも帰る祖国があるという安堵感、船の中でみた月であろうか、それとも帰り着いた佐世保の月、生まれ故郷福井県の武生の月であったのだろうか、どこにいても月は等しく美しく光り、傷つき疲れた心と体を包んでくれるのである。苦労して、帰り着いた故郷での暮らしは、決して平坦なものではなく、連れ帰った清美さんは、二年半の生涯を終えた。井筒氏の前半生は、戦争・敗戦という大きな捻れに巻き込まれ、悲惨な日々であった。

【井筒紀久枝氏の作品を読んで】

井筒紀久枝著『大陸の花嫁』は、「満州移民政策」「大陸の花嫁」「ソ連の侵攻」「満州引揚げ」と一連の流れを網羅し当時の農業移民の様子をよく伝える優れた作品である。井筒氏の第一子清美さんと生きて故国の地を踏むことができたものの、引揚げ後、清美さんを亡くし、抑留から帰った夫と夫の家族との確執に悩みながら、その生活に終止符を打つ。その後、新たな伴侶と二人の子どもさんに恵まれ、地道に家庭生活を営む一方で、語ることも苦しい体験を自分流に俳句に詠み、「満州追憶」としてメモを残されたという。既に十代の頃に、自分の思いや体験を俳句にして行くことを始められ、満州からの帰国後は、加藤楸邨主宰の「寒雷」に投句をし始め、昭和五十二年に百句になったので句集を作成し、満州開拓犠牲者三十三回忌の法要記念にされたそうである。

八月九日のソ連侵攻の報を傍受した関東軍の引揚げ列車は、その時牡丹江駅に集まれた関東軍と満鉄関係者の家族を乗せて出発した。ソ連侵攻により、通信網や鉄道網は破壊される中、ソ連国境の近くに入植した開拓村まで、情報が届くわけもなく、根こそぎ召集で取り残された、子どもを産んだばかりの婦人、乳児や幼児、老人達の地獄の逃避行が始まるのであった。このことは第一章の歴史編で、ご紹介したところである。

俳句作品の中で、「蚤虱じわじわ飢えて死にし子よ」「行かねばならず枯野の墓へ乳そそぎ」は、共に逃避行する乳児を抱えた母親の姿を詠んでいる。そこには食べるものがなく、母乳で命をつなぐしかない乳児の死と母性の絆の不条理が描かれ、乳児や子を失う悲しみや怒りが伝わってくるのである。

「悴む子抱き温めゐて飢えきざす」「つのる吹雪子の息ときどき確かむる」の句は、難民としての避難生活の過酷さや零下三〇度にも下がる満州の地で生き延びることの大変さを表すばかりでなく生きていてほしい、生きるんだという母の思いが表現されていると感じる。「子を売って小さき袋に黍（きび）満たし」の句では、ソ連兵や地元民からの略奪、ソ連兵や八路軍の兵士からの性的暴行、飢えとの闘い、「泣く子は襲撃の原因になるから殺せ」と迫られての子殺し、僅かな食料と交換に地元の中国人に預けられた中国残留孤児、出産を控えて地元の中国人と結婚した中国残留婦人を生んだ生々しい現実を詠んだ、証言である。

このような凄惨な状況を乗り越えた体験は、どうしても被害的立場から語られがちだが、井筒氏は「チチハルの真昼の馬糞ぶつけられ」の様子について、かつて自分が開拓地にいたころ、衰えた中国人の一杯の水も与えずに追い返したことから、自分もかつて同じことをしていたことに気づいたことを正直に書いている。

井筒氏は、自分の体験を俳句にまとめるという、個人の感情の昇華にとどまらず、戦争という同じ過ちを繰り返さないように、語り継ぐ活動を死の間際まで続けられた、その様子は自分を悲しみや苦しみの体験から解放するということではなく、先に逝った引揚げの仲間への鎮魂と平和を願う前向きで真摯な行いを貫かれたということを、ご遺族の新谷亜紀さんは私に教えてくださった。このことは、先に取り上げた百瀬氏の抑留俳句に向き合う態度と共通するものである。

この『大陸の花嫁』が、満蒙開拓団の一員として戦争に巻き込まれた多くの人々の体験を広く伝え、平和な世界の礎となることを願う。

国と国の戦争、民族間の紛争や侵攻による、勝者の敗者への虐殺や暴行、性的暴行、ジェノサイドなど世界中に絶えることなく繰り返され、侵略の一部として構造化されている。七十七年前の出来事は、現代も巻き込まれる可能性のある脅威である。このように哀しい出来事が繰り返されないように、戦争のもたらす負の側面について、多くの人に語り継がれることにより成熟した世界の平和や政治・経済の安定が実現するように願うばかりである。

〔註〕

＊35　三カ国宣言とは、イギリス首相、アメリカ合衆国大統領、中華人民共和国主席の名において日本に発せられたポツダム宣言のこと。米英華三か国宣言ともいう。

天川悦子(あまかわえつこ)句文集『遠きふるさと』を読む

天川悦子氏の句文集『遠きふるさと』(自鳴鐘発行所)を知ったのは、「「京大俳句」を読む会会報」第四号(二〇一七年十月)の西田もとつぐ氏の「桂樟蹊子の決断—満州俳句への道」を読んでからである。天川悦子著『遠きふるさと』と『国家なくして平和なし』(小林恒夫との共著、明成社)の「故郷・満州を追われて」を読み、すぐに天川氏への手紙を仕上げ、冊子の出版社から転送を依頼し、二〇二一年四月二十二日に返事をいただいた。早速電話をし、拙文の中で取り上げさせていただくご了承を得た。

満洲国における日本人の生活は、ソ連やモンゴルとの国境付近などの、満蒙開拓団が入植した農村部と満鉄沿線地帯の都市部とを分けて考える必要がある、と山室信一氏は『キメラ—満洲国の肖像 増補版』でいう。天川悦子氏の暮らした、間島省(かんとう)龍井(りゅうせい)や青春時代を過ごした首都新京(しんきょう)(長春)は、政治的シンボルとして新たに造られた先進的都市であった。

天川氏は、一九二五年六月一日に、旧満州(当時は中華民国)間島省龍井に、父悦造と母アキエの長女として生まれ、その五年後に弟が生まれる。悦子の父母は自力で醤油醸造店を構えていた。悦子の父母は、一九二三年一月に門司で結婚し、八月に移住している。

『遠きふるさと』に「旧満洲(当時は中華民国)」と説明されているが、満洲国の建国は一九三二年三月一日なので、満洲建国以前の中華民国のことをいうのだろう。
この時代の歴史を振り返ると、第一次世界大戦にイギリスの同盟国として強引に参戦した日本は、中国でのドイツの租借地青島、ドイツ領南洋諸島を攻略し、さらに中国東北部での権益を広げるため、一九一五年、対華二十一カ条要求を突きつけ、南満州鉄道の経営権、関東州の租借などを認めさせた。租借とは、ある国が他国の領土の一部を借りることであるが、原則として統治権は租借国が行使することである。つまり中国関東州を日本が支配したということである。
『遠きふるさと』の「龍井について」では、以下のように説明されている。
《当時の満州は「日本の生命線*36」として若人の血をたぎらすあこがれの大陸であった。不況のため職の無い若者達、また一攫千金をねらう商人、それに国策に便乗する者、純粋に大陸に理想を求める者など等、玉石混交の日本人がぞくぞくと渡満した時代である。》
《龍井は、北鮮とソ連と満州の国境に近く東辺地区と呼ばれる地域にあった。人口約五万、その中、日本人五千人、朝鮮人三万人、満人一万五千人という割合で朝鮮人が一番多かった。しかし、龍井は間島省の中心として「総領事館」が置かれ諸機関の駐在所も多く開設されていた。》
天川氏は龍井について、当時の政治情勢や人種のバランスなどが原因で、この東辺地区はいろいろな紛争が絶えなかった、しかし自分たち子どもにとっては、懐かしい故郷としての思い出だけが残されている土地である、とつづっている。

望郷〈十八句〉から

「龍井」に住みつき母は寒に慣れ
オンドルに母のお手玉宙に舞う
吹雪く夜を父の手品の見破れず
昔話をせがむオンドル利きし部屋
表衣縫う母は黒髪豊かなり

天川氏が子ども時代を過ごした龍井での暮らしは、両親の愛に包まれた幸せな時代であり、掲句からはオンドルの前に団欒を過ごす、一家の様子がよくわかる。父母と過ごしたかけがえのない時期の故郷を愛おしんで詠まれている。

1.「新京のこと」から

天川氏は、龍井の間島（かんとう）小学校を卒業し、ただ一人、国都新京の敷島高女へ、一九三八年四月に入学したとある。

《私は、修学旅行で見学した新京の街のすばらしさと敷島高女の美しさに魅かれ、とうとう受験し合格した。／昭和七年、当時は「長春」と呼ばれていたこの街は満洲建国と同時に国都となり、「新京」と名を改めた。（略）昭和十年代には、見違えるような近代都市になっていた。

／中でも駅前から真っすぐ伸びる大同大街に建ち並ぶ康徳会館、ニッケビル、三井百貨店そして関東軍司令部の偉容はそこに住む者の誇りでもあった。》

——『遠きふるさと』

天川氏が青春時代を送った新京は、大連（だいれん）・奉天（ほうてん）・哈爾濱（ハルビン）と同様、満州の主要都市である。これらの地域では、デパートに流行の最先端を行く商品のほか、内地で入手できない輸入品も溢れ、日本人商店に日本製品が並んでいた。新京には、新京銀座といわれた吉野町や日本橋通り等があったという。（山室信一著『キメラ—満洲国の肖像　増補版』）

望郷〈十八句〉から

「あじあ」去りし曠野夏雲まで駆ける
友と駆ける蒙古嵐の過ぎし野を
汽車より見る地平の太陽氷菓溶け
馬車（まーちょ）呼ぶ少女のうなじ初夏来る
アカシヤの大同大街少女の日
かげろうに消えし故郷の写真見る

《「あじあ」去りし日曠野夏雲まで駆ける》の「あじあ」は、満州鉄道特急あじあ号（一九三四年から一九四三年大連—哈爾濱の特急）のことであり、発展する新京の様子が伝わってくる。それに続く、

《友と駆ける蒙古嵐の過ぎし野を》《汽車より見る地平の太陽氷菓溶け》の句は、あじあ号に同級生と乗車し出かけた時の様子を詠んでいるものと思われる。

《馬車呼ぶ少女のうなじ初夏来る》《アカシヤの大同大街少女の日》の句から、日曜日になると下級生を連れたり、友達同士で馬車（マーチョ）を呼び、大同大街の宝山百貨店や三井百貨店、ロシア人の経営するチューリン洋行などでケーキを買ったり、あん蜜の缶詰を買ったりと新京で過ごしたこと、アカシヤをはじめ満州の四季を彩る花々とその香り、すでに戦雲に包まれていたとはいえ、満州は終戦直前まで平和であったと記している。

《かげろうに消えし故郷の写真見る》では、満州の写真を見ながら振り返っている天川氏。かげろうのように消えた満州が、天川氏の故郷なのである。

天川氏が俳句を始めたのは、引揚げ後の一九四八年とあるので、一連の俳句は引揚げ後に詠まれた作品と推察する。

「新京敷島高女の思い出―当時の日記から」には、女学生時代の遠足や学芸会の時のことなどが紹介されている。しかし、三年生の終わりには、弟を内地の中学へ入学させるために、父を残して帰国し、内地の福岡県立京都高校へ転校したとあり、その後の展開を以下のように記している。

《幸か不幸か18才の時、満州新京の小学校に勤めている人に紹介され、急遽縁談はまとまり昭和19年4月、新京の地を再び踏んだのである。

（略）1年半後に崩壊する国とも知らず、白山公園、順天公園を散歩したり、内地では手に入

りにくいチョコレートや肉類に舌鼓を打っていた。》

――『遠きふるさと』

2.「満州崩壊」から

一九四五年八月八日、隣組常会が終わり、生後半年の赤ん坊のおしめを取り換え床に就き、一眠りした頃警戒警報で目を覚ました。明けて八月九日朝、ラジオから「ソ満国境においてソ連軍侵攻」とのニュースが流れ日本人は仰天した。十九歳の天川氏は、何をどう判断してよいか分からず赤ん坊を背中に負ったまま家の中をうろうろしていた。八月十二日「新京在住の女・子供は至急支給疎開をするように」という通知があり、同時に壮年男子には召集令状が出たとある。

随筆を全文紹介した方が、状況はよく伝わるが、ここでは避難列車のことを抜粋し紹介する。

《新京駅前の広いロータリーは十万余の避難民で埋まってしまった。月明かりの中で明日は入隊する夫、父親、兄達とみんな別れを惜しんでいる。汽車に乗る順番はなかなかまわってこない。「再び新京の土が踏めるのだろうか」と私は唇をかみしめた。／（略）十三日の朝、やっと私たちは貨物列車に乗ることができた。口々に無事を祈る男達の声を後に列車は動き出した。／（略）八月十四日の昼頃、汽車は北鮮の鎮南浦（ちんなんぽ）に到着。そのまま動かなくなった。八百名の避難民はそこで降ろされ、一まず小学校の講堂に収容された。現地日本人会のお世話で、暖かいみそ汁とおにぎりをいただき久しぶりにその夜はくつろいだ。》

――『遠きふるさと』

3.「難民生活」から

八月十五日夕方、「全員集合」がかかり団長から、「玉音放送があり、日本は負けました」と知らされ、その日から敗戦国民としてのつらさ、くやしさ、悲しさをいやというほど味わったとある。

祖国がこれまで他民族に対して行った罪の仕返しをもろに受けることになったのである。はしか、発疹チフス、ジフテリア、水痘、栄養失調の体には一たまりもなく、毎日毎日子どもが死んでいった。死んだ子どもはミカン箱に入れられ雪の山中に埋められた。埋めた人たちが立ち去るのを待って、現地の人達はその箱を掘り出し、死児の着ている衣類を奪った。正に「羅生門」を思わせる地獄であったと、天川氏は記している。

空腹にたまりかね、皆、町に出てゴミ箱あさりをした。残飯を煮た食べ物を自分の口の中で潰して、赤ん坊の口の中に入れると、ごくんごくんと飲み下した。収容所で最低年齢であったわが子は、はしか、水痘、肺炎と次から次と病気をして、手足は骨だけ、頭でっかちで腹はふくれ上がり、目の表情がなくなって、死の寸前の様態ながら奇跡的に生きていた。新京を出るときは大勢いた子どもの大半が消え、大人も倒れる者が続出した。自分も顔が黄色にむくみ足の甲がはれ出し栄養失調末期の症状であった。意を決してソ連兵舎の飯炊き係を志願した。二週間後にとうとう止めることにしたが、このおかげで生命が少しでも伸びたことは確かだった。(『遠きふるさと』より)

「三十八度線」〈十八句〉から

目覚むれば露草の中野宿の地
命綱たぐる前方蛍の闇
おどろ闇命綱より友奪う
草いきれ声ひそめ問う「あと何里」
かゆすくう手許に黄蝶よろめけり
かゆすする無数のひまわり祖国へ向く
目凝らせど夏天支うは異国の旗
流言飛び星飛び背中に吾子眠る
子等埋めし丘べに精霊とんぼ飛ぶ
子等埋めし丘ことごとく凍て果つる

八月に避難指示が出て、足止めされた鎮南浦(ちんなんぽ)では、暴漢たちによる暴力もあり、収容所が港の倉庫に移った。九月になると、鎮南浦にもソ連軍が進駐した。ソ連軍の中でも、一番凶暴な「いれずみ部隊」だったという。難民はソ連軍による強奪や性的暴力にみまわれた。九月末にはソ連兵は引き上げて行ったが、入れ違いに飢餓が襲ってきたとあり、この時のことを悦子本人に電話で確かめると、「鎮南浦は十月になると雪が降り始め零下二〇度にもなるところなの」と教えてくれた。避難民は飢えと寒さに襲われたのである。

4. 「三十八度線」から

鎮南浦の冬は厳しい。避難民約八千人を受け入れた地元日本人会の方々のお世話により、どうやら冬を越えることができた。春を迎えると、どこからともなく「脱出しよう」という声が高まり、六月中旬、いよいよ脱出に踏み切ったとある。前の掲句は、その時のことを詠んだものである。

《一年三カ月になった吾子は、頭ばかり大きく、手足は骨のようにやせ細り、口も利けず、はいはいも出来ないほど弱り果てていた。（略）オムツが二、三枚入っているリュックに吾子を入れ首だけ出させて背中に負い、砂ぼこりの中を、雨の中を、野原を、山中を歩み続けた。／（略）見のがし料が利かない地へ出ると、昼は動かず夜歩いた。一本の綱が前方から渡され、それを握って従いていく。真っ暗なので綱を離したら最後、もう隊列には戻れない。》――『遠きふるさと』

「三十八度線〈十八句〉」から

ポプラ枯れ吾子と分け合う大豆飯
空腹の吾子に草笛吹き聞かす
夏草や三十八度線目前に
三十八度線汗と涙に駆け抜けし
朝霧のかなた越え来し道かすむ
背の吾子をゆすりて越え来し喜びいう

《二週間近く歩いただろうか。／「明日の夜はいよいよ38度線突破だ」と伝令が来る。集結所には、どこから来たのかわからないが他の避難民団体も来ていて人数が増えている。／（略）全集団は38度線に向かって歩み出した。／（略）「あの林をぬけ、小川を渡り一気に真向いの小高い山の上まで走れ」／（略）私達は全速力で走りだした。／「坊や、しっかりつかまっておくのよ。」／背中の吾子に声をかけてゆすり上げ、私は必死に走った。／（略）小川にとびこみ、飛沫を上げて走る。／（略）やっと小高い山をかけのぼり、ひっくり返って天を仰いだ。／（略）はるか下を眺めると、ソ連兵の騎馬隊が北へ向かってゆっくりかけていく。やはり役目がら一応は私たちの行動を制止しようと威嚇に出たが、あまりの哀れさに見逃してくれたのだろう。歩いてきた北鮮の道が朝もやの中にかすんで見える。》

――『遠きふるさと』

三八度線を越えると米兵がいた。米兵が「並べ。服を脱げ」と。皆、言うとおりにすると大きな注射をうたれ、ＤＤＴを頭からぶちまけられた。「歩け」という命令に従って歩くと、開城の収容所に着きました。満州各地からの避難民が集められていたと、「故郷・満州を追われて」にある。それから間もなくして仁川の港を出て、無事九州に帰り着いたという。

満州からの引揚げルートは、中国共産党政権による、中国遼寧省葫蘆島（ころとう）からの引揚げルートがあったが、悦子たち一行の乗った列車は、朝鮮の方に向かったため、折悪しく、北をソ連が南をアメリカが分割占領する三八度線越えをしなければならなかったのだ。

5. 「狼のごとく」一九四八年～一九五四年〈七十二句〉から

次の章の「狼のごとく」（一九四八年～一九五四年）は、以下の内容の前書きで始まる。

引揚げ後の昭和二十年代は、天川氏にとって精神的にも、肉体的にも流転の時であり試練の時であった。奇跡的に北満から父は脱出帰国したが収入のない実家の惨状、母と弟の餓死同様の死、慣れぬ婚家での居候生活からの天川氏自身の発病、そして離婚、療養所生活、鞍手での再婚、と目まぐるしい変化。このような中で生きる支えとなったのが「俳句」であった。俳句を始めたのは、一九四八年、二十五歳の時だったという。

りんどうを踏めばたちまち病舎に灯
病めば遠き日の手袋を取り出す
麦青し熱型定まらぬまま幾日
人去りて夕のベッドに蚊をつぶす
初蚊帳病者舎小さき幸を言う

一九四六年七月、引揚げて九州の母もとへ帰ることができたのもつかの間、次々と待っていた試練。七十二句の中から結核療養所での句を挙げた。

6.「盆提灯」一九五五〜一九六四〈八十三句〉から

再婚を果たし、新たな人生をスタートさせた天川氏に、さらなる試練が降りかかる。「盆提灯」の初めには、以下のように語られている。

《鞍手での生活がどうやら安定する頃、私は仕事に非常に意欲が湧いてきた。直方北校で良き指導者に恵まれたこと、婚家へ置いてきた吾子を忘れようとしてのことからだった。（略）しかし、この安らぎも束の間、昭和35年には再婚した夫を亡くし、私は父のいる小倉に帰ってきた。そして、また39年にはその父もガンで失ってしまったのである。》

——『遠きふるさと』

通夜果て遺影に熱き茶を入れる
秋桜一本喪主の座を指され
薄く雪積もり掌にのす夫の位牌
春灯に踏めばきしめり父の家
雪しんしん屍室の記憶はいつも一人
雪払う失い尽くせし身をかがめ
落花始まる木椅子に亡父の如く座す
位牌増ゆ今年も蜘蛛に棲みつかれ

7.「生きて再び」一九七五年〜一九八四年〈一〇五句〉から

昭和五十年、北九州市立門司小森江西小学校の校長になった天川氏は、昭和五十六年、中国大連・北京へ派遣研修に赴いている。しかし、悦子の戦争は終わらない。季節がめぐれば、別れた人との思い出は甦る。

蛍火に嬰児の重み血の重み
遠き日のびわなおたわわに亡母の庭
街に初秋亡父の匂い亡夫の匂い
木枯に亡弟幼きまま駆ける
父の忌に父の蔵書の紙魚払う
平和論尽きず教師等そばすする
失せし平和来たりし平和墓洗う
凍蝶置く亡びし国の地図の上

五七年秋再び大陸の地を踏む六句

故郷へ機首向け残暑の成田発つ
生きて再び踏む大陸に秋暑し
秋蝶の先導長城への一歩
秋雲の切れ目眼下に長江満つ

石獣にもたれし頭上蜻蛉過ぐ
アカシヤとカメラに入る昔のごと

そして、天川氏は次の世代への平和教育に、力を注いだのである。

一九八二年には、研修旅行で再び大陸の地を踏み、定年後は昭和六十年から、中国北京科技術大学日本語教師を務め、平成元年からは、北九州童謡・唱歌かたりべの会を発足し、会長を務めている。


【天川悦子氏の作品を読んで】


天川氏が「龍井について」で詠んだような、平和な時代、平和な家庭のだんらんは、一九四五年八月九日未明のソ連侵攻による、満州帝国の崩壊によってあっという間に消え、天川氏ら満州の日本人居留民は、祖国を失い難民となった。

一九四五年五月三十日の大本営の下した関東軍の作戦態勢切り替えによる、通貨を中心とする東辺道地帯での大持久戦命令は、本土決戦の一環として考えられたものであり、住民の避難はソ連の侵攻を誘発するとして、脚下されたのである。残酷な言い方をすれば、満州の日本人居留民は、自国から人間の盾として利用されたと受け取れる。日本の敗戦は、日本人にとって衝撃的なことであるが、満州の邦人にとっては、祖国を失い周りを敵国に囲まれた厳しい環境の大陸に投げ出されることになったのである。

一九四六年七月に難民として命からがら九州に引揚げたものの、困窮の内地ではさらなる試練が待っていた。

肉体的にも精神的にも追い詰められ次々と大切な家族を失っていく時、俳句の恩師、「自鳴鐘」の主宰横山白虹（はっこう）・房子ご夫妻と出会い、二十五歳で始めた俳句が生きる支えになったという。

電話で九十六歳の天川氏は、「つらいことがあってもね、俳句を考えていると気持ちがスッキリして、前にすすめるのよ」と明るく教えてくださった。

『遠きふるさと』のあとがきに、「私の俳句は生きるためのもの、また作ることによって生きる力が湧いてくる」と書かれている。肉親の死別や息子さんとの離別など、悲しみに呑まれてしまいそうな出来事を俳句に込めて、気持ちを整え乗り越えて来られたのである。また、恩師や句友との繋がりも生きることを支えたと語った。そして天川氏は俳句の力によって生かされていると、私に対して感動的に繰り返し語ってくださったのだ。

〔註〕
＊36 「日本の生命線」とは、日本の国防のための戦略的要地のこと。

全章のまとめとして

本書では、ソ連（シベリア）抑留、満州引揚げについて知ることのできた、体験談や俳句作品を紹介してきた。しかし、戦後七十七年を経て、ご存命で体験談を伺えた方が少なくなっていることもあり、多くの作品の一部しか取り上げられず、もっと早く着手できていたらとの後悔の念が残っている。

本書では、ソ連（シベリア）抑留俳句・満洲引揚げ俳句を、戦争を体験したことのない世代に、広く伝えることを第一の目的としたが、その背景も伝わるように、一八九四年の日清戦争から、一九四五年の満州国崩壊（アジア・太平洋戦争終結）まで、満州国の成立や満蒙開拓移民政策、満州移民について焦点を当てて紹介した。ソ連（シベリア）抑留や満州引揚げと関連付けて関心を持って読んでいただけたのなら幸いである。

「はじめに」の中で示した第二の目的は、極限状況の今ここを支える俳句の働きを、確認することにある。

一　極限状況の今ここを支える俳句の働き

1．極限状況の今ここを支える俳句の働き

さて、ソ連（シベリア）抑留俳句及び満州引揚げの環境で残された作品は、生と死のせめぎ合う、現実からの命の叫びであり、激動の時を生きた人の状況や心の動きを言い留めた証言としての価値は大きい。

次に、俳句の働きとして、私がまず思い浮かべたのは、極限状況を支える機能としての「ストレス緩衝効果」である。小田保氏は厳しい環境にありながら、仲間に俳句を教え自らも俳句を詠むことで、自分を支えた。黒谷星音氏は「数々の苦難を乗り越え帰還の夢を果たした、心の支えとなったのは俳句である。」と述べ、川島炬士氏は「生くべきものは生くべきままに蓼の花」から悟りを得たとし、生への復帰の叫びであると表現している。これは戦犯としての刑を受けた絶望からの復帰と解釈して良いであろう。また長谷川宇一氏は、収容所生活で自分を支えたものは、観月句会で初めて触れた俳句であると書いている。

「ストレス緩衝効果」とは〈個人が環境からの要求に直面した場合、（略）環境からの要求が直接ストレス反応を引き起こすのではなく、要求の有害性やコントロールできるか否かの評価がなされることによってはじめて要求はストレッサーとなり、情動的ストレス反応を引き起こすとしている。ストレッサーによって引き起こされるストレス反応が、何らかの個人的資源によって緩和されるこ

と〉（心理学辞典：有斐閣より）と定義されているが、この個人的資源にあたる物が、ここでは「俳句を詠む力」ではないかと私は考える。

俳句により、置かれた環境や出来事、そこから生まれた感情や洞察に収まる場所を与え、昇華することは、ストレスによって引き起こされるストレス反応が、何らかの個人的資源によって、緩和されるとする「ストレス緩衝効果」に、匹敵するのではないかと考える。

高木一郎（たかぎいちろう）氏のように置かれた苦しい現実から、意識を自然の景色や雲に飛ばし、鳥をみて故国の家族に想いを馳せるなどの、思考を切り替える効果もある。石丸信義（いしまるのぶよし）氏のように、目の前の出来事が境涯の中で一回しか起こらない「一回性」の出来事としてとらえ、価値を与えることができるというケースもある。

2. 生涯にわたる「鎮魂」「平和への願い」の伝承という使命

第三に、体験談や作品を読み感じたのは、俳句を詠む意義として共通した「鎮魂」と「平和への願い」を伝えるという使命である。小田保氏は帰還後、故郷広島の復興に携わり、『シベリア俘虜記』『続シベリア俘虜記』の刊行により、ソ連（シベリア）抑留俳句を残し伝えようとした。黒谷星音氏は、〈書き綴った俳句は、無き戦友への鎮魂と私の俳句への執念の、しからしむところである〉とし、鎌田翠山氏も〈『砂漠の俘虜』は、抑留の犠牲者の冥福を祈る物である〉としている。百瀬石涛子氏はインタビューの中で、亡き戦友への鎮魂と平和への祈りのために、抑留俳句を詠んでいるのだと語られた。井筒紀久枝（いづつきくえ）氏は、鎮魂のための引揚げ詠をまとめ、戦争という過ちを繰り返さないように、語り継ぐ活動を死の間際まで続けられ、自分を悲しみや苦しみの体験から解放するということではなく、先に逝った引揚げの仲間への鎮魂と平和を願う、前向きで真摯な行いを貫かれた。天川悦子（あまかわえつこ）氏も、「鎮魂」のための引揚げ詠をまとめられ、平成元年から北九州童謡・唱歌語り部の会において、戦争体験を伝える活動をされてきたという。

戦争がもたらした、個人としては避けがたい、多くの凄惨で理不尽な死を目の当たりにしたとき、不安や恐怖、悲しみ、怒り、絶望や喪失感という様々な、抱えきれない感情が起こる。黒谷氏の「シベリアの悪夢」の、〈いまでも夜半、シベリアの悪夢に目覚めて、床上に愕然とすることがある。この深い心の傷は、私の生命のある限り続くであろう〉というような、トラウマ（心的外傷）を示唆する記述もある。黒谷氏が何度も甦る記憶によって追体験を繰り返し、深く悩まされたことを述べているように、不幸にして死んでいった人々に対して、生き残った者が自分を責める感情を残す場合もある。ここにあげた方全員に、当てはまらないかもしれないが、少なからずそのような感情を、持たれていたのではあるまいか。

死者の魂を鎮めることを「鎮魂」の究極の目的とする場合、私はその活動に波及して、俳句を詠むことに、詠者自身の心も整え救う自他救済の働きが少なからずあるのではないかと考えた。

また第四に、戦争で体験したことや、「鎮魂」の句を詠み伝えるということは、「使命」をもって生涯にわたってなされている。ご存命の百瀬氏や天川氏のみならず、他界された井筒氏などの他に、本書では取り上げなかったが、トラック島での戦争体験をもとに「非業の死者たち」に報いるために俳句を捧げた、〈水脈の果て炎天の墓碑を置きて去る〉の金子兜太氏（『証言昭和の俳句　増補新装版』

黒田杏子聞き手・編者　コールサック社）、日中戦争を体験し、『荒天』（〈追撃兵向日葵の影を越えたふれ〉〈水あれば飲み敵あれば射ち戦死せり〉）や八十歳で第十一句集『一九九九年九月』を刊行された鈴木六林男氏など、「戦後俳句」の多くの俳人たちが「鎮魂」や「平和への願い」を生涯にわたり語り継いだことを思い出す人も多いであろう。それぞれに取り組み方は違うが、体験を俳句に詠み、亡き人に捧げ、今生きる私たちに伝えることを目的とした方たちにとって、俳句は支えであり、伴走者（杖・燈火）ではなかっただろうか。

ここまでをまとめると、個人的な面から見た俳句の役割や機能は、①歴史の証言者であり、俳句作品の証言から学び、子や孫、次世代へのバトンとなること、②俳句は極限状況を生きるときの「ストレス緩衝効果」をもたらすこと、③「鎮魂」という取り組みを通じて死者の魂を鎮め、俳句を詠む人の心を救うこと（自他救済）、④「鎮魂」や戦争体験を「新しい世代」に伝えるのみならず、活動を生涯にわたり続ける際の伴走者（杖・燈火）となり心を牽引してゆくことなどを確認することが出来る。

二　ソ連抑留での「句座」は生きることへどのように働いたか

ここまでは個人にとっての俳句の働きについて挙げてきたが、「句座」の働きはどうであろう。

尾形仂氏は、著書『座の文学—連衆心と俳諧の成立』の中で「座」に連なるということについて、芭蕉が〈俳諧的な機知による高度の笑いをもって人間連帯を回復し、生きることの楽しみをともにしていくことだといえはすまいか〉と言うことと、さらに「座の文学」としての俳諧は、〈人の和を以って始まり、人の和をもって終わる〉という言葉を蕉門の弟子たちに残したと紹介している。（『座の文学—連衆心と俳諧の成立』）

芭蕉の生きた時代は、五代将軍綱吉の緊縮弾圧政策や大飢饉にみまわれ、自由な言動を許されなかった時代だという。（尾形仂著『芭蕉ハンドブック』三省堂）

ソ連抑留における収容所（ラーゲリ）は、ソ連各地に分散され異動が繰り返され、ソ連の戦後復興のための労働を課せられ、文字を奪われた。しかしどの収容所も同じ労働を求められたのではなく、兵士の入った一般収容所と、捕虜としての待遇を考慮された将官収容所では、環境が大いに異なっていたようである。ここでは、それぞれの「句座」について紹介する。

まず、強制労働のノルマのある一般収容所では、石丸信義氏のように、自分の持っていた腕時計を、折れた鉛筆と剃板に変えて、数人の仲間と俳句を見せ合うという、質素な句座の形態があった。また庄子真青海（しょうじまさみ）氏のケースでは、無聊をかこつ抑留所に「わかくさ句会」というグループがあり、俳句を親しむ仲間と月一回会うことで励ましあっていたことや、ここで無二の親友の草皆白影子氏（帰還後、俳句結社ガンマーを主宰）を得たことが、一九七六年に刊行した『カザック風土記』に書かれている。

一方で、将官収容所の高木一郎氏の場合は、自主的に強制労働に参加している。『ボルガ虜愁』

の中で、「ラーゲリ生活の異常環境の中で自分を失わずにすんだのは、俳句と句友のおかげであったと感謝している」と書き、月一回開かれる句会で、打ち解けあう仲間を得たことは、苦難に心折れそうなとき、大きな力となったとある。

『シベリヤに虜われて』の長谷川宇一氏は、ソ連の戦犯取り調べや収監、ラーゲリの移動を繰り返していたが、収容所生活で自分を支えたものは、観月句会で初めて触れた俳句であると記している。将官たちは国際法上の捕虜であるので、一般収容所の収容者のような、強制労働は表向きなかったようであるが、自発的な労働を求められ、生活のための役割分担での仕事はあったようである。ここでも「赤化教育」による吊し上げから、人間不信は避けることができなかった。長谷川宇一氏は、著書の中で句座「アムール句会」において、互いに支えあい信頼できる仲間を得ることができたと書いている。

川島炬士氏は、イワノワ近郊の戦犯収容所では、比較的落ち着いていられたので、同好の士と俳句を作り「きつつき俳句会」を結成し、世話人となることで俳句に支えられたばかりか、仲間を支える立場となったとある。

私にとっては、祖国を遠く隔絶され、印刷物やメモまで剝奪された収容所生活で、個々に句を詠む他に、句座が営まれていたことは驚きであった。当時、徴兵された人の中には、俳句を経験している人があり、収容所でそのような人が中心になって俳句会が開かれ、そこで初めて俳句に触れた人(ここでは、百瀬石涛子氏や長谷川宇一氏)も経験のある人から俳句を学ぶ機会があったということで、俳句の経験者だけが句集を残し得たというのではない。本書で取り上げた中で、俳句を経験した人とは、小田保氏や石丸信義氏、庄子真青海氏、鎌田翠山氏、高木一郎氏、川島炬士氏などである。

ここで取り上げた方々は、それぞれに規模は違うが俳句の座をつくり、または所属し、俳句と俳句の仲間に支えられたと述べている。

アブラハム・ハロルド・マズローは、人間の動機づけに関する理論において、欲求の階層の理論を公表し、①生理的欲求、②安全の欲求、③所属と愛の欲求、④承認の欲求、⑤自己実現欲求があると公開し、低次の欲求が満たされると、より高次の欲求が現れるが流動的で、一〇〇%満たされなければ、出現しないものでもないとしている。（中野明著『マズロー心理学入門』アルテ）

収容所において、①の生理的欲求である食事は常に欠乏し飢えており、栄養失調で餓死するものも多かった。②の安全については、酷寒の中、建物に居ることが最低環境であり、弱った者は、毛布にくるまって死ぬものもあった。安全の欲求も満たされていたとは言えない。③の所属の欲求や④の承認の欲求も赤化教育（思想教育）や、それによっておこる密告・吊し上げからくる疑心暗鬼の生活の中で、安心できる状況ではなかった。

このような不毛の状況で生まれた句座で、仲間を得ることは、生理的渇望を十分満たすものではなかったが、所属の欲求や互いに認め合う承認欲求が満たされることにより、心の安心・安定をもたらし、絆を回復するように働いたことが考えられる。

芭蕉のいう〈人間存在の孤独を自覚するもの同士が、（略）日常とは別の次元の仲間とつながり合う。〉場として、仲間を認め合い、励まし合うことが、友情や絆を育み、苦難を乗り越える支えとなったと考えられる（『座の文学』）。

三　極限状況の今ここを生きるための俳句（震災詠について）

本書で取り上げた俳句作品は、戦争による人為的な加害性や被害性の背景をもっている。そのため、これから取り上げる、自然災害（地震）の被災により詠まれた俳句を同列に扱うことに、無理があるとのご批判はあると思うが、「生」と「死」の狭間に肉親や大切な人を亡くし、すべての財産を失い、生き残った方のショック状態や喪失感からの回復、亡くなった人々への鎮魂という意味で、今ここを生きるための俳句として、「震災詠」について考えてみたい。

まず、一九九五（平成七）年一月十七日の阪神・淡路大震災で被災した、永田耕衣（ながたこうい）氏について触れることにする。永田氏は一九〇〇（明治三十三）年生まれで、二十歳から俳句を始められたそうである。永田氏が七十歳の時に刊行された『闌位（らんい）』の中の〈少年や六十年後の春の如し〉に、私の心は止まった。この句で詠まれた少年の心は、永田氏の前半生から晩年までを通じて、脈々と貫かれていたのだと感じた。

『耕衣自伝―わが俳句人生』（一九九二年　沖積舎）の中で『ルオー』（高田博厚著　みすず書房）に共鳴し、画家ルオーの生き方から、永田氏の生き方について語っている。

野老はこのさい一作家として己の止むなき《孤独力》を奮い起たせ、《冗談》にも《俳》を心の糧に、かつ不迷不動に、自己を源流とする《孤独の賑わい》を生きたいと、改めて陽気に念じているしだいだ。

このことは、永田氏の九十二歳の、生き方の宣言であると思う。

そして、九十五歳には、阪神淡路大震災に遭遇する。永田氏はその時、偶然二階のトイレに入っていたことで九死に一生を得たが、住み慣れた「田荷軒」は全壊してしまう。お向かいの丸丹酒店の店主らに助けられ、一月八日深夜に、同人の石井峰夫氏宅に身を寄せ、句帳を貰ったという。後、三十日に家族の手配で、特別老人ホーム寝屋川苑に移った。この時生まれたのが〈白梅や天没地没虚空没〉であったという。平成七年三月十日には、〈枯草や住居無くんば命熱し〉の句が詠まれた。自宅を失っても残った命を熱くたぎらせ、燃えているのだというたくましい気概を感じる作品である。この句は多くの人の共感を呼んだという。平成八年十一月二十日のノートは、身の回りの世話をしていた、木村暢子氏が訪ねて来なかった日、「彼女不来」の前書の後に〈枯草の大孤独居士ここに居る〉が書かれていたという。

〈少年や六十年後の春の如し〉や自伝で語られた心意気は脈々と句に流れ、〈枯草の大孤独居士ここに居る〉に結実したのだと、私は考える。孤独と詠みながら、孤独に対峙しているのだと感じる。

永田氏は、自分の人生の可能性に向き合い、自己を流れる孤独を生き抜き、人生の終末を迎え入れるという、極めて能動的な生き方を、《俳》をもって貫かれた方である。永田氏の場合にも、俳句は生きるための心の杖（伴走者・燈火）となりえたと、私は推測するのである。

次に、東日本大震災については、高野ムツオ氏の句集『萬の翅』に、〈春光の泥ことごとく死者の声〉〈みちのくの今年の桜すべて供花〉が収められている。
高野ムツオ氏は、『語り継ぐ命の俳句』のあとがきにこう書いている。

おそらく、俳句を作ることが、自らの存在証明であったのだろう。危機にあって俳句の言葉の中に、（略）言葉で生を自己存在を確認していたのだ。これは決して私一人ではない。被災した多数の人たちが俳句に生きる力を得ていた。現在ただ今もそうである。東日本大震災は、そうした俳句の在り方を私に教えてくれた。

「存在証明」をアイデンティティと解釈するならば、一個の人格として時間的空間的に一貫して存在している認識を持ち、他者や共同体から認められることを意味するが、高野氏の思いは、どうであろう。やはり震災被害によるショックや喪失感やトラウマからの回復により、自己を取り戻すということに近いのではないかと推察する。そして被災した多くの方が俳句に、癒されたことを実感されたことが、記されている。
同じく、東日本大震災を体験した照井翠氏は句集『龍宮』、『泥天使』『釜石の風』（エッセイ集）の震災三部作を上梓している。『龍宮』に〈泥の底繭のごとくに嬰と母〉〈三・一一神はゐないかとても小さい〉〈卒業す泉下にはいと返事して〉などがある。『龍宮』は、はじめは照井氏の手作りの句集であったが、その反響により出版され、第68回現代俳句協会特別賞を受賞し、第47回蛇笏賞の最終候補五作品にノミネートされたという。
『龍宮』のあとがきの中で、照井氏はこのような極限状況のなかで辛うじて正気を保つことが出来たのは俳句の「虚」のおかげでしたと書いている。

震災後混乱のなか、自分自身すら見失いかけていた私は、自らの「本当の物語」を再構築し「本当の自分」を据えなおす必要を強く感じた。その時私を助け、救い、導いてくれたのが俳句でした。

とも書いている。また、自らを再構築し結晶した俳句集『龍宮』は、同じように被災した人々の心に深くしみ込み、大きな傷を癒すことに繋がっている。このことは『釜石の風』の「俳句があってよかった」に詳しく書かれている。
震災により大切な人が奪われ、津波に多くの人がのまれた、何のとがもなく、しかし自然の力の前になすすべもなかった、命は助かったものの、何度も繰り返される記憶に苛まれてしまう、現実のもやもやした気持ちを整理するために、被災現場へ足をむける。被災して何もかも破壊された地域で、心に浮かび来ることを掬いあげ、俳句の形を与える。この過程の中で自分を再構築し、詠まれた句は人を癒す。ここでも自他救済の力を俳句は発揮したのではないかと私は感じた。

永瀬十悟氏は「ふくしま」五十句で二〇一一年「第五十七回角川俳句賞」を受賞し、その句を収めた句集『橋朧―ふくしま記』が刊行されている。〈燕来て人消え入る街被曝中〉〈風評の苺せつなき甘さかな〉〈誰も居ぬ花の校庭放射線〉がある。永瀬さんは、あとがきにおいて、〈鎮魂とふるさと再生への祈りを込めてまとめました〉と書き、第一章では〈私にできることは汚されてしまった自然や暮らしに俳句で向き合うこと。日常は実は非日常からしか見えないのではないか。今これを心に刻まなければという思いでした〉、第二章では〈夥しい余震と放射線による混乱の日々、その中で句を詠むことは自分の存在のゆらぎを視つめているような感覚でした。（略）俳句には身の回りにある命のいとなみを込めることができます〉と書かれている。永瀬氏は、震災と津波と東電福島第一原発の爆発による放射能汚染、目に見えない放射能への不安、放射能汚染からの避難生活、風評被害などに向き合い一つ一つ丁寧に句に詠まれることにより、故郷の震災後の日々や復興にまつわる被災者の心に、被災者としてあたたかな目線で寄り添っていると私は感じた。

永田氏、高野氏、照井氏、永瀬氏の作品を読んで、私は震災やそれに関連する、火災・津波・放射能汚染という苦難にみまわれ、全てが零に帰したと思われる極限の状況から、新たな時を刻み始めるにあたり、俳句による花を荒廃した心に一つ一つ咲かせ、花束として行くことが、作者の原動力となり、これを読んだ人の心に寄り添い、癒す力となったのだと感じた。

極限状況の今ここを支える俳句の働きは、抑留詠（戦争詠）・引揚げ詠・震災詠など、特殊な境涯にあっても、病や介護の境遇にあっても、毎日の暮らしにおいても、現実の出来事の証言となり、遭遇した出来事の認知の書き換えやストレス緩衝効果や孤独の環境の中で承認されることにより、安心感や仲間との信頼関係を回復する、失われた命への鎮魂による自他救済などの働きがあった。

少し違う角度で考えると、本書で取り上げた方々は、危機的状況で、九死に一生を得た体験を持つ。この体験は思考の混乱を呼び、喪失感や自責の念を抱かせるが、一方で生かされた命の一瞬一瞬を、大切に使おうとする思いは、前向きに生きようとする力を生み、積極的な句作、平和の尊さを語り継ごうとする活動などの動機となる。俳句は悲しみや悔しさ、怒り、嘆き、優しさといった感情を伝える器であり、受け取った人に共感を呼び起こし心の癒しを与える。そして俳句を詠んだ人と読む人を、互いに支える杖（伴走者・燈火）となり、難局を切り開き、未来へつなげる働きをするのだと私は考えた。そして、これは特別な人のことでなく、俳句を支えとして境涯を生き抜く決意をした人に、共通にもたらされる働きであると思う。

平和への祈りとして、戦争や敗戦、難民としての引揚げを伝える俳句は、時代の貴重な証言であると書いた。戦後七十七年を経た現在、日本は大きな紛争や戦争に巻き込まれず、平和を享受できている。平和の果実があるならば、実を結び始めたばかりなのか、成熟した状態か、様々な段階があるが、必死で守ってやらなければ、腐って落ちてしまうかもしれない。誰かがもぎ取ってしまうかもしれない。

日本の外に目を向ければ、内戦や紛争を続けている国がたくさんある。二〇二二年二月二十四日からのロシアによるウクライナ侵攻が始まって一年を超え、いまだに停戦のテーブルに両国がつくことは無い。市民や子供まで巻き込む戦闘が繰り返され、罪のない人々が命を絶ち、血を流し、ウクライナの国民は避難生活を余儀なくされている。

戦禍の極限の今ここを支える俳句の一例をご紹介する。

黛まどか氏が仲立ちとなり、ウクライナ・ハルキウの二十三歳の俳句愛好家、ウラジスラバ・シモノバさんの俳句を「京都×俳句プロジェクト」で、「ウクライナの防空壕から届いた俳句」として、紹介している。戦禍のウクライナで、俳句に力を得て、自己を支えているシモノバさんのような方のあること、黛まどか氏の助けにより国の違う人同士が俳句を通して支えあう活動に、大きな俳句の力を感じた。

私は、一日も早く世界の戦いが終わり、平和の日々が戻り、穏やかな日常を俳句に詠むことが出来る日が来ることを祈って止まない。

《ウラジスラバ・シモノバさんの俳句》

For the whole evening
a cricket has been mournig
victims of the war

夜の間ずっと
コオロギが哀悼を捧げ続ける
戦争の被害者に

*

Children are playing
Flying their paper airplanes
In the bomb shelter

子供たちは遊んでいる
飛行機を飛ばして
防空壕の中で

（「京都×俳句プロジェクト」ホームページより）

主な参考文献

加藤陽子『それでも日本人は「戦争」を選んだ』（朝日出版社）
山室信一『キメラ――満洲国の肖像　増補版』（中央公論新社）
麻田雅文『シベリア出兵―近代日本の忘れられた七年戦争』（中央公論新社）
杉山春『満州女塾』（新潮社）
島田俊彦『関東軍――在満陸軍の独走』（講談社）
栗原俊雄『シベリア抑留――未完の悲劇』（岩波書店）
田中克彦『ノモンハン戦争　モンゴルと満洲国』（岩波書店）
ハーバート・フーバー『裏切られた自由』〔上〕〔下〕（渡辺惣樹訳、草思社）
緒方貞子『満州事変――政策の形成過程』（岩波書店）
富田武『シベリア抑留――スターリン独裁下、「収容所群島」の実像』（中央公論新社）
ヴィクトール・E・フランクル『夜と霧　新版』（池田香代子訳、みすず書房）
エル・ヤ・マリノフスキー『関東軍壊滅す～ソ連極東軍の戦略秘録～』（石黒寛訳、徳間書店）
小田保編『シベリヤ俘虜記　抑留俳句選集』（双弓舎）
小田保編『続シベリヤ俘虜記　抑留俳句選集』（双弓舎）
庄子真青海『カザック風土記』（卯辰山文庫）
高木一郎『ボルガ虜愁』（システム・プランニング）
高島直一・高木一郎編『シベリア句集　大枯野　ラーダ・エラブガ・カザン』（名古屋丸善松坂屋出版サービスセンター）

長谷川宇一『遺稿　シベリヤに虜われて』（朔北会）
長谷川宇一『朔北』（私家版）
川島炬士『蓼花』（私家版）
鎌田翠山『沙漠の俘虜』（竹頭社）
池谷薫『蟻の兵隊』（新潮社）
百瀬石涛子『俘虜語り』（花神社）
井筒紀久枝『大陸の花嫁』（岩波現代文庫）
島田俊彦『関東軍　在満陸軍の独走』（講談社）
加藤聖文『「大日本帝国」崩壊』（中央公論新社）
天川悦子『遠きふるさと』（自鳴鐘発行所）
尾形仂『座の文学——連衆心と俳諧の成立』（講談社）
池上彰『14歳からの世界恐慌入門』（マガジンハウス）
半藤一利監修『知識ゼロからの太平洋戦争入門』（幻冬舎）
日本国際政治学会太平洋戦争原因研究部編『太平洋戦争への道〈別巻〉資料編』（朝日新聞社）
日本史広辞典編集委員会編『山川日本史小辞典』（山川出版社）
世界史小辞典編集委員会編『山川世界史小辞典』（山川出版社）
厚生省援護局編『引揚げ援護三十年の歩み』（厚生省）
『新装版　60年安保闘争の時代』（毎日新聞社）
『ブリタニカ国際大百科事典　小項目事典』（ロゴヴィスタ）
「関東軍方面停戦状況ニ関スル実視報告」（昭二〇・八・二六　大本営朝枝参謀）

解説　ソ連抑留者の極限状況を後世に伝えることは可能か

大関博美『極限状況を刻む俳句　ソ連抑留者・満州引揚げ者の証言に学ぶ』

鈴木比佐雄

1

本書『極限状況を刻む俳句　ソ連抑留者・満州引揚げ者の証言に学ぶ』を執筆した大関博美氏にとって、ソ連抑留者であった父は子供の頃から大きな謎であった。その謎を聞いてみたいと願っていたところ、六十二歳で亡くなってしまった。父の背負っていた極限状況の一端でも認識し、父の重荷を娘として理解したいという胸に秘めていた課題を直接聞く機会を、大関氏は失ってしまった。しかしその代わりに、まだ存命中の父母の世代のソ連抑留者・満州引揚げ者たちに取材を試みその人物像と接し、その著書を読むことによって、最もアジア・太平洋戦争で傷ついた世代の思いに肉薄し、その証言を後世に残すことを構想した。そのことに一途に邁進しようとする純粋さ、熱い志を私は草稿・構成案を拝読し感じ取った。

大関博美氏は一九五九年に千葉県袖ケ浦市に生まれ、今は隣接する市原市に暮らす現役の看護師であり、俳句結社「春燈」に所属する俳人だ。数年程前に、コールサック社が刊行した東北の俳人の照井翠氏と永瀬十悟氏の句集やエッセイ集について、大関氏から問い合わせがあり、その際に本書の出版についても相談があった。早速その下書き的な草稿を送って頂いて拝読したところ、まだ修正・加筆が必要な個所が多くあったが、誰よりもソ連抑留者・満州引揚げ者の悲劇の歴史について俳句を通して解き明かし、その教訓を後世に伝えていきたいという強いモチベーションを感受することができた。

私は現在の文芸誌「コールサック」（石炭袋）を一九八七年に刊行したが、その創刊号に詩を寄稿してくれた詩人に、シベリア帰りの鳴海英吉氏がいた。鳴海氏はソ連抑留者であり、抑留体験を一〇八篇の詩に綴った詩集『ナホトカ集結地にて』で壺井繁治賞を受賞した詩人で、日蓮宗不受不施派の研究者でもあり、そのソ連抑留体験や民衆の不屈の精神について亡くなる間際まで執筆し続けていた。鳴海氏は亡くなる二〇〇〇年まで十三年間も欠かさず寄稿し「コールサック」の文学運動を支援してくれ、私にとって父のような詩人であった。「コールサック」が出るたびに、自宅の千葉県酒々井町まで出かけて作品を論じ合う交流を続けていた。その際には中国戦線での出来事や鳴海氏が抑留された「ツダゴウ収容所では零下三十度の冬に鉄道敷設作業などによって千人以上の戦友たちが五百人も病死・餓死をした」という、凄まじい体験談を聞かせてもらった。またその冬を越えるとロシア人との人間的な交流もあったことを知らされ、ノモンハン事件で孫を失くした老婆のことを記した名作も残している。私は鳴海英吉氏が二〇〇〇年に亡くなった後に『鳴海英吉全集』を企画・編集し、多くの鳴海氏を愛する人びとのご支援で刊行することができて少し役目を果たすことができた。大関氏と同様に私も父が六十歳半ばで亡くなり、中国戦線の戦争体験を聞く機会を逸してしまった。そのこともあり大関氏が父上から聞けなかったことを、まだ健在な抑留者・引揚げ者から取材し、その著書から学び一冊の書籍にまとめたいという志は、称賛に値する。実際に行動に移して本書の原稿を最後まで執筆し推敲をやり遂げたことは、敬愛する亡き父との無言の対話がなせる粘り強い意志力だったろう。

2

本書は序章「父の語り得ぬソ連（シベリア）抑留体験」、第一章「日清・日露戦争からアジア・太平洋戦争の歴史を踏まえて」、第二章「ソ連（シベリア）抑留者の体験談」、第三章「ソ連（シベリア）抑留俳句を読む」、第四章「戦後七十年を経てのソ連（シベリア）抑留俳句」、第五章「満蒙引揚げの俳句を読む」、「全章のまとめとして」から構成されていている。全体を通して大関氏の父母の世代の苦難の経験をした体験者への深い畏敬の念が根底にあり、その想いが重たい口を開かせて貴重な証言を引き出していったと考えられる。また「ソ連抑留者・満州引揚げ者たちの極限状況を俳句で後世に伝えることは可能か」という大関氏の問い掛けが根底にある。戦争の悲劇が戦後も続き、元兵士たちを劣悪な環境で危険な労働に駆り出し死に至らしめ、幸運にも帰国した抑留者たちも生涯にわたって収容所体験がトラウマとなり心身を苦しめた。そんな大関氏の父のようなソ連抑留者や満州引揚げ者たちが身をもって示した平和の尊さを、本書にまとめたいと願ったのだろう。

序章「父の語り得ぬソ連（シベリア）抑留体験」は本の成立過程を率直に語っていて、その中で紹介されている左記の俳句は、大関氏が父という存在者の内面に次第に肉薄していく道筋を指し示しているかのようだ。

シベリアの父を語らぬ防寒帽

抑留兵の子である私鳳仙花
三尺寝父の背の傷ただ黙す

なぜ「防寒帽」を父は大切に保存していたのか。なぜ「抑留兵」と父は呼ばれたのか。どうして働き者の父の背に深い傷が刻まれているのか。その答えを大関氏は探求していく宿命を持っていると感じさせてくれる。

第一章「日清・日露戦争からアジア・太平洋戦争の歴史を踏まえて」では、アジア・太平洋戦争の前に、日本が遅れた帝国主義国家になった日清戦争・日露戦争とは何であったのか、そのことが結果としてアジア・太平洋戦争を引き起こしてしまったのであり、その発端となった一八九四年の日清戦争からの歴史を問うている。その章立ては次のようになっている。「一　はじめに」、「二　日清戦争から日露戦争へ」、「三　日露戦争」、「四　日露戦争から満州事変へ」、「五　第一次世界大戦へ」、「六　ソ連（シベリア）への出兵――七年戦争への道」、「七　満州事変から満州建国まで」、「八　日本の国際連盟の脱退」、「九　満蒙開拓と昭和の防人」、「十　大陸の花嫁について」、「十一　日中戦争への道」、「十二　ノモンハン事件（戦争）から第二次世界大戦・太平洋戦争へ」、「十三　第一章のおわりに」。このように大関氏は、五十八頁を割いて世界史的な観点で日本とソ連・ロシアとの悲劇的な半世紀わたる歴史を辿っていく。その歴史観は特に加藤陽子氏の『それでも日本人は「戦争」を選んだ』を参考にしている。その加藤氏の世界史的歴史観である《「日清戦争」がイギリスとロシアという帝国主義国家の代理戦争になっていたと世界史的な解釈をする》こと、また《日露戦争がドイツ・フランスとイギリス・アメリカの帝国主義時代の代理戦争であったこと》だという解釈を大関氏は参考にして、清国の領土を奪い国家予算の何倍もの賠償金を課していく帝国主義戦争に日本が積極的に加担していく危うい存立基盤を浮き彫りにしている。そのことが結果として大きな禍根を残し、悲劇の結末を迎えていくことを暗示していくかのようだ。一部の保守政治家たちなどが日清・日露戦争は正しかったと主張する言説のレベルは、歴史とは多様な解釈が可能であることは許容できるが、今後の歴史を創り出していく観点からは、大きな過ちを繰り返す歴史を美化する危ういナショナリズムを絶対化する歴史認識だろう。それ故に大関氏は日清・日露戦争の他国の領土を奪い取るなどの勝利感覚が、その後のアジア・太平洋戦争に三百万人以上の日本人の戦死者とソ連抑留者・満州引揚げ者などを生み出した悲劇の要因であるという、痛切な歴史認識を再確認するためにこの第一章から始めたのだろう。

3

第二章「ソ連（シベリア）抑留者の体験談」では、山田治男、中島裕の二人から大関氏は直接取材をして、ソ連との戦闘、降伏後の経緯、シベリアの収容所での出来事、抑留者の尊厳などを記し、また日本兵を強制労働させるソ連の国際法違反を伝えている。

第三章「ソ連（シベリア）抑留俳句を読む」では、小田保、石丸信義、黒谷星音、庄子真青海、高木一郎、長谷川宇一、川島炬士、鎌田翠山の八名の経歴や俳句を紹介している。その中で八名が特に生存の危機に直面した壮絶な体験の中で心身に刻んだ俳句と、その句への大関氏の評言を引用する。

俘虜死んで置いた眼鏡に故国凍る　　小田保

眠っている間に死んだのだろうか、枕元に置かれた眼鏡は霜で凍り付いている。それはまるで、夢に見る故郷まで凍らせてしまっているようである。同じ部隊で戦い、厳冬の夜は故郷の雑煮のこと、牡丹餅のことなどを語り合った仲間である。

秋夜覚むや吾が句脳裡に刻み溜む　　石丸信義

ソ連側は、抑留中の真実を漏らすまいとしてか、抑留者の結束を恐れてか、全ての文書やメモさえも没収した。文書やメモを持っているのが見つかると、帰還が遅れるという噂もあった。句帳を没収されてからの秋の夜長、目が覚めるとひたすら自分の句を暗唱し、脳裡に刻み込んだのである。

死にし友の虱がわれを責むるかな　　黒谷星音

抑留一年目の冬、作業大隊五〇〇名のうちの半数が亡くなり二〇〇名余となり、残った者は絶望の日々を送った。死期は、寄生する虱が一番良く知っている。死体からぞろぞろと虱が離れるからだ。生き残った者は、その虱に責め立てられているのである。

死もならぬ力がむしり塩にしん　庄子真青海

厳しいノルマと重労働に体力も消耗し、死を意識する毎日ではあるが、弱り切った肉体は生きたいと要求するように、塩にしんをむしり食うのである。

炎天を銃もて撲たれ追はれ行く　高木一郎

一九四六年七月一日、ダモイと騙され貨車に乗りキズネルで降ろされた。日本にもみた朝顔が遥か遠く離れたロシアの地キズネルにも咲いている。／ひとしきり朝顔に心安らいだのもつかの間、キズネルよりエラブカへ徒歩で三泊四日の移動をする。酷暑の中、水も飲めない行軍である。

汗の眼を据えて被告の席に耐ふ　長谷川宇一

《「冷然受刑」（昭和二十四年六月から八月）／八月になると私は予審に呼び出された。私の罪名は、「資本主義援助」というソ連国家反逆罪だそうだ。／（略）向かって右側の裁判官が立って読み上げた。（略）「第五十八条第四項の資本主義援助」で求刑二十五年というのである。（略）ソ連の将校が何か言うことはないかというから、「第三国人である私のソ連外でしたことで罪に問われるのは、徹頭徹尾不承知であったと記録をしておいて貰いたい。」と言った。》（長谷川宇一の手記より）

生くべきものは生くべきままに蓼の花　川島炬士

《ハバロフスクの監獄生活で毎日三十分くらい監房からひき出されて、檻の中の熊のように絶望の心を抱いて、とぼとぼと重い足どりで歩いた十坪に足らぬ板塀で取り囲まれた散歩場の片隅の日陰にひそやかに咲いていた蓼の花を見いだしたときの私の悟りでもあり、生への復帰の叫びでもありました。この句一つで私の俳句の道に入った報いは十分だと思っております。（略）暗黒のなかに一縷の光明こそは俳句であった。》（長谷川宇一の手記より）

母に逢うまでは死なず　夏の砂漠暮る　　鎌田翠山

三日目に半病人になって、倒れているところをカザック人の猟師に救われ、三日間看病を受け、七日ぶりに収容所に帰り、皆の叱責と三日間の営倉と七日分のノルマの強要で済んだ。もしも猟師が見つけてくれなければ砂漠で死んでいたし、脱走とみなされても死が待っていた。（略）もうろうとする意識の中で、鎌田氏は生き抜いたのである。

これらの八名の俳句は、まさに「極限状況を刻む俳句」としか言うことができない、極度に緊迫し生死を賭けた場で生まれた俳句だろう。大関氏は抑留兵たちの重たい思いに対して、父もそれに近い思いを抱いたかもしれないと逆に親近感を抱いて、可能な限り聞き入ったのかも知れない。

4

第四章「戦後七十年を経てのソ連（シベリア）抑留俳句」では、長野県塩尻市に暮らす百瀬石涛(ももせせきとう)

子に取材し、そのシベリア抑留体験の証言や句集『俘虜語り』について詳しく紹介している。その中から二句と大関氏の評言を引用する。

逝く虜友を羨ましと垂氷齧りをり　百瀬石涛子

飢えは自分自身の心を苛み、抑鬱状態に追い込む、逝く友を羨ましいとさえ思い、その一方で垂氷を齧らせる。死を切望しながらも、体は生きようと懸命であった。

渡り鳥羨しと見つめ俘虜の列　百瀬石涛子

冬の近づく頃、鴨や白鳥、鶴などはシベリアの広大な空を自由に飛び、冬には日本に渡ってゆく。作業に出かける前の点呼の列で、作業の合間の給食を待つ列で空を見上げながら、自由に飛べる渡り鳥を羨ましく眺めるのだった。

第四章の百瀬石涛子氏について大関氏は、「八十歳を過ぎてようやく抑留体験は、俳句として結晶し姿を現し始めた」と言っている。それほど言語化するには膨大な時間を必要とした百瀬氏にとって俳句との出会いは素晴らしいものとなったのだ。

第五章「満蒙引揚げの俳句を読む」では、井筒紀久枝『大陸の花嫁』と天川悦子句文集『遠きふるさと』を紹介している。その中から各一句と大関氏の評言をそれぞれ引用する。

酷寒や男装しても子を負ふて　井筒紀久枝

一九四五年八月二十五日に武装解除を受けて以来、ソ連兵と中国兵や地元の中国人による略奪が繰り返され、ソ連兵により女性は性的暴行受けた。髪を剪って顔に竈の煤を塗りたくり、若い娘にも赤ん坊を背負わせて偽装をした。凍てる冬の夜、母親たちは襲撃を警戒して男装をし、銃は持ち去られているので、わずかな農具を持って歩哨に立ったという。

子等埋めし丘べに精霊とんぼ飛ぶ　天川悦子

八月に避難指示が出て、足止めされた鎮南浦では、暴漢たちによる暴力もあり、収容所が港の倉庫に移った。九月になると、鎮南浦にもソ連軍が進駐した。ソ連軍の中でも、一番凶暴な「いれずみ部隊」だったという。難民はソ連軍による強奪や性的暴力にみまわれた。九月末にはソ連兵は引き上げて行ったが、入れ違いに飢餓が襲ってきたとあり、この時のことを悦子本人に電話で確かめると、「鎮南浦は十月になると雪が降り始め零下二〇度にもなるところなの」と教えてくれた。避難民は飢えと寒さに襲われたのである。

「日ソ中立条約」が破棄されてソ連が進攻する混乱の中で関東軍が武装解除された。大関氏はその後に満州に残された満州開拓民家族の井筒紀久枝氏、天川悦子氏などの女性が詠んだ俳句を紹介し読み取り、二人の人生を辿っていく。それはソ連抑留者の俳句を読み取る作業と同様に価値あることで、後世に残すべきことだと考えているのだ。その意味でサブタイトル「ソ連抑留者・満州引揚げ者の証言に学ぶ」という姿勢によって、本書の構成が出来上がっていったのだろう。略奪と性的暴行などの壮絶な体験を俳句と散文で伝えた二人の言葉は、戦争が終わっても続いていく民衆の悲劇を語り掛けてくると大関氏は語ろうとしているのかも知れない。

最後に「全章のまとめとして」の中から大関氏が本書をまとめながら感じ取り考えていたことを記している箇所を引用したい。

極限状況の今ここを支える俳句の働きは、抑留詠（戦争詠）・引揚げ詠・震災詠など、特殊な境涯にあっても、病や介護の境遇にあっても、毎日の暮らしにおいても、現実の出来事の証言となり、遭遇した出来事の認知の書き換えやストレス緩衝効果や孤独の環境の中で承認されることにより、安心感や仲間との信頼関係を回復する、失われた命への鎮魂による自他救済などの働きがあった。

自他救済について、少し違う角度で考えると、本書で取り上げた方々は、危機的状況九死に一生を得た体験を持つ。この体験は思考の混乱を呼び、喪失感や自責の念を抱かせるが、一方で生かされた命の一瞬一瞬を、大切に使おうとする思いは、前向きに生きようとする力を生み、積極的な句作、平和の尊さを語り継ごうとする活動などの動機となる。俳句は悲しみや悔しさ、怒り、嘆き、優しさといった感情を伝える器であり、受け取った人に共感を呼び起こし心の癒しを与える。そして俳句を詠んだ人と読む人を、互いに支える杖（伴走者・燈火）となり、難局を切り開き、未来へつなげる働きをするのだと私は考えた。そして、これは特別な人のことでなく、俳句を支えとして境涯を生き抜く決意をした人に、共通にもたらされる働きであると思う。

大関氏は読み取ってきた「抑留詠(戦争詠)・引揚げ詠・震災詠など、特殊な境涯」である極限状況の俳句を創作し読解し共有することは、「ストレス緩衝効果や孤独の環境の中で承認されることにより、安心感や仲間との信頼関係を回復する、失われた命への鎮魂による自他救済などの働きがあった」とその効用を結論づけている。大関氏が看護師で他者を癒すことを職業としていることもあり、俳句・散文などの表現行為が、存在の危機を感ずる人びとにとって生きることの原点に立ち還る有力な方法であることを再認識したのだろう。きっと大関氏の父の存在もこれらの俳句・散文の中に立ち現れて、父との無言の対話は継続されてきたに違いない。

ところで、二〇二二年二月にロシアがウクライナを侵略し、同年の七月の時点で米国国務長官は六〇万~一六〇万人のウクライナ人がロシア国内に強制移住をさせられていると発表している。その数が正しいかどうかは定かではないが、そのような恐るべき「戦争犯罪」が拡大し現在も繰り返されてウクライナ人の苦悩が続いている。その強制移住や強奪という点では類似するソ連抑留者・満州引揚げの当事者たちの「極限状況」を、俳句・散文を通して伝える大関氏の試みを多くの人びとに読んでもらいたいと願っている。

おわりに

私は一九六〇年安保闘争の時代に幼少期を過ごし、父の応召した戦争も、母たちが体験した内地の耐乏生活も、ユーラシア大陸の東に日本の築いた傀儡国家満洲帝国のあったことも知らずに、七〇年代安保闘争の学生運動のニュースを連日テレビの画面から見て育ちました。しかし、父の若かった時代の歴史を知らなければという思いは、常に心の中にありました。

子育てが終わり、父の体験した、ソ連（シベリア）抑留について調べ始めたのは、冒頭で約八年と書いたが、本の形になるまでに約十年の歳月が流れました。

その当時、辺見じゅん氏の『ラーゲリから来た遺書』を拝読し、主人公山本幡男氏のソ連（シベリア）抑留生活で、自分を見失わず誠実に人に接し、正義を貫いた生きざまに感動し、涙を流しました。この作品は、令和四年十二月九日、「ラーゲリより愛をこめて」という映画となり公開されました。この映画を観て、山本氏のようにソ連による満州侵攻と満州の崩壊に、巻き込まれた、抑留者約五十七万五千人、当時の満州の日僑難民一五五万人の過酷な運命と物語があることを忘れてはならないと、私は感じました。

本書をまとめるにあたり、戦後七十七年の時が流れ、体験者の話を伺うことが出来たのは、ほんの一握りの方に留まり、できるだけ多くの事例を取りあげたかったのですが、ご遺族のご了承を得られた作品にも限りがありました。私の体験不足のところは、俳句作品に合わせて書かれた随筆に、頼らざるを得ず、力の及ばなかったことに、忸怩たる思いが残ります。

この本が日本のたどった戦争の時代に生きた方々の体験をひもとき平和について考えるきっかけとなり、また極限状況にある人を支える俳句の力について、伝えることができたなら幸いなことだと感じます。

序章にも紹介した歴史研究者の諸先生、体験談を伺った方々や俳句作品を取り扱うにあたり、引用や要約のご了承を頂いたご遺族の皆様、拙著の基となった「寒極光・虜囚の詠～シベリア抑留体験者の俳句を読む」のブログ俳句新空間への連載をお許しくださり、背中を押してくださった筑紫磐井氏に併せて心より感謝申し上げます。

また、私の取り組みを理解し、応援してくれた家族と、常に弱気な私を励まし指導してくださったコールサック社の鈴木比佐雄代表、校正・校閲の座馬寛彦氏などの皆様にお礼申し上げます。

最後に、私たち姉妹を大変な時代に、慈しみ育ててくれた両親と伯母に、この本を捧げます。

二〇二三年四月二十三日　サン・ジョルディの日に

大関博美

著者略歴

大関博美（おおぜき・ひろみ）

1959年、千葉県袖ヶ浦市生まれ。

俳人。俳句結社「春燈」所属。俳人協会会員。

2023年、『極限状況を刻む俳句　ソ連抑留者・満州引揚げ者の証言に学ぶ』（コールサック社）刊行。

2019年まで保健師として市原市役所勤務。現在、看護師。

父は元関東軍兵士で、ソ連（シベリア）抑留を3年半経験した。

現住所　〒290-0513　千葉県市原市奥野1391

極限状況を刻む俳句
ソ連抑留者・満州引揚げ者の証言に学ぶ

2023年7月10日初版発行

著者　大関博美
編集・発行者　鈴木比佐雄

発行所　株式会社コールサック社
〒173-0004　東京都板橋区板橋2-63-4-209号室
電話　03-5944-3258　FAX　03-5944-3238
suzuki@coal-sack.com　http://www.coal-sack.com
郵便振替　00180-4-741802
印刷管理　株式会社コールサック社　制作部

装幀　松本菜央

ISBN978-4-86435-575-9　C0095　￥2000E